U0606854

悬疑世界
文库

命运有无限种可能

THE INVESTIGATOR

永城◎作品

秘密

调查师

作家出版社

目录
Contents

自序

上次为《秘密调查师》写序是 2010 年的初冬，在由北京飞往莫斯科的航班上。七年之后，为《秘密调查师》的再版写序，仍是在飞机上。这次是由北海道飞往北京，舷窗外的北国大地又是白雪茫茫。也不知我有多少时间是在飞机上度过的。早年是漂洋过海求学谋生，然后是肩负着公务四处奔波，现在则是全职码字的闲云野鹤。无论调查报告还是小说，加起来总有十几万字是在机舱里写就的。看来，不管从事何种职业，注定是一个漂泊的人生。

转眼离开商业调查已有数年。但既是为《秘密调查师》作序，总要再提一提那“神秘”的行业。

每当有人让我从《秘密调查师》里挑一句最具概括性的话，我总是不假思索地选出这一句：

> 我们的产品，是秘密。值钱的秘密。

这是小说中充满神秘感的 GRE 公司中国区老大对前来面试的年轻女子说过的话。这两个人物自然都是虚构的，就像这小说中的大部分人物和情节。但生动的故事往往来自真实的素材。比如，作为中国区的领导，我也曾面试过许多踌躇满志的年轻人。他们大多从中外名校毕业，拥有数年的金融、媒体或法务的工作经验，但对商业调查一无所知。因此目光里总是交织着忐忑和兴奋。他们希望加入的，是鼎鼎有名的“华尔街秘密之眼”——全球顶尖的商业调查公司。其数千名员工，隐藏在六十多个国家的金融区摩天楼里，秘密执行着数百起商业调查项目。他们为投资者调查未来合作对象的背景和信誉，为遭遇欺诈的公司找出销声匿迹的罪犯，为陷入经济纠纷的客户寻找对手的漏洞和把柄，另有一些为 VIP 客户提供的隐秘服务，是公司里大部分员工都不知道的。

十几年前，当我心情忐忑地接受面试时，对此行业同样一无所知。参与了数百个项目，走过十几个国家，顶过南太平洋的烈日，也淋过伦敦的冻雨，在东北的黑工厂受过困，也在东京的酒店避过险。在积累了许多经验之后才真正明白，一个商业调查师到底需要什么。面对那些拥有傲人简历的面试者，我总要问一个问题。这问题和英美名校的学历无关，和硅谷或华尔街的工作经验也无关。那就是：

应对一切可能性，你准备好了吗?

我这样问，因为我也曾被问到过同样的问题，并不是在面试时，而是在更尴尬也更紧迫的时刻。

那是在大阪最繁忙的金融区，一家豪华饭店的餐厅里。

“老兄，你准备好了吗？”

问我问题的，是个铁塔般巨大的西班牙裔男人，短发，粗脖子，皮肤黝黑，戴金耳环和金项链，体重起码有三百斤。若非见到他的名片，我会当他是西好莱坞的黑帮老大。可他并非黑帮，他叫 Mike，来自洛杉矶，是国际某知名律师事务所的合伙人。他身边是个身材娇小的西裔美女，那是他的私人秘书，他身后则是四名人高马大的保镖：两名白人，两名日本人，表情严峻，严阵以待。Mike 低头凑近我，补充道：“他们几个都带着家伙！”

我摇摇头。一个小时之前，我才刚刚在关西机场降落。民航不会允许我带“家伙”搭乘客机，即便允许，我也没有。

Mike 也摇摇头，脸上浮现一丝不屑：“没人告诉你吗？今天要见的证人，有可能是很危险的。我们不知他打的什么主意。但我们知道，他有黑帮的背景！”

这是一桩拖延了数年的跨国欺诈大案。骗子拿着巨款销声匿迹，直到三天前，Mike 在日本的同事接到了匿名电话举报，声称见到过他。听声音举报人是女性，日语并不纯熟，操着些中国口音。同事在电话中说服她和我们秘密约见。我和 Mike 就是为了这次会面，分别从北京和洛杉矶赶到大阪来。时间地点由对方定，我们严格保密，尽量减少随行人员。

Mike 的顾虑并不是多余的。销声匿迹的诈骗犯可不喜欢被人一直追踪，为了警告律所和调查公司不要插手，以“举报”为名把接头人约到僻静处“灭口”，也是发生过的。Mike 无奈地看着我，抱起双臂说：“我给你半小时做准备。半小时后，我们在酒店大门见。”

重温一下项目背景：被骗的是一家美国金融企业，骗子和日本黑社会有染。Mike 的律师事务所受聘为美国企业尽量挽回损失，而我所就职的公司协助 Mike 的律师事务所，在全球追查骗子的行踪。半小时之后，我将同 Mike 在他的保镖和本地律师的陪同下，去接头地点和举报人见面。对于这位神秘的举报人，我们一无所知。她曾在电话里声称是那骗子的情人。但，谁知道呢?

半小时，我能做什么准备？举目四望，酒店门外有一家便利店，想必是不卖枪的。就算卖，我也不知怎么用，或许比没有更不安全。我回到十分钟前刚刚入住的酒店房间，取出手提电脑，给在北京的同事发了一封邮件，简单做了些安排——如果我发生了意外，请帮我……

写完那封具备遗书功能的邮件，我微微松了一口气。举目窗外，是一条被樱花淹没的街道，身穿和服的女人们，打着伞在花下拍照。原来竟是樱花怒放的季节，之前竟然丝毫也没注意到呢。

生活是美好的，但危险无处不在。作为一名商业调查师，危险似乎就更多一点儿。母亲因为我的职业抱怨过很多次：不务正业！在她看来，一个获得斯坦福硕士的机器人工程师，就该毕生研究万人瞩目的人工智能，改进那些我曾经研发的“蟑螂机器人”——那是我研究生时的课题：为丛林作战设计的仿生学机器人——穿越各种气候和地质条件下的丛林，深入敌人腹地，拍照，监听，执行其他更为秘密的任务。

毕业十几年之后，深入“腹地”的却并不是那些“蟑螂机器人”，而是我自己——整天西服革履地出入全球各地的高级写字楼，同银行高管和企业家们打着交道。我远离了机器人和人工智能，被众多的合同、账务、新闻、八卦、公开的和不公开的信息，还有无处不在的蛛丝马迹所淹没。

母亲一辈子做学问，无法量化商业咨询的技术含量和价值。一切用不上数理化公式的营生，她都当作不大正经。后来我辞了职，专心写起小说来。母亲就更失望了："你凭什么能写小说？又不是文科出身。而且，想象力又未必出众。"我不敢言语顶撞，只在心中默默辩解：没有经历，哪来的想象力？

因此，凭着当年寒苦的漂洋，在硅谷设计和生产机器人，以及之后走遍世界的调查师经历，想象力似乎真的日益发达了。那些匪夷所思的调查，跨越国境的历险，生意场上的尔虞我诈，绞尽脑汁的陷阱设计，高科技伪装下的原始冲动，被财富和欲望撕扯的情感和良知，就这样跃然纸上了。

当然，事实毕竟是和小说有所不同的。商业调查通常并不如小说里那般惊心动魄，正规公司的从业者也绝不会轻易踏入法律和道德禁区。而且这一行最需要严谨，容不得半点儿的牵强和不实。所以专业调查师会补充说："如果无法证明是真相，秘密一文不值。"

不过，前文所述的"大阪经历"却并非虚构。之所以要写这样一篇序，正是为了向读者透露一点儿藏在小说背后的真实情形。只不过，此类"情形"并不多见，而且只有资深人士才会亲自涉险，绝不会把既敏感又危险的任务推给普通员工。至于那次经历的结果：瞧，我还健在呢！至于其他细节，抱歉，那可不能直接透露。正如这部《秘密调查师》里写到的诸多"秘密"，是要经过了小说式的加工才能见人的。

说不定您手中的这部小说，就已经把谜底告诉您了。

2017 年 11 月 2 日

于札幌飞往北京的航班上

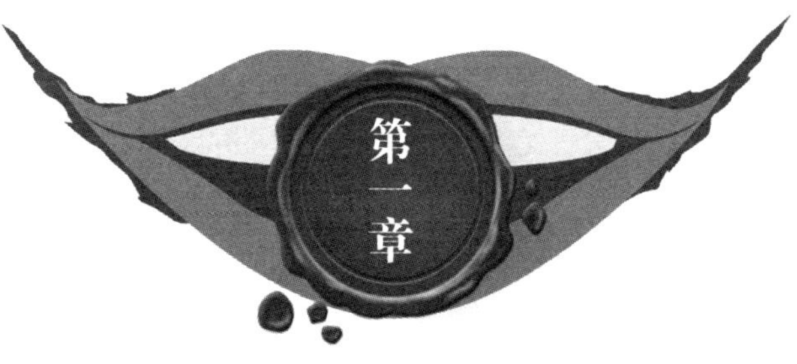

旧金山·圈套

1

从北京飞往美国旧金山的UA889航班已经起飞了好一阵子，露小玉还是不能相信，自己真的正坐在飞往美国的航班上，而且还是商务舱。不仅如此，她还是安第斯公司——全球最顶尖的智能手机公司——从全世界50万名候选者中选中的30个幸运者之一。在此之前，她还从来没出过国，就连飞机都没坐过。

露小玉只是在普通居民小区里上班的房产中介，每月底薪2800块，加上提成也才四五千。最近几年地产生意越来越不景气，她又入行不久，买卖二手房一般轮不到她，只能凭着长相甜美，硬着头皮当街“拉客”，勉强靠租房提成维持着业绩。像露小玉这种低级“北漂”，住在五环外的“北漂村”里，每天挤着地铁上下班，吃15块以下的盒饭，每个月还是入不敷出，出国旅游是做梦都梦不到的。

其实露小玉只不过是在西单的Anphone手机专卖店门前填写了一份申请表。那张表格背后有很多密密麻麻的小字，而且都是英文的。露小玉在老家读的就是英语专科，而且认真刻苦，成绩也相当不错，那些小字未必一点也读不懂。但她根本没想着要读。她甚至原本并没注意到Anphone专卖店门口的帅哥店员正在派发什么。是一个瘦骨嶙峋的老太太把那张表格硬塞给她的。老太太告诉她，填写了这张申请表，就能获赠新款的Anphone手机。

她当然知道这种事根本没可能发生在她身上，所以转眼就忘了。可没过几天，她竟然接到了安第斯公司打来的电话，邀请她到公司来“面试”。她特意查了来电号码和公司地址，都是真的，并不是骗子。安第斯公司是全球最顶尖的智能手机生产商，中国子公司北京办公室在CBD的高档写字楼里占据了整整一层，这就更不可能有假了。露小玉这才重视起来，心想也许运气真的来了，到发廊烫了头发，咬牙买了套装和高跟鞋，心想一台Anphone要一万块，这点成本还是值得的。可当她走进高科技感十足的安第斯公司，还是不禁自惭形秽，暗暗懊悔为了这面试花了一千多，就连人家的公司前台也比不上，无论如何选不上她的。但她并没见到其他前来面试的人，莫名地更紧张了一些。还好时髦的前台很热情，把她带进一间小会客室，有位穿深蓝色条纹西装的英俊男人正在等他。那人自我介绍说是安第斯公司负责亚太区市场的总监，叫作 Kevin。Kevin 看上去三十出头，身材健壮，皮肤黝黑，口音里带着些港台腔，看样子并不是本地人。Kevin 正襟危坐着，表情严肃地核实了露小玉的身份信息，又问了她不少私人问题，比如哪里出生，哪里上学，做过几份工作，平时有什么兴趣爱好，有点儿审问的意思。露小玉不大自在，心想既不是找工作又不是找对象，问这么多干吗？ Kevin 大概看出她的心思，告诉她如果通过了面试，就可以去美国安第斯公司的总部，和来自其他国家的幸运者一起参加用户体验的真人秀。这场真人秀是专门为一年一度的安第斯公司全球大会设计的，安第斯公司每年都利用这个机会邀请各国媒体，向世界公布新产品和新技术。因此真人秀的参加者都有机会在全球媒体面前曝光！不仅如此，每个参加者的旅费全由安第斯公司承担，而且——Kevin 故意顿了顿，瞪大眼睛说：获胜者还会得到十万美金的奖励！

露小玉却并不激动，只是怔怔地问：不是说，还有新款 Anphone 吗？ Kevin 倒被问得意兴阑珊，讪讪地回答：当然有了。只要通过了这次面试就有的！每个去美国参加真人秀的都有！露小玉顿时笑逐颜开，甜腻腻地说：那你快问吧！问什么我都告诉你！

飞机遇上气流，上上下下地颠簸，塑料杯子在小桌板上蹦蹦跳跳，里面的可乐溢了出来。露小玉终于确信自己是在飞机上，心惊胆战地紧紧抓住椅子扶手，闭上眼一个劲儿祷告，心想好不容易有了点好运气，可别还没兑现就坠机了。她一心想着新款限量版的 Anphone，对十万美金倒是完全没有幻想。她甚至曾想问问 Kevin，能不能直接把手机给她，美国就不去了？这样来回跑一趟，怎么也要三五天，中介公司的老板最不喜欢员工临时请假，尤其是像露小玉这种业绩不佳的。她当然没好意思提出这个问题，心想人家正是为了真人秀才送她手机的，不去自然也就没有手机了。所以硬着头皮跟老板请了病假，只说休息一两天的，指望着再多拖上一两天也能混过去。其实她不只向老板隐瞒了实情，也没告诉可赋她要去美国，只说是去河北出差几天，明天的约会只能取消了。其实她巴不得告诉可赋，她被安第斯公司万里挑一地选中了，要去美国硅谷参加真人秀，还会得到一件非凡的礼物——最新款限量版的 Anphone。可她担心可赋不会相信。而且她也不想告诉。因为这台最新款的 Anphone 将是她送给可赋的生日礼物，是一个意外惊喜。可赋就和许多其他理工男一样，酷爱智能手机之类的电子产品。尽管可赋的薪水是小玉的两倍，可还是舍不得为了昂贵的新款 Anphone 破费。况且每次新款 Anphone 在中国发售，前两个月总是特别供不应求，西单专卖店外有许多人熬夜排队，却仍像过年时的火车票，买到的人少，买不到的人多，货都莫名其妙进了黄牛手里，不加价几成是买不到的。

可赋无动于衷地“哦”了一声，不置可否地挂断电话，都懒得跟她嘱咐一句“出去多加小心”之类的。这让露小玉一阵心寒，却又似乎早在意料之中的。可赋的冷漠反而坚定了她的决心。一定要拿到新款手机，把它作为生日礼物送给可赋。这是他无论如何也猜想不到的生日礼物。凭着露小玉的财力，送他翻盖手机都是不太现实的。

夏可赋是露小玉交往了一年零六个月的男朋友。他们是东北老乡，又是中学校友。但可赋比小玉高三届，两人上学的时候并不认识。有好事的同学组织了一场同学聚餐，从东北小城到北京谋生的同学并不多，所以把各年级的校友都请到一处。小玉就是在这个场合遇到可赋的。两人一桌并肩坐着吃火锅，并没聊什么，却喝了些酒。小玉两颊绯红，香汗淋淋，眼中的可赋面目清俊，皮肤白皙，沉默寡言，戴一副金丝边眼镜，很有些书生气。众人纷纷互相加微信，小玉和可赋也彼此加了。事后是可赋先给她发的微信，两人聊了不少家乡往事，渐渐热络起来。第一次约会是在电影院，那是一场闹哄哄的电影，两人都僵硬地坐着，聊天听不清，别的更做不出。电影散场之后可赋还不尽兴，又带着她去吃消夜。他开车带她来到护城河边，那里却并没有大排档，连纳凉的人影都没几个。他满脸窘迫地说，不知是记错了地点，还是大排档被取缔了。他双手抱着方向盘，白衬衫的袖子挽至肘部，车窗外的路灯洒在他脸上，高高低低明明暗暗，使他显得更加清瘦憔悴。她不禁柔声说：既然来了，就走走吧。

就是那一晚，他们确定了男女朋友的关系。热烈地交往了大半年，渐渐趋于平淡。三个月前，可赋终于和小玉一同返乡，带小玉回家见了父母。可赋的父母是地方上的小官，自然看不上从小无父无母，家中一贫如洗的小玉，又听说小玉只有大专文凭，在北京是做地产中介的，更觉配不上本科毕业并在外企做工程师的儿子，连晚饭都懒得留了。回到北京之后，小玉总觉得可赋日渐冷淡。虽然每周也还见上一次，每天也通个电话，却又觉无话可说。可赋原本就性格内向，热恋的高潮期都不怎么甜言蜜语，现在就更成了闷葫芦。两人虽然工作都忙，又隔着半个北京城，以前却是每天见面的。小玉常常下班后坐地铁去找可赋，陪着他在中关村的一座巨大的白楼里加班，之后再由可赋开车送她回家。可后来，可赋让她别去了，公司里有时候也有别的同事加班的。于是只有周末才见一面，还是小玉换两次地铁去找他，见到了无非吃一顿饭，两人都意兴阑珊的。

小玉早知自己配不上可赋，更配不上他势利眼的爹妈。可赋的性子柔软被动，并不是能够反抗父母的人。小玉也不是攀高枝的人，这场恋爱应该结束了。可她偏偏就是这样的个性，即便要结束，也要“轰轰烈烈”的。这“轰轰烈烈”并不是大闹一场，要死要活。她要送可赋一款昂贵的礼物，一款他或者他妈永远想不到她能送得起的礼物。她要把那礼物用彩带裹了，再在盒子上喷上香水，把盒子塞进可赋手里说：生日快乐，亲爱的。再见吧！

飞机不知何时已经停止了颠簸。露小玉睁开双眼，眼前已是漆黑一片。机舱里的灯都熄了，小窗板也都已关闭。原本闹哄哄的机舱一下子安静下来，乘客似乎都已沉入梦乡。商务舱里并没坐满，小玉身边的座位就空着，她把自己的背包放在座位上，被空姐用安全带绑住，也像个乘客似的。小玉见别人的座位都放平了，自己却仍坐成了90度，这才想起研究一下座椅，左右寻找按钮，却猛地在黑暗里看见一双眼睛，正直勾勾瞪着她！

露小玉吓了一跳，定睛细看，身边座位里不知何时冒出个男人，瘦瘦小小，戴一顶棒球帽子，帽檐把小脸遮掉了一大半，在黑暗的机舱里看不清楚五官，就只有两只眸子在烁烁发着寒光，不像是人眼，倒像是某种动物的。小玉不禁后背发凉，心中诧异：此人是趁着刚才她闭眼的工夫坐进去的？怎么没一点儿动静？

露小玉扭头不看他，却感觉那双目光仍盯着自己，不禁面红耳赤，正要和那人理论，大个子美国空姐朝她走过来，问她要不要喝点什么。露小玉勉强听懂了，摇头说谢谢不了。空姐瞥了一眼小玉身边的座位，不禁皱了皱眉，绕过小玉，朝那座位俯下身去。小玉也跟着侧目，却又吃了一惊！那小个子男人已不见了，座位上的还是她的背包！空姐再次给背包绑好安全带，用英语解释说："还是这样比较安全，还会遇到气流的！"可小玉分明记得，那包是绑着安全带的。一定是刚才被那男人悄悄解开了。

小玉等空姐走远了，连忙解开安全带，查看包里的东西。护照、钱包、手机、几件换洗衣服都在。她订的是后天返程的机票，在美国一共只待三天，所以只带了背包，托运行李都没有。她钱包里本来只有五百块人民币和二百美元，手机是几百块的魅族，实在不值得一偷。心想那戴棒球帽的小男人是谁？神出鬼没的，莫非是个调皮的半大孩子？她举目四望，机舱里实在太暗，也看不清别的座位里都有些什么人。再回忆帽檐下的那双眼睛，贼溜溜的怎么也不像是个孩子，不禁后背隐隐发凉，黑漆漆的机舱也显得越发阴森。小玉再也没心思睡觉，她见远处有人座位顶上的灯亮着，也想把自己头顶的灯打开，却又找不到开关，在扶手的操控器上乱试了一阵，椅子却突然向后倒下去，小玉被安全带绑着，只能随着倒下去，慌乱间却把电视按亮了，眼前顿时一片光明，两三米开外都能看清楚。小玉稍稍安心，身体渐渐放松，发现倒下的座椅果然挺舒服的。可她毕竟不太安心，又解开安全带爬起来，把护照、钱包和手机都从背包里取出来塞进随身的衣兜里，这才又重新躺下来，时不时四处张望。过了不知多久，竟也迷迷糊糊睡着了。

直到飞机降落，露小玉都没再见过那个"小男人"。

飞机抵达旧金山国际机场。露小玉下了飞机，紧跟着前面的乘客，穿过长长的封闭走廊。走廊里有一股子非常陌生的气味，说不清是地毯还是墙壁发出的。反正让她觉着紧张。有几个荷枪实弹的胖警察，叉腰站在走廊尽头，满怀敌意地看着她，好像看犯人一般。小玉赶忙低头快走，却听一个警察高声叫嚷，顿时大惊失色，半天才弄明白，是自己走错了通道，走进美国公民的专用通道里了。

海关的警察也穿着同样的深色制服，也同样拉长了脸，还好并没声色俱厉。警察问她到美国来做什么，她递上安第斯公司的邀请信。警察问她要在美国停留多久，她说三天。警察立刻充满怀疑地看着她。她还以为自己的英语不够标准，怯怯地又说了一遍，警察皱了皱眉，在护照上盖了章。她仍不敢走，那警察不耐烦地挥挥手说：祝你在美国愉快！

露小玉惶惶恐恐地走出海关，看见许多接机的人，高举着写着姓名的纸板，心想这就算真的进入美国了？感觉有点儿不真实，仿佛两年前，当自己乘坐的绿皮火车缓缓驶入北京城，当她看见车窗外古老的城门楼子，也曾觉得不真实。就在这时，小玉突然听到有人叫自己的名字，是个低沉浑厚的男人声音，只觉得耳熟，一时想不起是谁，朝着声音的方向看过去，猛然看到一张英俊笑脸："露小姐，您好！欢迎您来到美国！"

原来正是在北京 Anphone 公司里面试过她的 Kevin。Kevin 穿着深色西装，系深色领带，眉目间自有一股英气，却又并不是传统东方的英俊，举手投足都有些外国电影里的架势。

尽管如此，露小玉还是倍感亲切，心里也顿时踏实了一些，快步上前和 Kevin 握手，立刻被一股子暗香所包围。小玉猜那也许是男士香水，并不太好闻，有点儿太浓了。Kevin 个头儿很高，居高临下地向她微笑，热烘烘的大手把她的小手攥紧了，很有几分强势地上下摆动。小玉想起自己并没喷香水，穿得也很邋遢，坐了十几个小时的飞机，说不定还正披头散发的。小玉连忙抽出手来，捋了捋头发，扬起下巴，不肯服软地说："你好！我叫 Joy（乔伊）！"

Joy 是露小玉为了到北京工作，给自己起的英文名字。然而从来都没用过。因为她并没到外企里上班，小区的房屋中介公司里也没人使用英文名字。那个小区里很少出现外国人的。她都几乎忘了这个名字。不知刚才怎么突然就想起来了。

"Joy！真是个好名字！"Kevin 边说边从小玉手中夺过背包，皱着眉问她，"就这些行李？"小玉嘻嘻笑着，手却并不放开背包带子："嗯！反正就两天！我自己来！"

Kevin 倒是并不坚持，朝小玉微微一笑，手放开背包带，耸耸肩说:“走吧!送你去酒店!”

Kevin说罢,迈开大步带领小玉穿过人群,乘扶梯又走下一层,又穿过了一条狭长的通道,来到地下停车场里。Kevin站住脚,举目四望,表情迷茫地说:“糟糕,不记得停在哪里了。”

小玉也跟着抬头瞭望,这地下停车场极大,一眼看不到边际,密密麻麻停满了车。小玉当然不知道Kevin把车停在哪里,也不知他的车子是什么样子的,显然帮不上什么忙,问也是多余的。Kevin却好像突然找到了解决办法,欣喜地说:“没关系!我有它呢!”

Kevin说着,就从裤兜里掏出一粒象棋子大小的黑色东西,往地上一扔,用英语命令道:“找到我的车!”那东西就好像生了腿,在原地打一个转,“哔哔”叫了两声,朝着停车场里飞速爬去。小玉吃了一惊,本以为是只虫子,看上去又不像,黑壳子分明是铁做的,在灯光下幽幽闪闪的。Kevin见那东西爬得太快,又用英语喊道:“慢一点!”那东西果然又“哔哔”叫了一声,放慢了速度,好像是在等着主人跟上来。小玉不禁好奇地问:“这是什么?”Kevin转身得意扬扬地说:“我的虫子!”

小玉又吃了一惊,再去看那东西,确实不是虫子。Kevin这才解释说:“虫子机器人!我的硕士课题。”

小玉终于明白过来,问道:“你是学机器人的?”

“是啊!加大伯克莱分校,机器人和人工智能专业。”Kevin腼腆一笑。快走几步跟上那“虫子”说:“Kevin!跟美丽的Joy打个招呼!”那黑色小东西果然停住,在原地转了半圈,又向着小玉爬过来,绕着小玉转了一圈,“哔哔哔”叫了三声。Kevin说:“三声是跟你打招呼呢!”

小玉不禁笑道:“真聪明!”

Kevin更加得意,冲小玉挤眉弄眼了一阵,神神秘秘地对那“机器虫子”说:“来!告诉Joy姐姐,你还会做什么?”小玉果然弯下腰去,认真盯着那“机器虫子”。那东西却半天没有反应。只听Kevin在忍不住笑道:“哈哈!你上当了!它就只会‘哔哔’,不会说话的!”

小玉一阵脸红,尴尬地直起身子,Kevin却正在兴头上,像个孩子似的瞪圆了眼睛说:“就算会说也不能说!你是小密探,要严格遵守纪律!对吧?”

Kevin边说边弯腰捡起那“机器虫子”,向着小玉递过来。小玉不敢接,Kevin又说:“不用怕!它很听话的!”小玉这才勉强伸手接了细看，果然只是个黑色圆形的小铁盒子，盒子背面刻着一个大写的“K”，盒子底下露出三只轮子。小玉细看那个“K”，并不是很正，边缘有点粗糙，小玉问：“这是你自己刻上去的？”

Kevin 立刻点点头，满怀骄傲地说：“对啊！纯手工的！全是我做的！256G 内存，GPS 定位，GSM 通信，24 小时电池续航！”小玉听不懂这些，就只一个劲儿点头，尽量做出赞美的样子来。Kevin 愈发兴奋，从小玉手中又拿回“机器虫子”。小玉暗暗松了一口气，Kevin 却上前一步，再次拿过小玉的背包，随手把那“机器虫子”塞进背包里。他说：“给你！”

小玉吃了一惊，连连摇头说不要，正要忙着从书包里把那东西往外掏，Kevin 却一把抓住她的手腕，冲她眨眨眼睛说：“不是送给你，只是让你临时保管一下的！”

小玉不解地看着 Kevin，手腕被 Kevin 用力抓牢了，浑身都不自在。可 Kevin 正瞪大眼睛看着她，表情有点调皮，像个孩子似的，之前成熟稳重的样子都没了，小玉心中又有点好笑，不好意思硬生生抽出手来，只能任由他挤眉弄眼地说：“安第斯公司是个很大的公司，里面很容易迷路的！明天你就要去公司参加真人秀，万一迷路了，就把它放到地上，跟它说：‘找到 Kevin！’它就会带你来找我的！”

小玉半信半疑，也不知 Kevin 是说真的，还是在开玩笑。Kevin 却突然放开了小玉的手，顽皮的表情也顿时消失了，两眼炯炯地看着小玉，用低沉浑厚的声音说：“我的任务就是照顾好你。这只‘虫子’正好能帮我的忙。对吧？”

这话裹着一阵热风，直吹到小玉脸上。小玉顿时两颊发烫，只觉浑身别扭，暗暗有些反感。心想 Kevin 自以为很帅，喜欢对女孩子花言巧语呢。可她又不是花痴。而且，他再帅也不是可赋。可赋从来不会对女孩子花言巧语，即便是对女朋友也常常相敬如宾的。说得好听是敬重，说得不好听就是冷淡。想到此处，小玉心中又是一阵酸楚，赶快岔开话题说：“你不是让它找车的？怎么放进我包里了？”

小玉边说边要去包里再掏那“机器虫子”，Kevin 却哈哈一笑说：“它已经找到了！”

Kevin 边说边从衣兜里掏出遥控器，眼前的一辆黑色轿车立刻叫了一声，车灯也闪了闪。Kevin 朝着车子走过去，正要拉车门，却突然听到有人高声叫：“Kevin！”

小玉和Kevin同时扭头，看见不远处走来一位身穿黑色风衣的中年金发男人。那人戴着墨镜，黑皮鞋一尘不染，金色的袖扣都晶莹闪亮着。此人身后还跟着两名穿西装的壮汉。Kevin显然大出所料，一脸惊异地说："布兰克先生？"

"Kevin，这位就是露小姐？"那人嘴角露出一丝笑意，却并没有亲切的意思。他边说边径直走向露小玉："Eric Blank（埃里克·布兰克），安第斯的副总裁。"副总向小玉伸出手，毛茸茸冰凉凉的，"美丽的露小姐，Kevin是要把您带到哪儿去呢？"

小玉无言以对。Kevin接过话头："布兰克先生，我正准备带露小姐去酒店。"

"太糟糕了！"副总眉头一皱，"他们的系统出了错，露小姐的房间被取消了。"

"真的？我问问酒店。"Kevin满脸狐疑地要掏手机，副总却皱眉说："难道我会骗你？"

Kevin连忙放弃了掏手机的想法，满脸惶恐地说："对不起！是我没安排好，我立刻联系其他酒店！"

"Kevin，你忘了？明天是安第斯的真人秀活动，我们有那么多的客人，现在还会有房间吗？"

"这……"Kevin哑然失色。

"不必着急，我已经为露小姐安排了更好的住处——我家。下面就由我来亲自照顾这位美丽的女士。"副总保持着笑意，向小玉挤挤左眼。小玉心中愕然，不能确定自己是不是真的听懂了。她？住在安第斯公司副总裁家里？

Kevin局促不安道："可是布兰克先生，露小姐明天还要参加真人秀。"

"明天，我会亲自带露小姐去参加真人秀的！"

"我是亚太区的市场部总监，带露小姐参加节目，本来就是我的职责！"Kevin和副总对视。两人嘴角都有笑意，眼睛里却都没有。

"哈！看来，我是没资格喽？"副总哈哈一笑，笑容瞬间就消失了，只用双眼威严地注视着Kevin。Kevin忙垂下头，讪讪地说："对不起！我不是这个意思。"

副总优雅地转身，对露小玉说："露小姐，请？"

露小玉顺着副总的手势，看见不远处的一辆加长的黑色轿车，长得有点好笑，以前她只在电影里见到过的。副总的一名随从不容分说，从小玉手中夺过双肩背，走向那加长的轿车。小玉一阵紧张，像是被劫持了。她不禁扭头看了 Kevin 一眼。可 Kevin 仍低着头垂手站着，面无表情，根本就没看她。她只好跟着副总走向加长轿车，心中无限忐忑。她其实丝毫也不喜欢 Kevin，可这会儿，她宁可跟 Kevin 在一起。

露小玉跟随安第斯公司的副总布兰克先生坐进加长的黑色轿车。穿黑西装戴白手套的黑人司机为他们开门，还轻轻搀扶了小玉的胳膊，尽管她完全不需要别人搀扶。加长轿车里简直就像个迷你酒吧，有长沙发和摆着酒的吧台，弥漫着雪茄的烟臭味。小玉独自缩在沙发角落里，看着车外不言语。好在副总边抽雪茄边摆弄手机，也并没说一个字。

轿车驶上一条乡间小路。路边房屋渐少，地势渐高，路也越发崎岖，蜿蜒着深入密林间。茂密的红杉林，棵棵挺拔入云，枝繁叶茂，遮天蔽日。又驶了一段，峰回路转，下一个缓坡，再转一个弯，车速渐缓，最终停在一座大房子前。房子共分四层，正门开在二层，有阶梯相通，两侧是弧形的木质扶栏，爬满翠绿藤萝。

众人下车。黑人司机拎了小玉的双肩包，小跑着去按门铃，西服后襟随之舞动，好像是从美国电影老片里跑出来的。大门即刻便开，仿佛恭候了很久似的。一串咯咯的笑声夺门而出，像是来自风光正好的少妇，或者涉世未深的村姑。但随着声音跑出门来的，却是个小胖老太太，火红的卷发，年过七旬却满脸春色，只是并没穿华装丽服，而是穿着旧式用人套裙，好像一只白底细花的椭圆瓷坛子，坛子里种着一棵圆鼓鼓的牡丹花，眼眉与皱纹都笑成了一团：

“呵呵呵呵！我还奇怪呢！是谁会在这个时候敲门呢？原来是布兰克先生！您今天回来得可真早啊！正好赶上下午茶！呵呵呵呵……哎哟，这位美丽的小姐是谁？”

“花坛子”见着小玉，笑声止住了，满脸“花瓣”舒展开来，显露出一张黄种人的面孔。副总笑答：“亲爱的桔恩小姐，这位是露小姐，她从中国来，是我们公司的贵客。她要在我们家住几天。”

“哎呀！露小姐，欢迎来到布兰克家做客啊！哈哈！”桔恩小姐一阵欢呼，笑容又起，一路小跑着绕过小玉，从黑人司机手中抢过双肩背。

布兰克家的确气派非凡。客厅是挑空的，直达四楼屋顶。上悬大型水晶吊灯，下铺大理石地面，倒映着家具和花木的影子。桔恩小姐唤来一名皮肤黝黑的女佣，把小玉的背包交给她，连珠炮似的说：“路易莎，把这拿到客房里去！哦！还有，快去通知布兰克夫人，布兰克先生回来了！还带来一位美丽的客人！玛丽亚娜到哪儿去了？上帝啊，她怎么总是神出鬼没的？难道还在花园里？天啊她都在那里待了两个小时了！下午茶准备得怎么样了？她得多准备一套餐具！玛丽亚娜？玛丽亚娜？”

桔恩小姐陀螺一般原地旋转，双手抱头，仿佛火山爆发了似的。

“桔恩小姐！不必着急。为何不先带露小姐去参观一下客房呢？”副总挤挤眼，好像应付一个天真的孩子。桔恩小姐立刻淡定下来，双手托腮，面色瑰红：“对不起！布兰克先生！我这就带露小姐去参观！亲爱的，跟我来吧！呵呵呵呵呵呵呵！”

小玉的房间在三楼。房间不大，布置却很奢华。薄纱窗帘，真丝地毯，古董台灯和花瓶，舒适的大床上摆放着华丽的枕头和睡衣。床头柜上有精致的茶具，茶香花香悠然四溢。窗外是花园，各色菊花正在绽放。小玉暗自纳闷：美国人竟也如此钟爱菊花？难道不该添一些玫瑰、郁金香、薰衣草什么的？菊园的尽头，泳池碧波荡漾。再往外是层层山林青翠茂密，视野之内再无其他房屋了。

客房设施完善，所需一应俱全。大至浴巾浴袍，小至牙具针线，还有各式护肤品化妆品，却唯独少了客人的行李——小玉的双肩背。桔恩小姐再次双手捂脸：“难道送错了房间？这个笨死人的路易莎！”紧接着一连串道歉，反复承诺尽快送来，几乎要指天立誓。小玉忙说不急，一切全凭桔恩小姐方便。

桔恩小姐引领小玉下楼，一路介绍房间的分布和用途。四楼是布兰克先生及太太的卧室及书房；三楼曾是孩子们的卧室，孩子们如今也成家立业了，房间则改为客房；二楼是客厅、起居室、餐厅和厨房；最下一层则为司机及用人的宿舍。

两人来到餐厅，下午茶已备妥，其实只是一壶奶茶和几片饼干，看来桔恩小姐喜欢小题大做。布兰克夫妇都已落座。布兰克夫人身裹真丝长袍，瘦削憔悴，眼窝和两腮都深陷着，皮肤白得没多少血色，微笑时眼角纠缠着细纹，脖颈下突出的锁骨之间垂有璀璨的宝石。布兰克先生则已换上宽松的衬衫，胸口敞开，露出一小片棕色胸毛。夕阳柔美，舒适华丽的房间，娇弱矜持的女人，温柔风雅的男人，美国电影里的场景再度呈现在小玉眼前。可她脑海里却突然出现另一幅画面：可赋戴着细边眼镜，双颊清瘦苍白，夕阳下的剪影非常迷人。小玉坐在副驾驶座，从侧面偷看。他专注于前方街道，一手扶着方向盘，另一只手牵住她的手。他们没有豪宅中的下午茶，只有捷达中稍纵即逝的黄昏。她还以为，那就是她的一辈子。

布兰克夫妇和小玉寒暄，嘘寒问暖，表情丰富饱满，对话内容其实很枯燥。两杯奶茶落腹，夕阳渐斜，小玉的困意突然就排山倒海地来了。小玉本来就是能睡的人，却并不明白怎么突然能困成这副样子。她可是从来没体验过时差的。桔恩小姐还在时不时咯咯地笑，笑声越来越遥远。布兰克夫人首先提出让小玉回房休息，还是身体虚弱的人更善解人意。布兰克先生叮嘱了晚餐时间，同时又附加一句："也许你睡着了，我们就不叫你了。我很了解时差的感觉。明早 8 点，我在这里等你。"

小玉道谢后回到房间。她倒宁可这一觉就睡到天亮。她要的是 Anphone，可应酬布兰克夫妇却是很辛苦的事。小玉的背包还是没送来。小玉顾不得许多，拉上窗帘，脱掉外衣，倒头便睡。好像落水之石，直接沉入湖底。如果时差能够打包，她将欣然把它带回北京。毕竟最近她总心事重重，渐渐有了失眠的时候。

不知过了多久，小玉突然醒来，四周漆黑一片。一时间，她全然不知自己身在何方。小玉努力睁大眼睛，却见床头的椅子上依稀坐着个人！小玉猛然一惊，顿时彻底清醒过来，脑子里首先闪过那头戴棒球帽的瘦小身影，浑身立刻冒了冷汗。再定睛一看，那只是自己丢在椅背上的外套而已。

小玉起身拉开窗帘。下午睡得太急，窗户都还敞开着，凉意袭袭而来。一轮圆月正悬在密林顶上。突然一声惊啼，紧接着一串扑打翅膀的声音。惊魂未定的小玉也随之浑身一颤。难道鸟儿也有梦魇？一切即刻恢复寂静，但寂静同样令人不安，树影幽暗，仿佛隐藏着许多蠢蠢欲动的能量。小玉背后隐隐发寒。转回身，看见大半个床面上反射着幽幽的白光，不禁更是后背发凉。

电子钟显示暗红色数字：1∶15am。此刻的北京眼看就要到下班时间。她整日未曾在QQ上出现，也没发过微博或朋友圈，不知可赋有没有留意。她的廉价手机并未开通国际漫游。不开通也罢，以免徒增牵挂和失望。没有结果的情感，本不该投入过多，或许克制本来就远胜于纵容，而男人也总比女人理智多了。

夜正深，小玉的睡意却淡了，来去自由，不由人控制。窗外树影相抱，如热恋的情人。可赋一向谨小慎微，不善巧辞，却也曾在午夜发来短信，倾吐他的思念。但那仅有的一次，是大半年之前了。可赋的手修长细嫩，唯有无名指下有一小块老茧，那是她常常抚摸的地方。她曾戏言他的手比女人更嫩。他也曾笑答：所以这手不能干活，家务得由你来。话一出口，无法收回，徒增一段蚀骨的回忆。以后，以何之后？以Anphone为界，她将要抹掉有关可赋的记忆。正如20年前，抹去有关父母的一切记忆。小玉握紧窗棂，铝合金轨道冰冷坚硬，直刺进肌肤里。

小玉放开窗户，披起外衣。下午喝的奶茶完成了周游人体的旅行，急需投入下一次轮回。摸不到台灯开关，墙壁上的开关也找不到。暗中摸索着开门。还好，走廊里有夜灯，宛如萤火虫般一点点幽幽的亮光。门外一条漆黑狭长的走廊，两侧大约有四五扇门，扇扇紧闭着。小玉不知哪扇是洗手间，却也不敢贸然去开，这才越发意识到，此处并非北京。这是完全陌生的国度，完全陌生的大宅。小玉不禁头皮发紧，后背发凉，提足屏息，不敢弄出半点声响来。她小心翼翼地走下楼梯。记得客厅边上有卫生间的。木质扶手冰凉光滑，楼梯偶尔低吟，小玉努力踮起脚尖。眼看就到一楼，大理石地面就在眼前。楼梯上却突然又是一声，仿佛从背后高处传来。小玉一惊，立足回望，空荡荡漆黑一片。屏息静立片刻，并无任何动静。

小玉摸索着走进客厅。此处过于宽阔，因此更黑，墙角虽也有一盏夜灯，一点点萤火却完全帮不上忙，反添更多幽暗深邃之感。屋顶高不可测，家具和植物似乎都富有思想，在暗中偷窥着赤脚的女孩。冰冷微潮的空气，让小玉莫名地想起十三陵地宫。她去过一次，狭窄的墓室和巨大的棺木散发着腐朽的气息，令她不寒而栗。还好卫生间就在眼前。门半开着，依稀能见马桶的形状。依然找不到电灯开关，小玉摸索而入，关门坐上马桶。黑着也罢，速战速决，无须多少时间。可突然间，她耳边隐约一声轻吟：

“啊……”

那声音细如蛛丝，却似乎就在不远处。小玉吃了一惊，忙屏住呼吸。四周安静至极。也许只是林中鸟啼？或者只是自己吓唬自己？可突然又是一声：

“啊……”

这次更加真切。是个女人！小玉汗毛倒竖，头皮发紧。卫生间没有窗，门也关紧了，何处来的人声？

“啊……”

这一次万分真切，简直就在耳边！小玉惊慌侧目，只有漆黑一团。鼓足勇气缓缓地抬手，摸到麻麻的一大片，像布。布后则硬如墙壁。小玉略微安心，好歹还隔着墙。但那呻吟又来了：

“哎哟！哎哟，啊……”长长的一阵，夹着杂音。既是隔着墙壁，怎能听得如此真切？

“砰！”

突然一声巨响，地面微微颤抖。小玉浑身一抖。呻吟之声戛然而止，换作男人低语，之后是女声，音节飞快跳跃，似是西班牙语。小玉虽听不懂，却长出了一口气。是人！不是鬼！难道是偷欢的用人？小玉恍然大悟，顿时双颊发热。耳边随即响起一阵凌乱的脚步声，隔壁的人落荒而逃了。紧接着，小玉头顶响起更急促的脚步声，楼梯毫不矜持地大声呻吟着。小玉越发紧张：卫生间的门没锁，灯也没开，她才是鬼鬼祟祟的人。她心里一阵慌，正要起身，耳边却突然又有了声音，仿佛来自同一个位置，却更近，紧贴着耳畔，而且分不出男女，辨不清语种，仿佛是在说：

“下家的门儿……下家的门儿……”

那声音好像来自躯体深处，并不是通过声带发出的，那空荡荡的躯体里，仿佛五脏六腑都被掏空了。

“下家的门儿……”

又是一声，简直不像是人声，就像招魂的呼唤。小玉顿时毛骨悚然，那声音转眼又来了，这一回更近，耳垂似乎都能感到气息震颤似的，可又异常缥缈，仿佛来自另一个世界，与这一个世界并存着，却并没有交集，无法用感官探知，只能用灵魂感应似的。小玉用双手堵住双耳，声音顿然消失了。小玉闭紧双眼，不敢放开双耳，生怕那声音再来。突然间，卫生间的大门敞开了，客厅里早已灯火通明，刺得小玉睁不开眼睛。布兰克先生身穿睡衣，手拎棒球棒，站在卫生间门外高声道:“露小姐！是你?！”

小玉惶惶地走出卫生间，只见一只巨大的蓝色古董花瓶碎成几块，散落卫生间门外。布兰克先生站在碎片旁，一手拎着棒球棒，一手托着下巴，诧异的目光在花瓶与小玉之间游移。

桔恩小姐慌慌张张跑上楼来，穿着睡衣，趿着拖鞋，一头红发蓬乱无章，和白天那个精神抖擞的阳光小老太判若两人:“Oh！我的上帝！这花瓶……”

布兰克先生一挥手，桔恩小姐立刻住口。布兰克说:“对不起，露小姐！您受惊了！桔恩小姐，请你送露小姐上楼。”

布兰克先生说罢立刻转身上楼，没给小玉辩解的机会。

桔恩小姐立刻恢复常态，问小玉是否受伤，脸上又漾起笑容。小玉忙解释说:“不是我。我没碰花瓶。”

桔恩小姐吃了一惊，笑容即刻消失了，表情变得格外严肃。她加快脚步，沉默着引领小玉回到三楼客房，打开台灯，小心翼翼关了房门，一屁股坐在床边，忧心忡忡地问:“露小姐，请原谅我的问题，但今晚到底发生了什么?”

小玉详细叙述了刚刚的经历，桔恩小姐则屏息听着，眉头越皱越紧，面色越发凝重，终于忍不住问道:“你听到的声音，是说话声吗?”

小玉点头。

“男人还是女人?”

“一男一女。”小玉低声回答，脸上又是一阵发热。

“唉！一定是玛丽亚娜和她的男朋友何塞！”桔恩小姐深叹一口气，“布兰克先生如果知道一定会气死的！他最不愿意陌生男人进家门了！更别说在他的储藏间里干那种事！唉！”

小玉生怕给女佣带来麻烦，忙解释道:“也不知道我是不是听错了，好像还隔着一面墙。”她刚才走得匆忙，竟然忘记细看，自己摸到的到底是什么。

桔恩小姐摇头道:“你不会听错的!那隔壁就是储藏间!这房子的墙壁都是木板做的,隔音不会很好的。一定是玛丽亚娜和她的男朋友!唉!”桔恩小姐连连叹气,眉头扭成一团,“不过玛丽亚娜也是个可怜孩子!为了赚钱,从墨西哥跑到美国来做用人。何塞偷渡来美国看她。玛丽亚娜哭着求我帮忙,我心一软,就答应帮她!我请布兰克先生帮忙,给何塞找了一份很好的工作——在一个体面人家做园丁!我可是拉下老脸的!哪有用人求主人帮忙的?我对玛丽亚娜千叮咛万嘱咐,不许她把何塞带进这里。但她还是……唉!布兰克先生知道了一定会气死的!”

“我会保密的!”小玉试图安慰桔恩小姐,桔恩小姐却极力反驳:“不!我不是这个意思!犯错的人是玛丽亚娜,怎能让你承担呢?那个花瓶,是布兰克先生最喜欢的,无论如何也不该赖到你的头上!”

“可那花瓶并不在储藏间里。他们怎能把它打破?”小玉不解道。桔恩小姐诧异道:“你是说,花瓶碎的时候,他们还在储藏间里?”小玉点头。桔恩小姐睁圆了双眼:“你是说,当时还有别人在?”

小玉又点了点头。桔恩小姐一把抓住小玉的双肩:“露小姐!告诉我,你还听见什么?”小玉并无防备,被吓得浑身一震,只觉肩上的双手在微微颤抖,后背不禁阵阵发凉,努力回忆着说:“后来,我又听见一个声音……”

小玉又想起那鬼魂般的声音,再次不寒而栗。

“你到底听见了什么?”桔恩小姐眼中射出恐惧的光。

“我……我不知那是在说什么!我学不来,可我听到了!”

“你真的不知道那声音在说什么?”

“不!我听不懂!”

“是男人还是女人?”

“说不清!不像男人,也不像女人,就像来自另一个世……”

桔恩小姐猛抬手,一把捂住小玉的嘴:“嘘!别说了!”

小玉心脏一阵狂跳,桔恩小姐好歹放开了手。台灯下,她的胖脸全没了血色,白得好像日本公仔似的:“难道,难道,它又回来了?!”

“什么?什么回来了?”小玉周身被寒气包围了。

“唉!”桔恩小姐长叹一口气,幽幽起身:“露小姐,不要怕。不论你听到的是什么,快把它忘了吧!它不会到这一层来的!请放心,你在这里是安全的!”桔恩小姐试图微笑,却已属徒劳。她转身拉开房门，脚步却迟疑了。桔恩小姐回头说："我去把三楼卫生间的门打开。这样你就可以找到了！天亮之前，就请留在这一层吧。请别到楼下去了！呵呵呵！"

桔恩小姐走出房间。三声尴尬的笑却停在空气里，挥之不去。

露小玉一夜都没睡踏实，总觉着走廊或窗外有动静，可无论如何不敢睁眼去看。好歹熬到天亮，桔恩小姐打来内线电话请她下楼用餐，她赶忙起床穿衣，这才发现她的背包还是没送到。桔恩小姐毕竟上年纪了，脑子未必有外表看上去灵光。

卫生间门外的花瓶碎片已不见踪影，布兰克一家完全恢复了常态。主人夫妇坐姿优雅，管家用人跑前跑后。两名女佣相貌相似，面无表情，小玉也看不出哪一个是玛丽亚娜。布兰克先生手持刀叉，边吃蛋糕边看报纸，就像昨夜什么都没发生。小玉口渴难耐，一连喝下两杯橙汁。昨夜客房床头虽然也有一壶茶，她却一口也没敢喝——不想再摸黑找卫生间了。

布兰克先生吩咐司机备车。桔恩小姐则满面歉意，手捧小玉的背包，刚刚开始道歉就被布兰克先生打断了："桔恩小姐，我们的客人不但美丽而且善良，她一定不会在意的。现在，请帮我们把背包放进汽车后备厢好吗？"

"好好好！那是一定的，布兰克先生！哈哈哈……"银铃般的笑声一路随桔恩小姐跑出屋去。小玉有点难堪——背包虽不算很重，却由比父亲还年长的老太太一直替自己拿进拿出。布兰克一家是有些过于客气了。布兰克夫妇离席更衣，小玉独自留在楼下，闲暇间踱进客厅，瞥见卫生间虚掩的门。上前推门细看，马桶边的墙壁上挂着一幅中国画，画上有朵盛开的菊花。又是菊花。莫非这位布兰克先生或者他的太太非常喜欢菊花？

小玉再次跟随布兰克先生坐进加长的黑色轿车里，这次比上次更尴尬。前往安第斯公司的车程只有 20 多分钟，却显得无比漫长。布兰克先生和司机一路闲聊，小玉则注目车外，双手放在膝头，总觉手中少了什么，或许是背包，应该在后备厢里。其实护照、手机都被她贴身放着，背包里并没什么重要东西。小玉正想着，突然看到一座巨大雄伟的建筑，起码有四五十层的样子。建筑的墙壁上有一面巨幅标语，印着许多用不同语言写成的句子。小玉一眼看见中文的那一句，和 Anphone 西单专卖店外墙上挂着的那一句一样：

“拥有 Anphone，你就拥有了一切！”

小玉心想，这大概就是安第斯公司了。公司大门外的路边停着两辆旅游大巴，举小旗子的导游正领着一队中国游客往公司大门处走，大门处的保安正在依次给游客们安检。布兰克轻轻吹了一声口哨，轻蔑地调侃道：“别人喜欢游览金门桥和国家公园，中国人却喜欢参观有钱的大公司。”

小玉听出布兰克话里的嘲讽，不禁用结结巴巴的英语回道：“那也是因为，那些大公司，容许游客参观呢！”

布兰克有点儿意外，挑了挑眉毛说：“他们只能参观很小的一部分——安第斯公司的展览馆，只能算是大楼边上的一个很小的角落。安第斯公司大得就像个迷宫，有上千个房间，容纳几万人呢！游客是不能进入安第斯公司真正的办公区的。但你可以。不过，你可要小心，千万别迷路了。”

布兰克冲着小玉挤了挤眼，仿佛别有含意似的，让小玉浑身起鸡皮疙瘩。她连忙把头扭向车窗外。车子正缓缓驶入公司大门，副总裁的车子当然不用安检。小玉看着那些等待着安检的中国游客，手举着相机，面露兴奋之色，仿佛在等着朝圣似的，不禁也觉好笑。自己偏偏就对参观安第斯公司没兴致。要不是为了最新款的 Anphone 手机，她根本不想到这里来，更不想在布兰克家里留宿。小玉又想起昨夜，仍隐隐觉着恐怖。

突然间，小玉从中国游客的队伍里发现一个瘦小的男人，比别人都矮着一头，戴一顶棒球帽，帽檐压得低低的，一双贼溜溜的三角眼正紧盯着加长轿车。小玉觉着此人面熟，却想不起在哪儿见过，心里又添了几分忐忑。等车子开出几十米，小玉却猛地想起来：那会不会是飞机上突然坐到她身边的“小男人”？小玉大惊，连忙扭头努力再去眺望门口那些游客，却并没看见那个瘦小的身影。小玉想着片刻前车窗外的那双瘆人的目光，不禁心脏怦怦乱跳，直到下车才发现，车玻璃是单面透光的，从车外看只是黑黑一片，看不到车里的人。那“小男人”大概是不会发现她在车里的。小玉这才稍稍定了心。布兰克亲手从后备厢里拿出双肩背交给小玉，小玉忙接过来，心里又踏实了一些，暗暗祈祷着今天就能拿到新款手机，今晚也就不必再受人摆布，死也不再住进副总那恐怖的大宅子了。

小玉跟着副总走进大厦，不禁暗暗吃惊。她还从没见过这般金属铸成的世界。金属大门，金属墙壁，金属屋顶，就连地板也发出金属光泽，仿佛超越时空的科幻场景。大厅里又要安检，这次并不是针对游客，而是针对每个进出大厦的工作人员。穿工作服的工人、技师；穿牛仔裤T恤衫的工程师；还有西服革履的经理高管，无一例外地排队走过金属探测器，所有背包、电脑包、公文包也都一律经过安全扫描，看上去比机场安检还严格。

安检门边站着个西装革履的男人，正仰首四顾，像是在等着谁。小玉立刻认出来，那人正是Kevin，心中一喜，忍不住抬手招呼。Kevin发现了小玉，立刻欣喜地迎上来。倒是副总裁布兰克立刻阴沉了脸。Kevin忙赔笑说："布兰克先生您早啊！我是等着带露小姐去报到的。您一会儿还要开会。就……"

"不必！"布兰克不等Kevin说完就打断了他，"露小姐现在是我的朋友了。我亲自送她去报到，顺便带她参观一下我们的'安第斯时光走廊'，不是很好吗？"

Kevin无奈，只好侧身让开安检通道，不情不愿地点头说："您请！"

布兰克却停住脚步，皱眉说："露小姐是安第斯公司的贵客。安检实在是太不礼貌了！"

这时，公司大厅负责安保的经理早已小跑着过来，毕恭毕敬地向布兰克鞠躬，然后亲自搬开防护栏，请布兰克和露小玉大摇大摆地走进公司去。小玉其实并不在乎安检，这样一来，反倒觉得更别扭，只低头跟着往前走，抽空偷偷瞥了一眼Kevin，见他正忧心忡忡地看着自己，心里不禁更加忐忑了。

布兰克走过大厅，直奔一面金属墙壁，仿佛要打算穿墙而入似的。小玉不禁诧异，走近了才发现，墙壁上有细小的金属缝隙，构成一排竖立的方块。布兰克靠近其中一块，方块顶端突然闪现红色亮点。小玉听见电子合成的女声从墙壁上发出来："早上好！请问您要去几层？"

"20层。"布兰克低声应答。方块顶端的亮点由红变绿，方块嵌入墙壁，无声滑开。原来是一扇通往电梯的门。电子女声愉悦地说："语音授权成功！布兰克先生，请进吧！”

小玉惴惴地跟随布兰克走进电梯，心想这安第斯公司果然配得上“高科技”的名头，竟然就像是走进科幻电影里似的。电梯里就像一只金属盒子，四壁光滑如镜，映得人影绰绰的。

电梯升至20层，小玉跟随布兰克步入一条长长的金属走廊，走廊里的灯光很暗，像是一条巨大的通风管道——一条会“说话”的通风管道。有个温柔的电子女声，开始向小玉介绍安第斯公司的历史，走廊的金属墙壁上也随之显示出图像，有照片亦有视频，跟随两人的脚步移动，从20世纪80年代研发工业电脑开始介绍，90年代大规模生产家用电脑，2000年首推便携式MP3，随后是风靡世界的Anphone，历史记录换作高科技画面。整条通道浑然一体，飞速倒退，小玉感觉自己仿佛突然飞起来，快速向前猛冲，忽而穿越银河太空，忽而又钻入集成电路的核心，又炫又酷的，仿佛是一场360度全息立体电影，让小玉头晕目眩，脚下不稳，几乎就要跌倒了，画面却突然消失了，声音也戛然而止，小玉眼前就只剩下一条四壁皆空的金属通道，什么都没有了。

就连副总布兰克也没有了。

小玉让自己定了定神，四处看了一圈，的确只有一条长长的通道，并没有布兰克的影子，也没有任何其他人。金属墙壁上全然没有任何指示。

小玉知道这墙壁上应该有不少门，通往不同的房间的，这墙壁上也埋伏着许多液晶指示装置，只不过现在没有任何显示。小玉仔细搜索墙面，确有一些极细的缝隙，勾勒成门的形状，却没有任何开关或者按钮。她试图用手敲击，却宛如敲在一块厚重的钢板上，发不出一丝声音。小玉心中一阵不安，茫然地试着走向金属走廊深处，脑子里突然闪出布兰克刚才说过的话：“安第斯公司大得就像个迷宫，有上千个房间，你可要小心，千万别迷路了。”

小玉心里更加不安，心想既然知道大厦宛若迷宫，为何又把她一个人丢在通道里？这位布兰克的葫芦里到底卖的什么药？非亲非故的，为何非要请她到自己的“鬼宅”里去过夜？小玉想起昨夜，心中越发忐忑，这金属通道不见阳光，寂静无声，唯有节能灯发出苍白的光，徒增了诡异的气氛。小玉试着轻叫了两声：“布兰克先生？布兰克先生？”半天也没有回应。小玉提高了声音，又叫了两声，还是没有回应。小玉索性使足了力气，尖声高叫道："布兰克先生！"

还是毫无反应。就连一点点回声都没有。

小玉一阵沮丧。可突然间，她隐隐地听到"哔哔"两声。她连忙四处寻找，通道还是空空如也，徒然的四壁上也还是没有任何指示。然后，她又听见"哔哔"两声。她循着声音寻找，好像是从背包里发出的。她心中一喜，连忙拉开拉链，伸手到书包里去掏，果然掏出那黑色的"机器虫子"来捧在掌心，看着它后背上手刻的"K"，心中半信半疑。小玉记起 Kevin 曾经说过，如果迷路了，可以让这机器虫子带路的。为什么 Kevin 和副总裁布兰克都提到了迷路？安第斯公司里真的很容易迷路吗？大概真是这样吧！看这些毫无生机的金属墙壁吧！简直就像是在巨大的金属棺材里呢！

小玉小心翼翼地把"机器虫子"放在地板上，心中暗暗祈祷了几遍，然后按照 Kevin 曾经说的，试着开口用英语说："找到 Kevin！"

那黑色的小家伙果然"哔哔"叫了两声，转了半圈，朝着通道深处爬去。小玉一阵欣喜，连忙跟上。可那"虫子"又停了，仿佛犹豫了片刻，竟然像壁虎似的爬上墙壁，往房顶爬了一阵，停在大约两米的高处，发出一串长长短短的"哔哔"声音，好像发电报似的。那块墙壁竟然陷了进去，随即无声地划开。原来又是一部电梯。那"虫子"自顾自地沿着墙壁爬进电梯。小玉也连忙跟进去。只听电梯里的电子合成的女声说："未知访客。目的地：顶楼。"说罢，电梯门徐徐关闭了。

小玉站在电梯里，静静地等着它上升。也不知上升了多少层，终于停下来。电梯门开启，门外又是同样的金属走廊，没有任何指示。还好 Kevin 的"机器虫子"目标明确地爬出电梯，回到地面，毫不迟疑地领着小玉往前走，在走廊里左拐右拐，有些门无声地开启，露出新的走廊，当小玉转过去，门又在她背后无声关闭，然而小玉始终没见到一个人，也没见到任何指示标志，就这样跟着"虫子"走了很久，内心又开始倍加焦虑，怀疑那"虫子"是不是出了故障，索性站定了问那虫子："Kevin 到底在哪儿？"

那黑色的小家伙于是又"哔哔"叫了两声，转回来绕着小玉转了一圈，随即又朝前爬去，故意放慢了速度，仿佛要照顾小玉的情绪似的。小玉被自己气得发笑，心想 Kevin 早说过，这机器人又不会说话，不过倒是似乎挺懂事的。小玉无奈，只好又跟了一阵子，在这金属的迷宫里转了几个圈子，自己觉得似乎又转回了原地，正要懊恼地再次发作，那“机器虫子”却突然停住了。小玉也忙收住脚步，可周围却并没任何一扇门开启，也没出现任何指示标志。小玉心想，这“虫子”别是也迷路了，或者没电了？不禁更加绝望。可就在此时，她似乎突然听见些什么。

小玉忙屏住呼吸，隐约间，悠悠一丝器乐之声自走廊深处传来。小玉心中一喜，却一时辨别不出声音来自何方。那“机器虫子”却突然来了精神，快速爬上金属墙壁，紧接着发出一阵发电报似的“哔哔”声，突然，那墙壁“裂开了”，原来是一扇门，在徐徐开启，门内一片漆黑。音乐声豁然明朗，竟是悠扬的爵士乐，而且旋律非常熟悉。小玉仔细一听，竟是爵士乐版的《夜上海》！

在这好似外星飞船的安第斯大厦的顶层，竟然有一间房间里，播放着老上海的靡靡之音？莫非，是Kevin在这房间里？那“机器虫子”果然往屋里爬，小玉于是也小心翼翼地跟进去，眼睛也渐渐适应了房间里的光线。

这是一间无窗的房间，巨大而空旷，除了一张高大的办公桌，似乎再无其他家具摆设。办公桌上有一盏奇小的台灯，是房内唯一光源，却连办公桌面都无法完全铺满。小玉借助走廊的灯光，定睛向房间里细看，办公桌后，隐约坐着个瘦小的身影，把双臂架在桌面上，撑着头，几乎像是趴在桌面上的。此人绝对不是Kevin。

“对不起！有人吗？”小玉小心翼翼地问，可半天也没听到答复。乐声依然。小玉小心翼翼地靠近办公桌，房间的光线迅速变暗。小玉连忙回头，却见金属房门已无声关闭，房间的四角都彻底陷入黑暗之中，想退是退不出去了。小玉一阵恐惧，还好Kevin的“机器虫子”就跟在她脚边，让她多了一些安慰。

小玉再回头仔细打量灯下之人，那人也缓缓地仰起头来看小玉，俨然是一张枯木般苍白衰老的脸，双目低垂，黯然无光，仿若一具尸体的面孔，全无一丝生机。小玉全身汗毛直立，不敢再向前半步。那老人却突然干咳了两声，声音惊天动地，仿佛从四壁反射而来。老人双肩和双臂都随之震颤，好像是把他终于从睡梦里颠醒了，而且发现了小玉，眼睛里闪出惊愕的光。小玉心中慌乱，连忙解释说：“对不起！我迷路了。”

小玉言罢，老人却并无反应，浑身也似乎僵硬了，唯有双目依然凝视着小玉，目光空洞木讷，似乎茫然若失，或者已然沉入梦乡。小玉忙又慌道：“我……我是幸运用户，我是从中国来的！我……”

“中国？”老人仿佛再次惊醒，“中国？幸运用户？不是……他们……派来的？”老人只能只言片语断断续续，双目却微微闪亮，仿佛突然注入了希望。

“他们？他们是谁？”小玉听了不知所云，越发忐忑。老人却来了精神，回光返照一般，抬起颤抖的右臂，幽然一道蓝光，闪过枯萎的手指，“过来！近一点！让我……看看你！”

小玉稍稍犹豫，缓缓移步靠近老人。老人伸直脖子，一颗头颅仿佛被无形之线吊起来，眼珠也随之凸出：“中国？”小玉心中惶恐，胆怯地点点头。那老人却突然伸直双臂，一把抓住小玉双手。老人的双手冰凉而坚硬，小玉不禁浑身一抖，却又不敢挣脱，只能任由老人拉着她。小玉这才发现，老人手指上戴着一枚硕大的蓝宝石戒指，幽幽地发着蓝光。

“帮帮我。OK？ Please！”

老人放开小玉，伸手扶住座椅扶手。座椅随即旋转 180 度，缓缓移向写字台后的墙壁。老人在墙壁上一阵摸索，墙壁顶端闪现一道白光，墙壁无声向两侧分开，露出巨大的保险柜。老人输入一串密码，再把眼睛凑上去，“啪”的一声轻响，柜门平移而开，露出一个方形黑洞。老人又是好一阵摸索，终于取出一封信递至小玉眼前：“求你。”

小玉完全摸不着头脑，不敢贸然去接，只呆望着那白色信封在老人手中微微颤抖，老人手指上的蓝宝石戒指也跟着颤抖，晃得小玉更加心慌。如此僵持了一阵，老人叹一口气，低垂了目光，眼中愈发浑浊。小玉这才勉强抬手接过信封：“我……我该怎么帮你？”

“收好！请……收好！”老人深吸一口气，竭力再次抬起手，指向小玉的背包。老人虽然气短神衰，语气却不容置疑。小玉不敢怠慢，连忙把信封放进背包。老人好像已经精疲力竭，又趴回桌面上，张着嘴大口喘息。

小玉又问一遍：“我该怎么帮你？”

老人又喘了两口气，勉强又把头微微抬起一些，张开了口，却还没出声呢，突然间，一个黑色的东西飞快地爬上桌面，火速冲向老人。小玉吓了一跳，看着好像是 Kevin 的黑色“机器虫子”，但来不及看清呢，那东西已经到了老人面前，距离他的脸不到一拳的距离，瞬间一声巨响，好像炮仗爆炸似的，就在老人眼前炸开，放出一团烟雾，带着刺鼻气味，隐隐地还有一丝果香。小玉连忙后退两步，掩上口鼻，感到眼睛微微有些刺痛。桌面聚集的白烟迅速就散了，黑色的“机器虫子”已经四分五裂，破损的壳子上分明还刻着“K”。而老人却已经不在桌面上了。小玉吃了一惊，向着桌子底下看去，只见老人已瘫倒在地，双目圆睁，嘴角泛着白色泡沫，额角青筋暴露。

小玉大吃一惊，连忙朝老人跑过去，顿时又闻到刺鼻气味，忙又用手掩住鼻子，惊呼道：“你怎么了？”

老人仍大睁着双眼，眼珠子像是要从眼眶里跳出来，却一个字也说不出，嘴角的泡沫已汇聚成流，一直淌到胸口上，渐渐由白变红。老人浑身剧烈地抽搐了一下，面目更加狰狞。小玉吓得后退了一步，尖声叫道：“救命啊！”

“Joy！是你吗？发生了什么事？”墙壁上突然发出浑厚的男声，讲着略带异国口音的中文。小玉一愣，随即放声大哭：“Kevin！救命啊！这里有个人不行了！”

老安第斯如枯木般直挺挺地躺在散发金属光泽的地板上，大张着嘴，嘴角悬着一条细长干枯的黑色血沫。Kevin早已检查过这位安第斯公司创始人，知道已经没救了。

Kevin用一条手帕捂着鼻子，把露小玉从屋里拉出来，关上门，两人在楼道里席地而坐。Kevin狠狠一拳击在金属墙壁上，竟然击出一声闷响。小玉浑身一抖，怯怯地问：“要不要打电话叫救护车，或者……报警？”

Kevin却突然转过身来，眼角分明挂着几滴泪。他一把抓住露小玉的手腕子，恶狠狠地说：“是谁派你来的？是不是布兰克？你们在我的‘虫子’里装了毒气吗？”

小玉惊骇万分，却又无力挣扎，只能辩解说：“不！不是！谁也没有派我！我什么都没做！你放开我……”小玉试图把手抽出来，Kevin的手却像钳子般把小玉死死抓紧了，虎目圆睁地说：“你在撒谎！他到机场来接的你！然后还把你带回家！说！他都跟你说了些什么？给了你多少好处？”

小玉手腕子生疼，终于放声尖叫：“放开我！我什么都不知道！是那个布兰克副总把我带到20层，可他突然消失了！留下我自己！我不知该往哪儿去！这里就像个迷宫！我想起包里有你给我的‘机器虫子’！我就让它给我带路，它就把我带到这里来了！门开着，我就进来了。‘机器虫子’也进来了！我根本不认识那个老人！他说让我帮他，可他还没说完，那‘机器虫子’就突然爬上桌子，在老人眼前爆炸了！然后，那老人就……我真的什么都不知道啊！”

Kevin一惊，手力略松，小玉随即挣脱，捂着脸大哭起来。Kevin一阵茫然，退后一步，自言自语道：“难道，是要借刀杀人？”

小玉闻言也吃了一惊，反倒不哭了，心脏突突地狂跳。Kevin又瞪眼问小玉：“昨天机场分别到现在，你的背包有没有离开过你？”

“一直都不在我身边！被布兰克家的用人拿走了，今天早晨才还给我！”小玉说着，心中猛然一惊！仿佛突然有了些头绪，隐隐感觉不妙。

Kevin越发面色凝重，喃喃道：“他们对我的‘虫子’动了手脚？”

Kevin说罢，再次用手帕捂住鼻子，开门走进房间。小玉要跟着，被Kevin制止了。Kevin说：“里面有毒气！”

小玉心想刚才的气味的确刺鼻，但似乎并没给她带来什么伤害。这会儿烟气又淡了许多，大概是没事的。可她不敢顶撞Kevin，只好等在门外，从门缝里往里看，一眼看见躺在地上的老人尸体，又是一阵心惊肉跳，赶忙把视线移开，紧盯着Kevin不再往别处看。只见Kevin小心翼翼地放开手帕，试着闻了闻，连忙又捂住手帕，目光缓缓扫视房间，猛然间，Kevin朝办公桌后冲过去，过了不久又跑出房间来，惊愕地问小玉：“他的保险柜是谁打开的？”

“他自己……”小玉怯怯地回答。

“你怎么知道是他自己打开的？”Kevin眯起眼，半信半疑。小玉心中一阵发寒，忙解释说：“是……”小玉突然想到：老人死了，保险柜里的信封却在她身上！这可是跳进黄河也洗不清的。虽然信封是老人交给她的，但Kevin未必会相信的。他现在分明就在怀疑自己呢！小玉硬生生改口说：“应该是他自己打开的吧？别人谁能打得开？”

Kevin倒是并没深究小玉的语气，表情严峻地说：“可保险柜里什么都没有！那里面本来应该有东西的！是非常重要的东西！”

小玉一阵心虚："真的吗？你肯定吗？"

"当然！我本来是安第斯先生的助理！我很清楚的！我是刚刚才成为亚太市场总监的！"

小玉顿时无限后悔，心想她本来是无辜的，这下子反倒真像是嫌疑犯了。可如果告诉Kevin，老安第斯主动把信封交给了自己，他会信吗？安第斯凭什么把那么重要的东西交给自己？小玉正想着，却突然听到Kevin喃喃道："你被我的机器人领到安第斯先生的办公室，然后我的机器人爆炸了，释放出有毒气体！我刚才闻了闻，有淡淡的水果味！大概是沙林，或者塔棚！量很小，对正常人也许并不致命，但安第斯先生的心肺功能早就衰竭了，一点点就能够致命！所以……"Kevin突然惊恐地瞪大眼睛，"也就是说，是你带着我的'虫子'进到安第斯先生的办公室，然后'虫子'释放了毒气，却只毒死了安第斯先生，并没毒死你和我！而且，安第斯先生的保险柜空了！保险柜里安第斯公司最珍贵的机密，没有了！这不明摆着是被我们偷走的吗？Joy！我们被陷害了！"

小玉怔怔地看着Kevin。她并不确定自己听懂了Kevin所有的话，但她肯定听懂了最后一句，也只记得最后一句，只觉一阵眩晕。她是杀人嫌疑犯了？谋财害命？

Kevin却又转身回到房间里去。小玉见他蹲下身子，轻握老安第斯冰冷的手指。小玉鼻子一酸，合上双眼，面前却似有一阵疾风，忙再睁开，原来是Kevin快步跑出房间，手中拎着两只背包，一只是小玉的，另一只是他自己的。

房间里突然响起愉悦的电子合成的女子声音："再见，尊敬的安第斯先生！祝您拥有愉快的一天……"

Kevin拉着小玉在金属通道中飞奔。强壮的男性身体如马力十足的发动机，目标明确，不容置疑，穿越毫无坐标的走廊，金属墙壁纷纷自动开启，犹如心领神会。小玉则好似奔驰的车厢，任由车头牵引，思想已被抛在躯体之后，直至Kevin急停在一块"金属方块"之前，抬手一挥，指间一道蓝光。小玉这才发现，老安第斯的蓝宝石戒指，不知何时已戴在 Kevin 手指上。只见那金属方块悠然而开，电子合成的女声温柔地问道："尊敬的安第斯先生，您要去哪一层？"

小玉恍然大悟，这蓝宝石戒指就代表着这大厦的主人——安第斯先生。但现在，安第斯先生正躺在自己的办公室里，浑身冰凉、僵硬。他再也不是这座大厦的主人了。

Kevin 一愣，话并没出口。小玉低声问了一句："是不是去一层？"

小玉话音未落，嘴已被 Kevin 捂住，但为时已晚。电梯顶部亮起红灯，电子女声严肃起来："语音身份识别失败！安第斯先生，请您亲自指示！"

"我是安第斯先生的助手！请送我和安第斯先生去一楼！"Kevin 试图辩解，电脑却比想象中聪明："语音识别失效！启动安全跟踪系统……系统计算完毕。安第斯先生从总裁办公室至电梯口，一共用时 52 秒。速度过快！安第斯先生，请您亲自发出指令！"Kevin 和小玉一时怔在原地，电脑系统已在高声宣布：

"授权失败！系统锁定。请您留在原地等候救援！"

"Damn（可恶）！"Kevin 低骂了一句，摘下蓝色钻戒，毕恭毕敬地放在地板上，深深一躬。老安第斯再也帮不了他了。

"走楼梯！"Kevin 再次牵起小玉，三转两转来到一扇门前。一扇真正的铁门，在这金属大厦中尤显突兀。门上一块红色标识：紧急出口！

"这就是法律的好处！总要留一个不上锁的紧急通道！"Kevin 边说边推开门，骤然间警铃大作，Kevin 回身在墙壁上按了几按，警铃就停了。两人冲入楼道，顺楼梯狂奔而下。不知下了多少层，终于冲出大厦。阳光正在头顶，显得分外耀眼。Kevin 稳住脚步，低声对小玉说："别紧张！正常走路！他们不会这么快发现的。"

小玉心脏怦怦狂跳着，腿不住地发抖。Kevin 索性抓住小玉的胳膊，把它挽进自己胳膊里，暗中用力扶着小玉，一步一步往前走。两人都目不斜视，好像一对情侣，小玉却并没意识到这一点，只觉身体发麻，双腿发软，紧张得快要发作心脏病，只想尽快上车离开。Kevin 却偏偏并不往停车场走。小玉声音颤抖着问："你没开车？"

Kevin 低声回答："不能开自己的车！那样很快就被发现了！我们去坐公车。需要走两公里。20 分钟后有一班！我们得赶快！"

小玉听罢，只觉两眼发黑，心想别说两公里了，就算两百米也走不动的。两人好歹走出公司大门，还好保安并没在意。可突然间，两人身后警铃大作。小玉忙回头，只见一群保安正从安第斯公司的大厦里冲出来。小玉立刻心惊胆战，差点晕倒，幸亏被Kevin拉着。Kevin连声在小玉耳边催促："快走！快走！"小玉却偏偏就是迈不动步子，身子眼看要往地下坠。两人正拉扯着，突然听见一阵急刹车的声音。两人一抬头，只见一辆黑色的甲壳虫汽车急停在身边。前排车窗摇下一条缝，司机从车子里用英语问："要搭车吗？这位小姐是不是生病了？"

硅谷·逃亡

1

两人一上车，甲壳虫立刻如受惊的虫子，猛然启动，向前狂奔，又急转了一个弯，露小玉和Kevin立刻在后座上滚作一团。小玉和Kevin连忙坐直了身子，只听开车人嘿嘿一笑，用地道的北京话说："嘿嘿！亲热够了？"

小玉吃了一惊，顿时满脸滚烫，努力和Kevin坐开一些，但车身太小，根本坐不开的。小玉心里愤愤的，心想这开车的也许是Kevin的朋友，但就算跟Kevin再熟，也不该如此口无遮拦呢！Kevin却警惕地挺直脊背，用带着港台腔的中文问道："你是谁？要带我们去哪里？"

小玉暗中惊异：难道Kevin也不知驾车人是谁？她向前张望，只见前方座椅靠背上露出半顶帽子。司机身材大概极其矮小，刚才上车时实在慌张，根本也没看清司机的样子。小玉隐隐一阵不祥预感，一时却难寻其理。只听司机又笑："嘿嘿！请问二位，打算去哪呢？"地道的北京口音，破锣嗓子。

Kevin一板一眼道："请您把我们放在路边！"

"哎哟！"那人不满地说，"为了等二位，我可是开车在这儿转悠了一个钟头呢！居然还不领情？我可是老熟人呢！"

"我不认识你！"Kevin立刻回答。那人嘿嘿一笑："嘿嘿！我没说是你的熟人。我是露小姐的熟人！"

小玉闻言吃了一惊，循声望去，座椅顶上还是只露着半截帽子。他能是谁？小玉煞费思量。

"露小姐？这么快就不记得了？"那司机却好似猜穿小玉的心思，语调顽皮轻佻。愕然间，反光镜里出现一双小三角眼睛。小玉恍然大悟，想起这就是飞机上突然出现在自己身边的神秘男人，也是一早在安第斯公司门外见到的"游客"。小玉心中忐忑，一把抓住Kevin的胳膊:“他是坏人!”

“嘿!露小姐!您可别血口喷人呀!我怎么就成坏人了?我是偷了您的,还是抢了您的?”

小玉果然哑口无言。对啊,他到底是偷了自己的,还是抢了自己的?

Kevin一脸诧异,看看小玉,再看看那司机。小玉面红耳赤,有苦难言,泪眼婆娑。Kevin断然道:“请你把车停下!”

小玉心中一阵感激。

“就停这儿?下了车能去哪儿?我估计警察正四处找您呢!”两粒黑豆在小三角眼里一个来回,“要不,咱做笔买卖?得了好处也不能独吞了是吧?”

小玉一怔。好处?指的什么?安第斯的大奖?还是她背包里的信封?他是怎么知道的?小玉暗自察看Kevin神色,幸好他并未留意。只拧眉瞪着那司机:“立刻停车!”

甲壳虫一个急刹,停在路边。Kevin立刻开门下车,手扶车门。小玉忙跟着下车,心中充满感激。只听车里穿出一阵抱怨:“走吧走吧,投案自首也不错……”

话音未落,Kevin砰地关上车门。Kevin和小玉走出大约几十步,身后一阵马达轰鸣。小玉不禁回头张望,甲壳虫已然掉头远去了。小玉长出一口气,心中却又怅然:果真成了通缉犯了?再一转念,既然Kevin带着她跑出来,或许自有办法。再看Kevin,正昂首阔步沿着人行道往前走,小玉心中随即也安稳了些。这条街是上坡,街道不宽,没有行人,也鲜有往来车辆。街边是一排排联体房屋,没有招牌或霓虹,应该都是民宅。再远则是绵延的山丘,房屋密布,一直伸进云雾中。山并不高,云仿佛是浮在地面上的。

“咱们去哪儿?”小玉问道。

“往城里走,找个便利店,买吃的和电话卡,再找家旅馆。”Kevin胸有成竹地回答,这让小玉更踏实了些。小玉手指云雾覆盖的山坡问:“城里?那边?”

“是的,旧金山。”

“为什么要买电话卡?你的手机呢?”

“在我衣服口袋里,关机了,而且SIM卡也丢掉了。”Kevin耸耸肩。小玉这才留意Kevin的装束:黑色皮衣,深蓝色的牛仔裤,运动鞋，衣领竖起，带有几分牛仔的英气，令人亲切而好奇。他肩上背着一只大背包，比她自己的那只大很多也饱满很多，当然也似乎重很多。

小玉问道：“为什么要把 SIM 卡丢了？”

“那是公司发的。只要开机，就能被他跟踪定位。”

“他？他到底是谁？”小玉虽然这样问，可心里多少也知道答案。但安第斯公司的副总布兰克先生看上去风度翩翩，气质不凡，他夫妻二人夕阳下饮茶的一幕仍浮在小玉脑中。如此安逸幸福之人，怎会如此凶残阴险？再说，借刀杀人为何选定她？

“还能有谁！”Kevin 剑眉倒竖，紧咬着后槽牙说，“难道不是只有布兰克才有机会调换你包里的矿泉水？”

“他有那么坏？”

“当然！他不够坏，怎能做到副总裁？”Kevin 一声冷笑，欲言又止，无趣地摇摇头。小玉心里有点失落。是啊，自己只是个懵懂的外国女孩子，对安第斯公司一无所知呢。也就不再多问，默然跟随 Kevin 前行。远山起伏，好似 Kevin 目光中流露的心情。小玉猜想，那该是悲伤和仇恨。偌大的悲伤，沉重如山体，而仇恨则如山体内滚动的岩浆。小玉一阵心酸，看来 Kevin 对老安第斯先生感情不薄，胜似亲人。她能理解失去亲人的感受，尽管在 20 年前，她曾强迫自己把那感受忘记。

露小玉出生在朝原，一个典型的东北小县城，二三十万人口，距长春两小时绿皮火车车程。小城被铁路分为南北两侧，两侧并无区别。街道空旷，色调灰暗，缺乏行人和店铺，生活气息不足，缺少家乡的归属感觉。小玉的父母本是进城打工的农民，吃苦耐劳，在城郊经营小店，攒下一套房子。却在某夜收工途中遇上车祸，搭乘的客运小巴直接冲出桥栏，全车无人生还。小玉那年六岁，深夜被姥爷带到事故现场，看到桥下裹着尸体的白色布单，只是远远一瞥，头就被姥爷硬生生揽在怀里。她至今还记得姥爷身体剧烈的颤抖。除此之外，她并不记得多少别的。甚至连父母的容貌也不记得。大脑像是强行地把一切六岁之前的记忆都删除了。

小玉跟随 Kevin 默默走了一段，还是 Kevin 先开口，问起那甲壳虫的司机。Kevin 问得认真严肃，小玉连忙认认真真地回答，此人如何在飞机上神秘地出现，又如何一早就在公司大门外冒充旅行团的游客。小玉说完了，Kevin 仍沉默着走路，表情愈发严峻。小玉也不敢多问，如此尴尬地又走了一段，路边出现一些商铺和快餐店。Kevin提议吃快餐，气氛随即轻松了些，太阳也从云中钻了出来。

小玉随Kevin走进一家麦当劳。下午两三点的光景，店里很清闲。一共两名店员，三五个食客。墙壁上挂的电视在兀自聒噪着。Kevin问小玉想吃什么，她说随意。选了墙角的位置。不一会儿工夫，Kevin端来吉士汉堡套餐。小玉默默吃了几口，和北京的没啥区别。小玉想起刚认识可赋那会儿，常常买了快餐到公司去陪他加班。两人吃完了饭，可赋对着电脑忙工作，她则坐在一边看小说。可赋虽然忙得焦头烂额，却也时不时抬头朝她微笑。小玉心中一阵伤感，猛一抬头，正撞上Kevin直视的目光，执着而深沉，不知他在想些什么。小玉内心唐突，只觉这目光不合时宜。Kevin尴尬一笑："慢些吃。"声音低沉而温柔，像个兄长似的。

小玉忙低垂了目光，心中略有异样，手腕却突然一热，竟又被Kevin握住了。小玉一惊，用力抽回手。其实早上有过更亲密的动作，但那时情急，顾不得多想，此刻并无迫在眉睫的危险。对于小玉而言，牵手也是很神圣的。

"对不起！"Kevin脸色突变，压低声音说，"我只是想提醒你，不要让别人看到你的脸！电视里在播我们！"

小玉如梦初醒，连忙低头垂目，两耳却好像突然恢复了听力，识别出餐厅电视播报的英语新闻："……警方调取了安第斯大厦的录像，嫌犯为两名亚裔男女。女的是来自中国的幸运用户，男的则是安第斯先生的助理，两人在逃，警方正四处寻找二人行踪……"小玉悄悄抬眼，看见电视屏幕上正展示着两人相互依偎着走出大厦的照片，大概是大厦摄像头采集的。还好图案并不是很清晰，而且快餐店里的几个散客都在吃饭，没人关心电视里放些什么。

小玉忙跟随Kevin溜出快餐店，心情格外忐忑。她自幼外强中干，表面看上去有几分泼辣，内里却很胆小柔弱，一贯奉公守法。自从到了北京就更是规规矩矩，买东西排队，过马路等绿灯，万没想到有朝一日竟沦为通缉犯，还是在异国他乡。Kevin勇武强壮，一身牛仔风范，但当今的美国并非牛仔片里的美国，又怎能带着她躲过美国警察的天罗地网呢？如此偷偷摸摸，又能藏得了几天？小玉心堵难耐，忍不住问道："难道……不能去跟警察说清楚？"

Kevin决然地摇头："布兰克有的是好律师！警察、检察院、法庭都不会向着我们的。”Kevin 抬头远眺，眉峰紧锁，仿佛看到了无望的未来。小玉一时绝望无比，她并不了解法律，也从没打过官司，可她听地产中介公司的同事说过，法院未必向着有理的人。微博和朋友圈里也常常出现冤假错案的新闻，没杀人的被判刑甚至枪毙了，过了多少年才说是个冤案。这种事情想必在哪儿都是难免的。更何况正如 Kevin 所说，布兰克的权势是显而易见的。

小玉也跟着抬起头，看见蓝天中飞机经过遗留的细线，心中突然一阵铺天盖地的酸楚。在美国坐牢，从此再也见不到可赋了。几天前最后一次，她从可赋的轿车上下来，她只小声说了一句“路上注意安全”。说过几百遍的，恐怕早已成为形式，不具备实际意义。他则回答“放心”，同样说过几百遍，如同他短暂而敷衍的笑容。几百遍了，却终有最后一次。谋杀，在美国会如何判刑？大概没人相信她会是主谋，但她无法说清楚谁才是主谋。也许正将成为一段无头公案，不知审上多少年。终于审明白之后，她未必会被处以死刑，但少则三五年，多则一二十年的牢狱，也许是有的。多年之后，再次出现在可赋面前的，只能是个丑陋可笑的老太太。不，她宁可再也不出现在可赋面前。所以，这就已经是诀别了。不！她不想坐牢的，她更不想和可赋分别的。露小玉瞬间痛彻心扉，泪水瞬间溢满眼眶。她本来就只是一滴拂晓的露水，只是阳光来得太急了。

“不要担心！我不会让他们抓到你！”Kevin 看小玉无声地泪流满面，吃了一惊，连忙伸手握住小玉的双手。小玉浑身一颤，这一次却并没挣脱，她心中一片空白，眼前也是茫茫一片。她抽泣着说：“可我们都没有作案动机的，对不对？谋杀总得有所图吧？”

Kevin 沉默了一阵，声音沉重地说：“警察发现保险柜开着，里面空了。刚才新闻里有讲到。你可能没有留意。”

“空了？什么意思？”

“谋财害命。”

小玉立刻又想起安第斯先生交给自己的那封信，不正是从保险柜里取出的？保险柜空了，但那并不是布兰克的预谋。那信封的确是老安第斯主动给她的，她没偷没骗，更不知其中有何奥秘。但 Kevin 能信吗？他会不会怀疑自己别有用心？毕竟安第斯先生是死在她面前的，当时根本没有别人。小玉不禁问道：“安第斯先生的办公室里没有视频监控吗？”

Kevin 摇头道：“没有。安第斯先生不让装的。”

小玉顿时一阵沮丧，心想自己也许真的跳进黄河也洗不清了。Kevin 却似乎并没注意到小玉的异样，急着说下去：“保险柜里有安第斯公司最值钱的东西，也是安第斯公司最大的秘密！”

Kevin 转过身来，直视小玉双目。小玉心脏又开始狂跳，怯怯地问：“那……是什么？”

“下一代 Anphone 核心芯片的设计方案！ Anphone Z，人类无线通信历史上的革命！那块芯片的核心设计方案，是由安第斯先生亲自秘密委托别的公司设计的，整个安第斯公司除了他本人，还没人见过的！这个设计方案，就锁在他的保险柜里！”

Kevin 的目光越发冷峻，令小玉几乎窒息，内心更是无比纠结，也有几分纳闷：老人就只交给她一个信封，摸上去也并不怎么厚，难道，那就是 Kevin 所说的“核心设计方案”？但无论如何，这信封实在远比小玉想象的要重要。小玉咬牙下定决心，正要告诉 Kevin 安第斯老人保险柜里的东西就在自己背包里，Kevin 却突然低垂了目光，低声道：“是我拿走的！”

“你说什么？”小玉一时发了蒙，只当自己听错了。Kevin 又说一遍：“是我拿走的。所以保险柜里空了！我不能让安第斯先生的心血落到他们手里！”

小玉这回听清了，也彻底糊涂了。莫非，保险柜中除了那封信，原本还有别的东西？小玉正疑惑着，Kevin 抬头四处看了看说：“看来，今晚只能委屈你一下了！”

下午 3 点，安第斯公司紧急董事会准时开始。安第斯大厦中心会议室里，十几位正襟危坐的男人，正把目光集于一人。

安第斯公司全球副总裁布兰克先生坐在会议室正中的位子，一身黑色西装，双臂低垂，面色严峻而悲伤，绝无一丝松弛懈怠，与闲暇傍晚餐桌前的他截然不同。会议通知一小时前才发出，他却早已准备多时。发型和着装一丝不苟，声音和表情更是严丝合缝。他做事一贯谨慎周全，这最关键的演出必须完美谢幕。是的，他是演员，自 30

年前就已很出色。那时他只是一名普通的编程师，新移民，除了计算机系的硕士学位一无所有。但他讲一口地道的美国英语，竭力模仿美国人的一切言谈举止。他在加入美国籍时改掉了自己颇具民族风格的冗长姓氏，代之以地道的英伦词汇——布兰克。由于过分强调新的姓氏，同事和朋友都被他养成直呼其姓的习惯，所以他既是布兰克，也是布兰克先生。自很久之前，身边就没几个人知道他的真实来历了。

他的生父本是德国工程师，“二战”之后被带到前苏联，在西伯利亚的原始森林里研究先进武器。他的母亲是附近的村妇，他的诞生是一场令人难堪的“意外”。怀孕的女人服从了组织的安排，嫁给一名因过度酗酒而提前退休的工人，随他回到列宁格勒，生下儿子陪她一起饱受虐待。男孩从小憎恨家庭，在些许了解自己身世之后，把内心的憎恨扩展到国家和民族。继承了父亲的智商，他成绩出类拔萃。

还好在那个圣彼得堡还被叫作列宁格勒的年代，教育大概并不因为贫富而被划分等级。男孩得以考入全国最优秀的大学，从而获取更多的知识，虽然从未和日耳曼的父亲见过面，却越发崇尚着自己一半的日耳曼血统，对另一半的白俄血统则越发嫌弃，大学一毕业就远离故乡，再也没打算回去过。

对于才华卓著的年轻人，美国向来敞开大门。但一辈子留在美国，绝非布兰克的最终目标。电脑工程师，标准的中产阶级，被老板和国家双重剥削着，在公司度过每天最好的八小时，和一生最好的30年，剩余的时光在超市、电影院或自家客厅的沙发上消磨，就着电视射线把啤酒变成肚囊……对此种命运的预期令布兰克窒息万分。所以他每天工作12个小时，每周工作七天，毫不吝惜地为所有人服务，从不在意团队和职位的界限。他甘做研发部门的奴隶，让别人都变成奴隶主。尤其是研发部的经理，一个很有些小聪明的印度人。经理常把他的工作成绩据为己有，并因他的无所谓而暗暗窃喜。他设计的程序是那样完美，经理闭着眼坐享其成，其他检测部门也早已放松警惕。直到有一天，他精心设计的漏洞在某次大型会议上面对着全球媒体突然爆发。不只印度经理魂飞魄散，各个部门的经理和总监都变成热锅上的蚂蚁。千钧一发之际，名不见经传的小职员淡定登场，几分钟解决问题。全球总裁向身边高管问及此人，竟然无人知晓；再调取长长的程序研发流程文件，一连串各级负责人的签名里，根本就没有他的名字。一周之后，小工程师荣升技术总监，越过印度经理和他头顶上的好几层领导，成为总裁常务会议中最年轻的一员。全球总裁安第斯先生，绝猜不到那次史无前例的破格提升，日后将会给自己带来什么。

技术总监不仅技术过硬，管理一流，政治斗争更是得心应手，一切皆仰仗列宁格勒工学院所学，除了数理化出类拔萃，亦在学生会里磨炼出权力斗争的技巧。布兰克不仅对总裁绝对服从，对其他领导也格外恭敬乃至卑微，不惜一切代价，包办一切琐事，从安排行程到处理罚单，有时连太太们的琐事也一并负责。布兰克年轻力壮，精力充沛，贪图享乐的美国大佬们只把他当成热血青年，或许有些趋炎附势，但一切有志青年皆期待被赏识和提拔。大佬们年轻时也曾壮志雄心，靠天赋勤奋努力和心机纷纷登上公司要位，拿六位数美元的年薪，握七位数股票和存款，住百万美元豪宅，自以为历尽风雨方可享受人生，哪能瞧得起一个一时走运的黄毛小子？

但黄毛小子的时运却远超大头儿们的任期，甚至超过某些人的寿命。20 年后，布兰克大权在握，老总裁对公司渐渐失去控制。再成功的伟人，也难以扭转自然规律。衰老和疾病，加之常年的被恭维被服从，足以让人在生理和心理上丢失防线。而失控的结果，就是让疾病和衰老变本加厉——副总裁对总裁恭孝如子，生活和医疗样样操心——老总裁中风后应采取保守治疗，不能走路并不是什么严重问题；但鼻咽癌手术一定要做得彻底，顺便切除声带最为稳妥。主刀外科医生的海外账户得到了巨额进账，得以在 40 岁就顺利退休。区区一年半的时间，老安第斯从一手遮天变成行尸走肉，离开轮椅寸步难行，少了智能助言系统则半个字也说不出。轮椅和智能助言系统均采用全球最顶尖的技术，和安第斯公司的中央服务器连成一体。布兰克手中的小小 Anphone 不仅随时窥探着安第斯先生的一言一行，亦能让他寸步难行、一言不发，甚至让布兰克代替安第斯发言，相隔万里也能轻易掌控。布兰克对此丝毫没有歉意。在他心里，犹太人本来就只配做行尸走肉——对于苏维埃政权阴影中悄然成长的日耳曼灵魂，一切爱国主义教育和反法西斯教育都格外南辕北辙。又过了半年，终于，“行尸走肉”彻底停止“行走”了。布兰克亲眼目睹办公室地板上那苍老僵硬的躯体，如同一截干枯萎缩的断木，仿佛来自海中失事的船只，全无生命迹象。可他并不觉得开心，因为最关键的东西尚未到手——Anphone Z 的核心设计方案。那设计虽然是安第斯公司最顶级的机密，但外界早有所传闻——超级智能“动态思维系统”强化了Anphone原有的人机语音对话功能，不仅能同机主闲聊解闷，还可提供各类信息咨询，甚至心理辅导，小小手机，胜过万千专家导师。加之三维立体成像系统、DNA机主身份识别，几乎使手机变成身体的一部分，再无失窃和被盗用的可能。那不仅是无线通信的又一次革命，改写人类文明，也能拯救安第斯公司的巨额财政赤字。最近的几款Anphone都成绩平平，安第斯公司的全球领先地位已渐渐被竞争对手超越。以每年巨大的市场投入来支持缺乏新意的新产品，宛如陷入恶性循环，加之几场全球知识产权诉讼案所带来的巨大损失，安第斯公司正如另外几家垂死的大型美国科技公司一样，在全球经济萧条了十年之后，一步步走向破产边缘。老安第斯毕竟非等闲之辈，在身体快速衰败之前留了一手——四处寻访人工智能和编程方面的专家，然后把Anphone Z的智能系统的程序设计秘密外包，暗度陈仓，将核心技术彻底转移出安第斯公司，然后把核心设计相关的一切文件都锁在自己办公室的保险柜里，那是整座安第斯大厦中唯一受他全权控制的地盘。美国毕竟是法治社会，大公司总裁、商界名流莫名死去必将引起争议，如果保险柜中的东西又无法轻易破解，肯定会得不偿失，操之过急而因小失大的低级错误，布兰克是不会犯的。

但再高明的军师，也无法保证万事皆按自己预期进行。而且时间紧急。安第斯公司一年一度的全球大会马上就要召开，老家伙很有可能突发奇招，在全球大会中公布些什么。恰在此时出现突发状况，必须果断地将计就计。铤而走险的魄力是成功者必备的才智，但铤而走险并不等于鲁莽行事。越是险处越需万分小心，成功在即往往是最危险之时。布兰克久经沙场，这些于他而言早已滚瓜烂熟。因此每句话甚至每个表情都需深思熟虑，尽管会议室里的董事们早已心知肚明——老安第斯总有消失的一天，而新的大老板除了布兰克别无他人。

布兰克深吸一口气，用格外沉重的声音说：“安第斯公司的创始人及董事长，安第斯先生，已经永远离开了我们。”

会议室里起了一阵小小的骚动。布兰克缓缓抬起双臂，手心向着地面，好像经验丰富的指挥，在引领交响乐的开篇。会议室里立刻安静下来。

“让我们先为安第斯先生默哀一分钟！”布兰克低头默立，其他人纷纷起身，会议室里顿时鸦雀无声。突然，会议室的门开了，“啪、啪、啪”三声击掌，门外闪入一个年轻窈窕的身影。身穿立领黑色上衣，黑色长裙覆盖脚面。头戴黑色宽檐礼帽，一袭黑纱垂至下巴，一双猫一样的蓝色眼睛，在黑纱后发出狡黠的光。

黑衣女人冷笑了两声，吊着眉梢在会议室里扫视了一圈，扫视跳过了布兰克，连眼角也没给他。她把目光收回到自己精致的手指甲上，用尖厉的声音说："演得可真好啊！精彩极了！真奇怪，怎么没有人请你去领奥斯卡奖呢？"

"下午好！安第斯夫人！"布兰克微微颔首，"我们向您表示沉痛的……"

"向我表示个屁！"安第斯夫人厉声打断布兰克，双目圆睁，好像盯着猎物的猫，"难道不是你跟我说的？安第斯先生行动不便，让他住在公司，你保证他一切安全？他安全吗？你保证了什么？"

"尊敬的安第斯夫人，从两个月前，我们就已经按照您的吩咐，安排安第斯先生每天回家休息了。"布兰克的语调不卑不亢，脸上毫无表情。

"可是，他今天是在……在公司的办公室里……"安第斯夫人话说了一半，抬手捂住脸，尖声哭了起来。

布兰克垂首静立，一语不发，直到安第斯夫人的哭声弱了，才又用沉重的声音说："尊敬的安第斯夫人，对于今天上午发生的不幸，我们，都感到非常的悲恸。"

"你悲恸？"安第斯夫人猫眼圆睁，再度提高了音量："你还悲恸？你没欣喜若狂？当然你也未必要欣喜若狂，因为一切都在你的计划当中吧？"

"尊敬的安第斯夫人，恳请您节哀。警方已经确认谋害安第斯先生的嫌疑人一共有两名，一名是昨天刚到美国的中国女子，另一位，是安第斯先生的助手，Kevin。公司走廊的视频监控和现场侦查基本能确定，是那位女子携带 Kevin 制作的昆虫机器人私自潜入安第斯先生的办公室，并在办公室里引爆机器人，释放出有毒气体，使安第斯先生中毒身亡的。"

"这些不用你告诉我！我又不是聋子，新闻我听到了。不过，我想也许我知道的比新闻多那么一点点。比如，我知道，那女人昨夜住在你家！堂堂一个全球500强公司的副总，为什么要让这么个莫名其妙的人住到自己家里？我想，对那个什么机器人做点儿手脚，对于全球最顶尖的高科技公司的管理者，也不是什么难事吧？”

“夫人，机器人的残留部分——包括外壳和内置芯片——都已经被警方拿去检查了，到底有谁的指纹，内置程序有没有被篡改过，他们自然会有调查结果的。请让我们把寻找真凶的事情交给警察吧！在紧急状况下对公司及时进行部署，才是我和在场每一位董事的职责所在。您知道，安第斯年度全球大会原定明天就要召开了。全世界的媒体都在旧金山，我们的时间不多了。”

“对公司进行部署？这么说，这是董事会的紧急会议了？”

“是的。”

“怎么没人通知我？”

“夫人，这是董事会议。”

“布兰克！你别忘了！安第斯先生是这公司最大的股东！”安第斯夫人再次尖叫。布兰克却依然不卑不亢：“尊敬的布兰克夫人，我们都非常希望此时此刻安第斯先生能和我们在一起。”

“你少装糊涂！安第斯先生虽然遇害了，可他还有合法的继承人！他的继承人就是这家公司的新股东！而新股东的利益，你们谁又能代表？”

“夫人，您说得完全正确。但现在我们还不清楚，那位新继承人到底是谁。”布兰克依然保持着沉稳的语气，仿佛全无争论，仅在叙述一件细微琐事，人尽皆知。

“反正不是你！你这个卑鄙小人！”安第斯夫人异常激动，胸口剧烈起伏，手指布兰克鼻尖，歇斯底里地尖叫：“别以为谋害了安第斯先生，你的阴谋就能得逞！你就能登上董事长的位置！你做梦！”

“尊敬的安第斯夫人，我能理解您此刻的悲恸心情。因此我原谅您刚才的无理诽谤。”布兰克波澜不惊，似笑非笑地说，“夫人，我们现在要继续我们的会议了。”

“哼！”安第斯夫人狠狠瞪了布兰克一眼，双手叉腰，抬高下巴，向所有人高声道：“你们都听清楚了！在继承人尚未确定之前，你们不能做出任何有效决议！你们都听好了！从明天起，我天天都会来！而且，会带着我的律师一起来！”

安第斯夫人转身大步走出会议室。布兰克向着她的背影微微颔首：“再见，尊敬的安第斯夫人。”

露小玉一直跟随 Kevin 沿海边步行，穿越沙滩和沙石小径，尽量避开公路。夕阳海景无限美妙，两人却无心欣赏，亦无多少对话，各自背着背包闷头往前走。Kevin 没再要求替小玉背包，就算要了小玉也必定不给。总不能让他一人背着两个。

如此走了很久，直到天色漆黑，两人爬上海边一座峭壁，峭壁如一道天然栈桥深入海中。小玉随 Kevin 沿峭壁顶端的小径前行。海风渐猛，涛声震耳，眼前却是一片广阔的漆黑，只有几颗星，和海面细碎的微光。两人走不多时，路已到尽头，眼前出现一座黑影，好像立在海水中的独脚巨人。Kevin 喜道:“就是这里了！这座灯塔果然还在！”

“这是灯塔？为什么没有灯？”小玉问道。

“因为已经废弃多年了。”Kevin 走上台阶，弯腰在门边杂草中寻觅，边摸索边说，“在我很小的时候，这灯塔还没有废弃，我常到这里来玩儿，那时它的灯光能照到几十英里之外！这里以前有个看塔的老人，他的嗓门超级大，可他的耳朵却很聋，我常尾随他偷偷溜进灯塔，他完全不会察觉！我记得，那时他出门的时候，常常把钥匙藏在……藏在这里！”

Kevin 突然直起身子，抬手向小玉挥舞。小玉看不清他手上拿着什么，只见他咧嘴露出一口洁白整齐的牙齿。小玉原本心情沉重，疲惫不堪，听到 Kevin 兴奋的声音，心情略微开朗。海风又猛又凉，能有堡垒避风也不算太糟。Kevin 在门前摸索了一阵，随后是锁芯扭转的声音，锈涩刺耳，一阵不情不愿的吱嘎，大门被 Kevin 推开，迎面一阵疾风，伴随扑扑腾腾的声音。小玉心惊肉跳，一把拉住 Kevin 的衣袖。Kevin 转身护住她:“不要怕，蝙蝠而已。”小玉脸上一热，忙松开手，后退了半步说:“我没事。”

又是一阵窸窸窣窣的摸索，小玉眼前一亮，光源来自 Kevin 手中的微型电筒。白光缓缓扫射一圈，这是一个圆柱形内室，面积不大，直径不过四五米，没有家具陈设，内室中央是盘旋铁梯，七八米高，直达塔顶。顶端几扇巴掌大的小窗，露出几片殷红色的夜空。

Kevin 反身关了门，把手电交给小玉，将背包丢在墙角，弯腰翻出一些报纸和杂志铺在地面："今晚就在这里凑合一下吧！可能不是很舒服……"

小玉说了声谢谢就立刻坐下。地面又硬又凉，但双腿实在疲乏无力。抬头仰望塔顶，小窗又似更加遥远，仿佛真的住在监狱里了。小玉不禁又想起自己的人生：无家的小北漂，生活窘迫，原本没什么追求，也没多少乐趣，有了可赋之后，连朋友都少了，没有了可赋，人生也就更加百无聊赖，这样想来，在美国坐牢也没那么可怕了。

"是不是很不舒服？"Kevin不知何时已坐在小玉身边。看不清他的表情，但声音很是关切。

"没，还好！"小玉回答。显然有点言不由衷。Kevin却不知从哪儿弄来一本杂志，用手电照着，满怀兴奋地说："看！《机器人世界》！"小玉随着手电的光，看到杂志封面上一架圆头圆脑的机器人。

"丰田公司制造的，2010年世界机器人比赛的状元呢！"Kevin如数家珍地说，"它能听懂简单的语言，能打扫卫生，还能帮忙倒咖啡，接听电话！"

小玉想起Kevin是学机器人专业的，难怪对机器人这么感兴趣，不禁问道："你那么喜欢机器人，为什么没做机器人工程师呢？"

Kevin却沉默了，手电筒也突然灭了。过了许久，才黯然说："我没毕业就退学了，博士只读了一半儿。"

"为什么？"小玉吃了一惊。

"我想早些工作赚钱。当时正好有个工作机会，我就退学去工作了。"Kevin顿了顿，继续说，"我得赡养我的祖母。不想让她那么大年纪还继续工作。我没有父母，是祖母把我从小抚养大的。"

小玉心中一阵刺痛。她也没有父母，爷爷奶奶和姥姥都早逝，是姥爷独自把她抚养大的。姥爷体弱而且贪杯，虽不如何体贴关怀小玉，却也不曾让她挨饿。小玉高一，姥爷续弦，新姥姥也并没虐待小玉。但少年小玉处在叛逆期，始终难以亲人相待，与姥爷的新家庭格外疏远隔阂，高三时不惜一切代价，考取了省城的一所大专。自此只回过一次朝原，就是2008年春节。没有积雪，小城尤显萧瑟空洞。姥爷变得格外客气，徒增距离之感。踏上返回学校的列车，她反倒一身轻松了。

两人沉默了许久，Kevin清了清喉咙，继续说下去："我们吃过很多苦。我记得，我们住过很多地方，有活动房屋，有别人家的地下室。早晨起来，头发上沾满烘干机排出的白毛，祖母说她是圣诞老奶奶。呵呵！”

Kevin 干涩的笑，并不让小玉觉得轻松，反而更加沉重。黑暗之中，隐约能看到 Kevin 闪烁的眸子，有点湿漉漉的。小玉低声说：“有人能让你这样心疼，其实是幸福的。”

“所以……安第斯公司恰巧在招软体设计师，我投了简历，他们就面试我了。”

“你到安第斯公司，本来也是做工程师的？”

“是的。不过后来安第斯先生很器重我，把我调到市场部。”

“市场部比设计软件更有前途？”小玉弄不太清楚到底哪个工作更好。市场部还是工程师？在她心目中，市场部就是销售，她就是做销售的，简直比工程师差太远了。

Kevin 却决绝地说：“不，哪里都没有前途。因为他们不想让我留在公司里。”

“他们？又是那个布兰克副总？”

“是的。他排挤所有忠诚于安第斯先生的人，也包括我。安第斯先生逐渐丧失权力之后，他架空了我的职责，以各种名义克扣我的收入，就像对待许多忠于安第斯先生的老员工一样。很多人离开了公司，我是坚持到最后的。布兰克企图操控安第斯先生的一切，甚至以乘车劳顿为借口，强迫安第斯先生住在公司。几个月前，在安第斯夫人的强烈要求下，布兰克不得不容许安第斯先生每天回家住。安第斯夫人不信任布兰克指派的助手和司机，在夫人的努力争取下，我成为安第斯先生的司机，每天接送安第斯先生。”

“可你是这么有天赋！你能设计那么聪明的机器人，也一定能设计出最聪明的电话的！”

Kevin 沉默了片刻：“安第斯先生一天不如一天，我也知道，安第斯公司已经没有我的前途了。我只想尽力保护安第斯先生，陪他到最后。可我没想到，布兰克竟然这么快就下狠心谋害安第斯先生！唉！”Kevin 深叹一口气，“我本以为，只要安第斯先生不说出 Z 的设计，就暂时不会有事呢！”

“Anphone Z 的设计？”

“是的！ Anphone Z 的核心技术不是在公司里开发的。是安第斯先生找外面的人设计的，除了安第斯先生，没人知道是谁在设计，设计进度到底如何。布兰克一直不敢对安第斯先生下毒手，就是担心解不开 Z 的秘密。”

“可他现在怎么就肯下手了？”

“这个……”Kevin 沉思片刻，摇摇头，“我也不晓得。也许，是因为明天就要开安第斯大会了。半年多前，安第斯先生曾向媒体透露过，会在今年冬季的安第斯大会上公布 Z 的设计，但后来再没听他提起。全世界都在期待那个设计，有人猜测设计已经完成了，而且就藏在安第斯先生的保险柜里。布兰克肯定也是这么想的！而且，正巧安第斯先生今天要接见你！”Kevin 加快了语速，仿佛思路越来越清晰，“他们发现我的‘虫子’在你包里，然后就篡改了‘虫子’里的程序，在‘虫子’里藏入毒气，故意让你在大厦里迷路，让‘虫子’带你去安第斯先生的办公室，然后让‘虫子’自爆释放毒气，加害安第斯先生！他们知道我会时刻关注董事长办公室的情形，所以一旦出了事，我会第一个冲进办公室里去！这是一场设计严谨的阴谋！他们借用你我的手谋害安第斯先生，然后就可以顺理成章打开保险柜，取出里面的东西！可是他们没有想到，安第斯先生却自己把保险柜打开了！而你又恰恰在那时闯进屋里去！安第斯先生看见你，跟你说了些什么？”

黑暗之中，小玉看见 Kevin 那亮闪闪的两只眸子正盯着自己。小玉又想起安第斯办公室里发生的事，不禁又毛骨悚然，同时又惴惴不安，毕竟有些事情她并没告诉 Kevin。小玉怯怯地回答：“他……他一开始什么都没说，是我自己解释说，我是从中国来的，是幸运用户。他好像问我，是不是‘他们’派来的。我问‘他们’是谁，他也不回答，就只一个劲儿重复着‘中国’，然后就说让我帮他。”

“然后呢？”Kevin 追问。

“然后……然后虫子就爆炸了！”小玉还是没有勇气把一切都说出来。

“那就是了！也许安第斯先生已经预感到了事态危机！也许，他就是要把重要的东西交给你，却没来得及！”Kevin 自言自语道，“不论怎样，感谢上帝，那东西没有落到布兰克手里！我决不会让他们的阴谋得逞的！”

Kevin 一阵摸索，然后是电脑硬盘转动的声音。突然，小玉眼前一亮，Kevin 手中正抱着一台银色笔记本电脑，外形精美小巧，开机速度极快，比小区地产中介公司里的电脑快多了。Kevin 伸出右手轻轻摇摆，压低了声音说："这，就是安第斯最大的秘密！"

小玉睁大眼睛，借助电脑屏幕的光，看 Kevin 缓缓摊开手掌，露出一块拇指大小的黑色东西："USB 硬盘？这就是藏在保险柜里的东西？"

Kevin 点点头，把 U 盘插入电脑，小心翼翼，仿佛那 U 盘吹弹可破。小玉屏息注视电脑屏幕。屏幕上弹出一方提示，英文字体过小，小玉看不清，又不便凑得过近，只有耐心等待 Kevin 解释。Kevin 轻叹一声："唉！正如我所料，需要密码！"

小玉问："你不知道密码？"

Kevin 摇头："当然不。全公司都没人知道。也许，现在全世界都没人知道了！"

"Anphone Z 的核心设计是不是就存在这里面？"小玉又问。Kevin 再次摇头："不。那么复杂的设计文件，一个 U 盘可装不下。这应该只是一个 Dango。"

"Dango？"

"对！Dango！就是电子钥匙，用来开启某一部电脑里的某些文件！"

"某一部电脑？在哪儿？"

"不知道！这就是安第斯先生的高明所在！破解一个密码也许并不太难，但找到那台电脑可就不容易了！到底会藏在哪里呢？"Kevin 看一眼小玉，又把目光转向电脑，眉关紧锁，沉默不语。

"其实……"小玉鼓足了勇气，她不想再继续隐瞒 Kevin 了，这件事事关重大，有人为之付出了生命，就算 Kevin 误解或者怀疑她，她也不能继续隐瞒的，"保险柜里还有一样东西！"

Kevin 一愣，张大眼睛看着小玉。小玉飞快拉开背包拉链，取出信封："里面还有这封信！这是安第斯先生自己从保险柜里取出来交给我的！但我不知道，他为什么要把这个交给我！"

Kevin 一把夺过信封，借着电脑的光细看："这……这是从台湾寄来的！里面有什么？"

"我没打开过！"小玉话一出口，却发现信封早已剪开。一抬头，Kevin 正眯眼盯着自己。小玉心里一沉，知道 Kevin 起了疑心，却又不知如何为自己辩解，急得想要哭了。Kevin 小心翼翼抽出信纸打开来，只有便笺大小，自言自语道：“国际饭店？这是国际饭店的便笺？”

小玉也看过去，只见便笺老旧，顶端印有繁体的“国际饭店”字样，整页只用钢笔写了一行：

“Z, You know where.”（Z, 你知道在哪儿。）

“你知道那台电脑在哪儿？”Kevin 阴沉着脸，仿佛猎人紧盯着猎物般地盯着小玉问。

“不！我不知道！”

“告诉我！安第斯先生为什么要把这封信交给你？”Kevin 靠近小玉，目光咄咄逼人。

“我真的不知道！信是他亲手交给我的。我不想接，但他坚持让我收进包里！他说让我帮他，可我不清楚他什么意思！”

然而 Kevin 脸上依然充满怀疑。小玉索性闭紧了嘴，不再多发一言。不相信也罢，将她交给警察算了！片刻难堪的宁静之后，Kevin 的表情温和下来，柔声说道：“Sorry，我太急了，请原谅我！”

小玉心里一软，想到一路被 Kevin 保护和照料，除了他再无所依靠，也讪讪地说：“这件事也赖我。本该早告诉你的，但我怕你不信，反而怀疑我。”

Kevin 歉意更浓，频频摇头道：“真的对不起，请谅解我的心情。我……我从小没有父母，安第斯先生就像我的父亲……”

“我知道！”小玉心中又是一绞，她是真的知道，所以不想 Kevin 继续说下去。她用尽量温柔的口吻说：“我能理解。如果换作我，也会这样问。但请你相信，我说的都是实话。”

Kevin 抓住小玉的双手，用了不少力气。小玉觉到了一点痛，却不好意思挣扎，一动不动静静听 Kevin 说下去。

“世界上的人分为两类。一类值得信任，一类不值得。我们一生花费很多时间，企图分清这两类人。但是，当我第一眼见到你，我就知道，你是值得信任的！”

Kevin 的声音倍加温柔，两只眸子又在闪闪发亮，反倒引得小玉莫名心酸。她也曾从可赋口中听到过相似的话，但有些话就像新鲜的水果，保质期并不长。小玉不知如何作答，但见 Kevin 把便笺塞进信封，从电脑上拔下 U 盘，一并递给小玉：“给！都给你！”

小玉吃了一惊：“干吗给我？”

“既然安第斯先生把信交给了你，一定有他的理由！说不定，他本来也打算把这U盘交给你的，只不过，他没来得及……所以，这些都理应由你保管！”

“我不能要！”小玉连连摆手，“他要是有知，现在说不定正在恨我，因为……是我把那虫子带进大厦，是我害了他。”

“不！不要这么说！”Kevin不容分说，把信封和U盘塞进她手中，仰头而望，“他在天上，什么都看得清清楚楚。”

小玉不禁也随之抬头。灯塔顶端的小窗之外，一颗寒星正在闪烁。小玉不禁打了个寒战，手中的U盘冰凉滑腻：“可是，这么重要的东西……”

“你先替我保管！”Kevin推开小玉的手，“你的名字会给它带来好运的！”

“我的名字？”小玉一愣。

“对啊！Joy！快乐！”Kevin回答。小玉恍然大悟，不禁莞尔一笑。Kevin却又严肃起来，认真地说：“毕竟这件事，我是主角，你是配角。万一发生了紧急状况，布兰克的人一定会更加注意我！U盘在你手中其实反而会更安全些！”

小玉心中虽然犹豫，但听Kevin这么说，也只好小心翼翼地把U盘收进背包里。Kevin的话的确有道理。只不过，此事原本与她无关，现在却躲不开了。所谓的“紧急状况”随时都有可能发生，警察在找他们，布兰克的人必定也在找他们。从此亡命天涯，危险无处不在。小玉只觉浑身发冷，灯塔四周似乎正潜伏着许多敌人，布满了许多陷阱。海浪撞击灯塔基座下的岩石，发出阵阵轰鸣。风不断从窗缝中灌进灯塔里，发出尖厉的呼号。小玉暗暗安慰自己，这灯塔虽然阴暗恐怖，却是眼下最安全的场所。

然而Kevin却突然猛合上电脑，灯塔里立刻漆黑一片。

小玉惊问：“怎么了？”

“嘘！”Kevin用指尖抵住小玉的嘴唇，但为时已晚。“砰！砰！砰！”三声巨大的敲门声，把海浪和风声瞬间撕碎。不待小玉出声，Kevin捂住她的嘴，一把将其拉入怀中。如此沉默了数秒，门外突然传来地道的北京话：“快点儿啊！别装了，我知道你们在里边！”

小玉和Kevin同时大吃一惊。“快点儿！再不开，你们可就要后悔了……”门外的男声分外刺耳。小玉从Kevin怀中挣脱出来，站直身子，暗中摸索着整理衣襟。Kevin小声道：“怎么又是他？”

Kevin上前开门，小玉跟在他身后。门开了，“小三角眼”独自站在门外，探头往灯塔里张望：“嘿嘿！还真浪漫啊！里面能看见星星吗？”

“为什么要跟踪我们？”Kevin厉声问道。小玉索性从Kevin身后走出来，反正终究藏不住了。

“跟踪？我跟踪谁啦？”两只小黑眼珠子在三角眼里转了一圈。

“别兜圈子了！说吧！你到底想干什么？”

“不是说过了吗？做个买卖？”那人又是嘿嘿一笑，“公平交易。我帮你们躲开警察，你们给我我想要的！怎么样？”

Kevin看了一眼小玉。小玉面无表情地沉默着。她没什么可说的，一切都由Kevin做主就好。Kevin犹豫了片刻，又问：“你到底想要得到什么？”

那人抱起胳膊，身子扭成几段，仰头看了看天：“唉！那就直说了吧！我想要新闻！”他从衣兜里掏出一张名片交给Kevin。小玉用手电照着。只见名片上写着：

远东日报社 \ 记者 \ 罗拓

“记者罗拓？”Kevin读出声音来。罗拓笑答：“嘿嘿！大伙儿都叫我骆驼！”小玉心中暗暗为骆驼叫屈，原本是老实勤恳的动物，哪有这般狡诈猥琐的？

Kevin又问：“你想要什么新闻？”

“这还用问？”骆驼眨眨眼，见Kevin和小玉都没反应，继续说，“我本来是来美国报道安第斯大会的。可没想到，居然在飞机上碰上露小姐了。我就想，这位小姐大老远地坐着商务舱往美国跑，她到底要去干什么呢？难道也跟安第斯有点儿关系？果不其然，哈哈！露小姐，您一到美国，安第斯老头儿就……我可没说就一定是二位干的！看着也不像那么心狠手辣，不过呢，老头儿的保险柜可真空了！嘿嘿！那里面本来有啥？我估计，您二位，肯定比我更清楚吧？”

“那里面什么都没有！”Kevin回答。

“啧啧啧，我说，您这种态度就不对了！做生意也得以诚为本吧？就算真要骗人，起码也得找个科技含量高点儿的借口。那保险柜里的事估计全世界都知道。”

“既然你知道，为何还来问我？”

“嘿！还挺浑！好，不跟你聊这个。杀人也好，偷盗也罢，您二位现在已经是全世界最火的新闻焦点了，不是吗？关心的人多了去了！所以呢，咱们的交易就是：我帮你们去想去的地方，你们让我跟着，以后让我独家报道。怎么样？”

“我们凭什么相信你？”Kevin 和小玉目光相交。记者？独家？一路跟踪就为了这些？貌似有些道理，确又似是而非。那家伙像记者吗？

“你们还有别的选择吗？”骆驼不屑地转身瞥一眼远处绵延的山峦，“忘了告诉你们了。不知道谁多嘴了，叫了一帮兄弟来。”

Kevin 和小玉也跟着眺望。远处山坡上，正有一串长长的车灯在慢慢移动。通往灯塔的山路平时车辆极稀，深夜更是人迹罕至。此刻却远远驶来如此长的车队，不是警察又能是谁？

“你！”Kevin 握紧拳头。

“我可没说我是正人君子。不过这世界上有时候小人才更有用。放心！要是少了你们，我的新闻上哪儿采去？走吧？不然可就来不及了！”

几英里之外的一片茂密的红杉林里，一辆加长的黑色奔驰车，正借着夜色悄然行驶于密林之中，车灯光柱在树缝中扭转。车里只有两个人——黑人司机马克和后座上的副总布兰克。

布兰克点燃一根香烟，车窗前立刻升起一片薄雾。

“布兰克先生，不要怪我啰唆，可布兰克太太和桔恩小姐都吩咐过……”后视镜中，马克面露难色。布兰克哈哈一笑，打开车窗：“马克，这件事，只有你知我知。”

布兰克将烟瞄向窗外掠过的黑暗树林，轻扭双指，仿佛那里有张无形的脸，他正将烟头拧灭在那张脸上，就像 30 多年前的列宁格勒，他趁着夜色，将烟头拧灭在街头雕塑的脸上。洁白完美的脸，看上去柔情似水，摸着却冰冷僵硬。那座城市的街头布满这些虚伪的东西，就像那个国家和它的人民一样令人厌恶。是他们教会了他如何虚伪，但对于他，虚伪就只是工具，并不是目的。他要把这世界欠他的都要回来，为达目的使用什么工具都可以。他将烟头弹出车窗外，红色的亮点，在黑暗中划出一道弧线。

奔驰车的车灯划了一道更大的弧。一段弯道之后，林间豪宅出现在眼前。20多年以前，它还只是一座年久失修，被海风侵蚀的旧木屋，面积不及现在的三分之一，更没有这般奢华气派的装修。那时布兰克年薪只有六万美元，买栋被银行拍卖的破房子，还需贷款20万美元。太太生育后身体一蹶不振，小病接连不断。对布兰克而言，这些都是小问题，比列宁格勒度过的阴暗童年强了千万倍。一切都将变化。他的心思不可能放在家里，多亏有个能干的女佣，忠心耿耿解决一切后顾之忧。20多年之后，房子扩大了三倍，房价上升了30倍。这些依然不是他所在意的。他真正在意的，眼看就要到手了。

车门开了，司机马克已恭敬地站在门外，黑色的皮肤和黑夜融为一体，满头短短的白发却在黑暗里闪闪发光。马克今年60岁，已为布兰克服务十年。布兰克对用人一向宽厚仁慈，这是人尽皆知的。司机年已六旬，管家小姐的年纪更大。布兰克并不在乎年龄。桔恩小姐从女佣做到管家，已为他服务了整整20年，只要她愿意，再干20年也无妨。忠心耿耿远比腿脚灵便重要得多。

布兰克走进家门，客厅里灯火通明，仿若白昼。布兰克不喜欢昏暗。即使在最明亮的房间，那些阴暗的角落仍令他恐惧。他最憎恶的地方，莫过于安第斯公司的总裁办公室。他相信见不到光，生命就难以继续。所以他命人把总裁办公室里的射灯都拆掉，只留一盏小瓦数的台灯。他最恨那样的台灯了。

桔恩小姐向着布兰克小跑而来，像只平行移动的圆肚花坛子。桔恩小姐的步伐从不曾因年龄的增加而减慢，使用类似少女才有的节奏，使多层下巴不停抖动，连带着眼睛和眉毛，颠成四条弯弯的线，好像幼儿园小朋友用黑色蜡笔画上去的。

“布兰克先生，您今天回来得可真晚啊！呵呵呵呵！露小姐呢？她没有跟您一起回来？呵呵呵呵！”

桔恩小姐从布兰克手中接过外套和公文包，同时尽情欢笑，好像布兰克的脸是一本幽默故事大全。布兰克摇摇头：“没有，她不会来了。”

“哦？她换地方住了吗？”桔恩小姐满脸诧异，笑容消失了片刻。

“亲爱的，你回来了？”餐厅里传来布兰克夫人的声音。布兰克绕过桔恩小姐走向餐桌：“亲爱的，你应该已经睡下了。”

“不算晚，亲爱的。再说，还有桔恩陪着我呢！”布兰克太太向桔恩小姐挤挤眼，引发新一轮欢笑，好像布兰克夫人的目光是一只手，正伸进桔恩小姐的胳肢窝里。

桔恩小姐去张罗开饭。布兰克夫人继续说：“亲爱的，公司的事情我都听说了。真不幸！现在怎么样了？”

“都是令人烦透的事情！我一个人操心就够了，何必还要你一起去操心呢？”布兰克夫人微微一笑，不再追问。两个墨西哥女佣来来回回地上菜。桔恩小姐也没闲着，绕着桌子为布兰克夫妇倒饮料。

“桔恩，不是说过了，这些事情，不必你亲自动手的。以后不必等我到这么晚。”桔恩小姐又是一阵笑：“布兰克先生您真会关心人，呵呵呵呵！布兰克夫人也很关心人，呵呵呵呵！可不把你们伺候好了，我哪能睡得着呢？呵！”

突然间，桔恩小姐的笑声戛然而止，眼睛也从弯弯的细线变成了小黑圆点。叮咚的门铃声传来，桔恩小姐赶快小跑着去开门。

“请问布兰克先生在吗？”门外传来粗重的男人声音，“我是弗莱德探长。”

“可现在已经是夜里 11 点了……”桔恩小姐这回没笑。

“桔恩，让探长先生进来吧！”

布兰克话音未落，一个高大的身影闪进门来。他五十出头，膀大腰圆，上身是陈旧的棕色西装，下身是肥大的牛仔裤。不拘小节的打扮，像是下班后在酒吧偷醉的邮差。桔恩小姐紧随其后，皱眉仰头看着他，一脸的不满。布兰克起身相迎：“探长先生，晚上好！能让我看看您的证件吗？”

“当然！”探长摸出警徽，“很抱歉这么晚来打搅您，但您下午一直在开会……”

“没有关系！探长先生，谢谢您亲自过来！我们到书房去吧！”布兰克转身对太太说：“亲爱的，我和弗莱德先生谈一会儿。你先睡吧！哦，还有，桔恩，请你到露小姐的房间看看她有没有留下什么东西。”

“不用了！”探长一挥手，“布兰克先生，如果方便的话，我们就直接到露小姐住过的房间去吧！”

布兰克夫人的目光跟随着丈夫和探长的背影。桔恩小姐小跑过来抓住女主人的手，一脸不安的表情："天啊，真是没有教养的人！看看他的鞋有多脏？地板又要重新打蜡了！那位露小姐，到底发生了什么？太太不要担心，布兰克先生是位善良的人，上帝会保佑他的！"

探长只随便看了看，并未在客房里仔细搜索。随后双手插兜，在门边找个舒适的姿势靠着："布兰克先生，那个 Kevin，您有多了解？"

布兰克点头："了解一些。他以前是设计部的工程师，后来得到安第斯先生的赏识，成为总裁私人助理。从那时起，我跟他接触就少了。"

"听说他跟你的关系一直不好？"

"哦？是吗？"布兰克抬了抬眉毛，"也许是吧。这公司里，本来也没多少人跟我关系很好。要想认真负责，坚持原则，得罪一些人也是难免的。"

"哦，原来如此。"探长点点头，"你觉得他为什么要谋杀安第斯先生？"

"这……"布兰克皱眉努力思索了片刻，"我还真想不出！他一贯很敬重安第斯先生，安第斯先生也很器重他。说实在的，我刚听到这个消息的时候简直不能相信！会不会是遭人陷害呢？虽然那个机器人是 Kevin 设计和制造的，但我想那并不是什么很复杂的东西，一定有不少人都能够修改程序，或者改装它。"

"但他带着那女孩逃了。而且，总裁办公室里的闭路电视录像里显示，他还拿了保险柜里的东西。"

"哦？总裁办公室里有闭路电视？"布兰克装作很惊讶地问。探长瞥了布兰克一眼，顿了顿，才说："您不知道么？那里有的！尽管并不是贵公司中央监控系统里的一部分。"

"哦！我还真的不清楚！那大概是安第斯先生自己装的吧！"布兰克见探长面露疑色，忙说，"原来是被 Kevin 拿走了？难怪保险柜里空了！"布兰克激动起来，深叹一口气，"唉！人心难测啊！"

探长又问："他从保险柜里到底取走了什么？"

布兰克耸耸肩："探长先生，这个恐怕不仅我不知道，公司里的任何其他人也都不知道。监控录像里看不出吗？"

"那上面不够清楚。只能看出大概是个小东西，能够全部握在手中。"

"那太遗憾了。"布兰克先生双眉紧皱，脸色越发阴沉，"那间房间的光线太暗了，那楼里的监控系统也早该更新了。希望您的人不会只靠那玩意儿去寻找凶犯。”

“当然不会。布兰克先生，我们有贵公司人事处和美国海关提供的嫌犯照片，要比监控里清晰得多。只不过并没有向媒体公布。除非您授权我们这么做？”

“提供给媒体？”布兰克先生沉思片刻，摇摇头，“还是尽量少让他们掺和吧。”

探长点点头，目光在屋里扫了一圈：“没事了，谢谢你。”

“好的，探长先生！”布兰克点点头，停顿了片刻，缓慢而低沉地说，“探长先生！被他拿走的那样东西，虽然我不知是什么，但我猜它对安第斯公司影响重大。恐怕对全球电信业都影响重大。所以……”

“布兰克先生，我们会尽力帮您把它找回来的。”探长稍作迟疑，抬手摸了摸嘴唇，继续说，“就像我们会尽力抓到谋杀安第斯先生的凶手一样。”

这是一处民宅，旧金山最常见的联体房屋。颜色各异参差不齐，却又不得不连在一起，沿着山坡蜿蜒，好像一条修修补补的旧城墙。骆驼把车停在路边。这回不再是甲壳虫，那辆车曾在安第斯公司门外出现过。现在这一辆是丰田佳美。加州有成千上万辆丰田佳美，走在路上是不会引起任何注意的。

车子的后备厢里有只旅行箱，大得能把骆驼整个人都塞进去。Kevin 搭了把手，帮骆驼把皮箱搬出后备厢。

民宅里陈设很简单，客厅里只有一条沙发，一个茶几，和一台电视。厨房空空如也。茶几和电视上有一层浮尘，似是很久没人住过了。

小玉和 Kevin 坐在沙发上，看骆驼跪在地上翻箱子。箱子提手上还拴着 UA889 的行李签，想必是骆驼从北京一路带来的。小玉心中一酸，没想到这一路竟然有来无回。

“试试吧！看合适不合适！”骆驼把一团棕黄色毛茸茸的东西捧

到小玉眼前。小玉吓了一跳，仔细一看，原来是一头假发。没接，看着就别扭，尽管她明白骆驼的用意。

“怎么了？嫌不够时髦？”骆驼见小玉不接，又调侃起来，“您的大照可都上电视了，露小姐。”

Kevin冲小玉点点头。她勉为其难，戴上一试，居然就像专门为她定制的。骆驼的旅行箱简直就是百宝箱，除了假发，还有女装和高跟鞋、全套的彩妆、假睫毛、假指甲和平光眼镜。完全有备而来。不知是从中国带来的，还是到美国才准备的。反正不像记者该随身携带的。

小玉到卫生间换衣化妆。出来时大变了模样，成为摩登金发女郎，浓妆艳抹，短裙不及膝，露出黑色性感长袜。客厅里突然冒出个大胡子印度人，小玉吃了一惊，定睛细看，原来是Kevin，裹着头巾，贴着络腮胡子，架一副金丝边眼镜，眼珠也变成蓝色。Kevin见到小玉，同样目不转睛，流露震惊之色。

骆驼手脚麻利，上蹿下跳，转眼从箱子里取出一块白布挂在墙壁上，前面放一把椅子，手撑住椅背，三角小眼转了一圈：“露小姐，您先来？”

小玉猜想这是要拍证件照，心中微微诧异。莫非，这神秘“记者”果然有瞒天过海的本事？小玉在椅子上坐定，骆驼从口袋里摸出个手机。Kevin脱口而出：“古董货，800万像素。”骆驼接口：“您还别挑！咱用不起Anphone啥的，只能凑合用棒子货！”

Kevin点头：“三星一直是我们最大的竞争对手，摄像头的确比Anphone的好很多。但Anphone新的三维投影界面，应该会改变人类对所有电子产品的使用习惯。而Anphone的智能密友功能，还会改变人类的思维方式，会改变历史的。”

“得得得，Anphone就是救世主，能拯救全人类，你先让它拯救拯救你们俩吧！看它能不能长出俩翅膀来，带着您二位飞出美国。”骆驼翻了翻眼皮，小眼睛就剩下两个白色三角。小玉心中一阵兴奋：飞出美国，回到中国？她本以为这是完全不可能的。

“你不是记者吗？不是要写关于安第斯的文章？”Kevin斜眼看着骆驼。骆驼用鼻子哼了一声，一脸不屑：“嘁！你说的这些，都已经印在报纸上了。对我没有价值！还是说点儿正经的吧！你们到底要去哪儿？这儿也不能常待，警察迟早会找来的。”

Kevin 看了小玉一眼，没吭声。他一脸浓重胡须，蓝眼睛显得格外深邃，令人激动而费解。小玉避开那双眼，心中有些异样，莫名的空虚突如其来。或许正因她的生活原本空洞无聊，上天因此为她安排了如此不凡的经历。但她从来不曾渴望冒险和刺激，她就只希望平凡的日日夜夜，能和可赋朝夕相处。但这或许正是许多人都求之不得的，当然也包括小玉自己。

骆驼给二人拍完照，急急火火地出了门。临走又叮嘱一遍，让两人快些想好下一步计划。小玉和 Kevin 站在客厅窗边，看丰田车的尾灯消失在夜幕中。小玉问："他真是记者？"

"不晓得。" Kevin 沉思片刻，"不过，要小心！不要让他靠近……" Kevin 向小玉的背包使一个眼色。小玉忙把包抓紧，用力点点头。Kevin 嘴角微翘，蓝色眼睛溢出笑容："现在没事的！休息一下吧。"

小玉顺从地坐在沙发上。Kevin 从厨房的冰箱里取出两罐可乐，翻来覆去看了个遍，递给小玉一罐："喝吧！这该是安全的。"说罢关了客厅的灯，紧挨着小玉坐下来，带来一阵温热的微风，有种皮革和古龙水的混合气味。两人在黑暗中安静地坐着，沉默良久，大口喝着可乐。小玉不知 Kevin 为何要关灯，也许是出于安全考虑，门外或许会有巡逻的警察或多事的邻居。黑暗未能让她放松，反又莫名地紧张，好像回到漆黑的灯塔，只是头顶的小窗没了，换作窗外摇曳的树影。这让她联想起在布兰克家度过的那一夜，在漆黑的洗手间里，听到那诡异的呼唤："下家的门儿！"那到底是人是鬼？不禁汗毛倒竖，后背发寒，幸亏身边还有 Kevin。

"在想什么？" Kevin 突然发问，把小玉从沉思中惊醒："没什么，你呢？"

Kevin 深吸一口气，把头埋入双臂，发出沉闷的声音："真希望，我能替他再做些什么！"

小玉知道 Kevin 说的是安第斯先生，内心跟着酸楚，却又不知如何安慰。健壮而坚强的人所表现出的脆弱，往往更令人手足无措。她侧目看着他宽厚的肩背，稍事犹豫，轻轻把手放在他肩头，柔声道："他在天有灵，会知道的。"

Kevin 一动不动，仿佛大理石雕塑，如此沉默了一阵，缓缓扭过脸来，目光中充满感激。小玉两颊微热，收回手臂，环抱双肩，尴尬地微笑。Kevin 却并不在意，闪亮的双目注视着她："他把那封信交给你，会不会是让你把它交给谁？”

“我不知道，也许吧。”小玉回答。早先在总裁办公室里的情景再度浮现，令她后背发凉，“他说让我帮他，可他没来得及说出怎么帮就……”

“他既然把那封信交给你这样一个陌生人，一定是预感到了危险的来临，迫不及待地希望有人把这封信带走，至少，他不希望信落在布兰克手里！”Kevin边想边说，“那U盘是一把钥匙，而这封信里又仿佛暗示了Z的设计藏在哪里。也就是说，按照信里的线索，就能找到那台电脑，再使用这把钥匙，就可以获得Anphone Z的设计！所以，他不想让U盘和信同时留在保险柜里？”

“有可能。”小玉茅塞顿开，暗暗佩服Kevin。

“那他到底要你把信交给谁呢？难道是发信的人？”

“寄信的人在……台北？”

“按照信封上的地址，应该是的！”Kevin的双眼越发明亮，“Joy，能不能帮我一个忙？”

小玉莫名地紧张：“什么忙？”

“陪我去台北！”

“可是……我只能是累赘。”

“不会！你比我更明白中国！而且，既然安第斯先生把信交给了你……”

小玉一时无语。如果能够逃离美国，她只想回到北京。但回去又能如何？告诉可赋自己是通缉犯？难道可赋会陪她亡命天涯？自从他换了工作，不再需要加班，他都难得陪她吃顿晚饭。

“对不起。我知道，我不该让你冒这么大的险。”Kevin在黑暗中摇了摇头，目光似乎也黯淡下来。小玉渐渐领悟，Kevin要的是找到Anphone Z的设计。安第斯先生没来得及说出遗愿，但其中必然包括不让设计落入布兰克之手，但到底要让设计落入谁手就无人能知。Kevin对安第斯先生固然忠诚，但更重要的是让自己摆脱困境。Kevin知道遭布兰克陷害难以洗脱罪名，只能努力破解谜团获取设计，或能用作筹码与布兰克周旋。小玉和他是拴在一条线上的蚂蚱。现在如此，未来无人能知。只有走一步是一步。

“我陪你去，只要你不怕我碍事。”小玉深吸了一口气，直视着Kevin说。Kevin抬起头来，感激之情溢于言表。小玉笑了笑，心中却是一片茫然。不然，她又能去哪儿呢？

第二天一早，小玉在沙发上醒来，身上盖着 Kevin 的皮衣，散发着淡淡的皮革气息。那是一个雄壮而精致的男人经过一天奔波冒险之后的气息。她不知 Kevin 何时为她盖上皮衣，只记得他曾让她放心睡去，他说他会为她“站岗”。他的口音原本很异域，偶尔使用这些貌似并不属于他的词汇，略显僵硬而格外顽皮。

“嘿嘿！终于想好了？”

厨房里突然传出刺耳笑声，一听便知是骆驼。小玉心中一惊，下意识地摸摸身后，背包还在，信封和 U 盘都在。骆驼又说：“还能再透露点儿吗？去台北准备干点啥？打算找谁？”

“我必须回答你吗？”Kevin 的浑厚声音。

“嘁，别这么吝啬，过了河就拆桥……懂吗？过河拆桥？”

“回答这些问题，是过河的条件吗？如果是这样，我们可以不过这条河。”

“嘁！真小气！台北，对吧？今晚凌晨 1 点，华航。我这就弄票去！不过……您不会指望这飞机票也……”

“你拿票据回来，我给你现金。我们两个的。”

“嘿！成！一言为定！嘿嘿嘿嘿！”又一阵怪笑，骆驼出门而去。小玉佯装睡觉，等屋外传来汽车引擎发动的声音，这才睁开眼，见 Kevin 不知何时已到沙发前，正出神地看着她。小玉吃了一惊，Kevin 赶忙扭转了目光。这动作令小玉心头一抖。可赋也曾如此专注地注视她，与她目光相对后再匆匆侧目。Kevin 与可赋是天差地别的，但眉目间的细微之处竟如此相似。或许这是男人的共性。小玉尴尬一笑，匆匆起身。本打算去卫生间洗漱，一眼瞥见餐桌上有两本崭新的美国护照，拿起一本随手一翻，证件照处正是金色大波浪的自己。姓名却是 Joyce Luk。另一本上的照片是大胡子的 Kevin，名字叫作 Calvin Sha。

“这个人的本事很大哦！”Kevin 跟进厨房。小玉问：“看得出是假的吗？”

Kevin摇头："看不出。这东西在黑市，起码得十万美元一本。"

小玉吃了一惊："可他还要你机票钱？"

"不懂，我看他不是记者。"

"那是什么？"

"不清楚……"Kevin低头琢磨，"但有一点是肯定的，他很想知道Z的设计藏在哪里。"

小玉点头："这谁都看得出来。"

Kevin若有所思："所以，他或许是商业间谍？摩托罗拉、诺基亚或者三星派来的？Z的设计，估计他们都梦寐以求！"

"或者也可能是山寨商！"小玉脱口而出。中介公司的同事小王就曾经在东莞的一家工厂里打工，专门组装生产山寨手机的。据说也生产山寨Anphone的。

Kevin眉毛一扬："山寨商？"

"就是Anphone的仿造厂家。中国有一些。网上能买到跟Anphone看上去一模一样的手机，价钱就只有真货的五分之一吧，当然功能和质量差得很远。"

"你说的，就是盗版Anphone？你很了解哦！有买过吗？"Kevin饶有兴趣。小玉连忙摇头："没，去逛过，差点儿买……"半句话吞回肚子里。她的确去秀水街看过假的Anphone，不止一回。但她没买。不能送假的给可赋。

Kevin并未留意小玉的语气，摸摸下巴说："我的确听说过，中国有一些这种产品。真的很有意思呢！有机会，我一定要去看看。"

"你从没去过中国？"

"也不算吧。我在中国出生，不过很小就被祖母带到美国，之后再没回去过。"

"可你的中文怎么这么好？"

"哪里好了，只能算凑合。"Kevin腼腆一笑，摸摸头说，"中学一直和讲中文的同学在一起，大学还选修了中文。而且，祖母不许我不学中文呢！"

小玉笑道："你一定很听你奶奶的话吧？"

"哈！奶奶……"Kevin酣然一笑，见小玉不解，忙解释道，"这是北方人的叫法吧？广东话里的奶奶，是叫丈夫的母亲。祖母是叫作'嫲嫲'。"

"你是广东人？"

Kevin 摇头："不。我在旧金山长大，这里广东人多，广东话就像另一种本地方言。其实我也不知自己是哪里人，嬷嬷从来没说过。不过听别人说，她也有南方口音。"Kevin 的声音愈加柔和，仿佛蕴藏无限深情，小玉心中隐隐一阵羡慕，不禁低声问道："你一定很爱你的嬷嬷吧？"

"当然！"Kevin 用力点头，"她把我一点一点抚养成人，我当然很爱她！为了我的未来，她低三下四，吃尽了苦。她是我在这个世界上唯一的亲人。你能理解我的感受吗？"

小玉微微点了点头。她能理解，却从未曾感受过。有关亲人的记忆，其实只有梦里才有的。Kevin 又问："真的吗？你真的能理解？你最爱的人是谁？你的爸爸妈妈？还是外公外婆？"

小玉心中一疼，摇头说："咱们不说这个。"

Kevin 无趣地点头，客厅里顿时宁静了。一个健壮的男人，穿黑色皮衣，拥有牛仔的气息，一天一夜疏于打理，嘴边和两腮都已生出浓厚的胡茬儿。但他提及祖母，竟像孩子般黯然神伤，该是个多情的男子，心思细腻敏感，对小玉更是分外体贴关怀。命运喜欢开玩笑，竟将千差万别的两人同置一条危舟，在随时准备沉没中建立某种特殊的联系，依赖而已，同病相怜。好像瞎子和瞎子携手而行，只不过小玉瞎得更厉害一些。

骆驼顺利带回机票和比萨饼，外加一只精巧的女士皮包。大概是因为小玉的黑色背包实在和新行头不太搭配。小玉趁骆驼不备，偷偷把几件最重要的东西都转移到皮包里，心想既然背包和新造型不搭，想必是要给骆驼拿着。小玉从此新包不离身，被骆驼打趣说："到底女人都是爱包如命的。"小玉并不辩解，悄悄和 Kevin 交换一个眼神，彼此心知肚明。

吃饱喝足，小玉和 Kevin 穿戴整齐，好像准备上台的演员。三人在午夜之前赶到机场。小玉和 Kevin 扮相很是醒目。临近午夜，乘客稀少，但警察和保安却着实不少。

骆驼果然主动替小玉拎着背包，却又一脸不情愿，一路抱怨机票难买，停车费太贵。好在说的是中文。小玉和 Kevin 一言不发，不敢反驳争执，生怕再多引起关注露出破绽。从安检到候机厅，小玉一路吃尽苦头。假发很热，裙子却很冷，高跟鞋很晃，粉底厚得好像水泥，睫毛随时有可能脱落，安检员虎视眈眈，一路经过许多荷枪实弹的警察，每次都足以令汗水湿透内衣。多亏并无海关，护照只在办理登机手续时略做了检查。美国海关的特点——只管进不管出。顺利到达登机厅，小玉一阵窃喜，没想到逃离美国竟然如此容易。

开始登机之前，Kevin 去了洗手间。骆驼趁机微笑着凑过来，小玉赶忙躲闪，骆驼立刻像影子似的跟上，低声问道：“知道那保险柜里的东西，能值多少钱吗？”小玉不语，骆驼索性自问自答：“够你，不，你全家！用十辈子的！”

“跟我说这些干吗？我又不知道保险柜里有什么。”

骆驼小眼一瞪：“当我是傻瓜？那你们去台北干吗？谁不知道台湾也算全球电子产品的研发基地？嘁！而且……嘿嘿，”骆驼稍作停顿，“据说安第斯老头儿有位老熟人在台湾，好像还是个设计手机的专家呢！”

小玉不露声色，心中却为之一震。如果骆驼所言不假，Anphone Z 核心技术的设计师恐怕还真在台湾。但小玉的兴奋瞬间被失落代替了——就算真能找到那设计师，真能弄明白老安第斯的意旨，完成了他的遗愿，这又与小玉何干？又能改变些什么？小玉脱口而出：“莫名其妙。这些跟我有什么关系？”

“真的没关系？你跟安第斯？”三角眼眼拼命撑圆了，好像两颗变了形的蚕豆，鼓得有点吓人。

“爱信不信！”小玉仰头侧目，见 Kevin 正大步流星走来，心中暗松一口气。骆驼张口还想说些什么，候机厅里突然响起广播声：“女士们先生们，由旧金山飞往台北的中华航空公司 CI0003 次航班，马上就要开始登机了……”

早晨 9 点，安第斯夫人带着律师，准时来到安第斯大厦 20 层的会议室门外。她其实最痛恨早起。她喜欢在阳光明媚的午后，手捧咖啡，身着睡衣，在顶层公寓窗边游荡。看脚下拥挤的车流，蚂蚁般快速行走的路人。繁忙的城市令她感到格外轻松。就像午夜过后，沉睡的城市令她格外清醒。可她今天必须早起，而且必须留有充足的时间

梳洗打扮，尽管她扮演的角色是单枪匹马的寡妇。寡妇亦可性感而强大。这段婚姻本来就是一笔交易，现在交易完成，她要拿回属于她的。一切都该属于她。

嫁给安第斯是在20年前。那时她还是妙龄少女，青春正要绽放，却遭遇巨大挫折。她的父亲本是全球最早的电脑人才，用崭新的技术理念创建电子公司，数年的研发烧尽天使基金，欠下巨额债务而濒临倒闭。一夜之间，房子车子都被银行收回。那时她还在大学校园里彻夜狂欢，不知自己已从公主变为平民。类似的派对她参加了无数，从黄昏到清晨，从清晨再到黄昏。内衣在泳池里，身体却在汽车后座。大学对于富家女子的功能，莫过于寻觅更有钱的老公，但她年轻贪玩，荒唐几年也无可厚非。她在打掉第二胎的当天得知父亲破产的消息，一周后退学回到家乡。每天光鲜靓丽出席各种高雅饭局，荒唐的历史彻底掩埋。安第斯公司是父亲企业的唯一出路，安第斯的财产使他们40岁的年龄差距毫不重要。荡妇和名媛只一身衣服之隔，拥有相似的天赋和技巧。一个月后，安第斯迎娶年轻新娘，安第斯公司并购破产企业。新娘的父亲成为安第斯公司的忠实栋梁。年轻新娘五年后终于弄明白，当初自己万分努力，其实安第斯早有如意算盘。父亲的技术虽然烧尽最后一个铜板，却为安第斯造就了辉煌的未来。当然那时还只是仅能够储存音乐的移动设备，和现在的Anphone相隔万里。但创新的理念是无价之宝。老安第斯暗中动用手腕，把父亲的公司置于死地。年过三旬的安第斯夫人备感失落，时常在父亲耳边挑拨抱怨。父亲每天看着公司大把进账，心理不免渐渐失衡，偷偷向国外公司出卖技术，有时还须去其他部门窃取，U盘常常藏在垃圾桶的夹层。如此神不知鬼不觉赚了几年，突然在某一天被警察带走，事先没有任何迹象。诉方律师在法庭陈列证据，多年前窃取的文档历历在目，完整充分得难以置信，完全不像最近才东窗事发。安第斯的岳父满心疑问地入狱，不久心脏病复发死在狱中。从此安第斯夫人和安第斯先生分居，独自搬上闹市的高层公寓。安第斯先生闭口不提离婚，安第斯夫人也不想十年青春血本无归。如此僵持了多年。近年老安第斯身体恶化，安第斯夫人又见到曙光，迅速搬回安第斯大宅，亲自肩负照顾他的职责。如今真的做了寡妇，绝无坐失财产的理由。所以再早也是要起的。

“早安，安第斯夫人。”布兰克毕恭毕敬地打招呼，脸上悬着一丝惊讶，又是上好的表演。其实一切早该在预料之中。安第斯夫人用眼角瞥着布兰克："今天来得很早啊！是不是又要开董事会了？"

"尊敬的安第斯夫人，今天没有正式的董事会议，我们只是到会议室来谈一些有关公司具体运营的事情。"布兰克微微颔首注视着地板，好像忠实的管家。可他身后的每个董事都知道，他再也不是安第斯的管家。他要成为老板。挡在他面前的都得滚蛋，当然也包括眼前这个刁钻的黑衣女人。

"是不是正规会议，我的律师都会旁听的。"安第斯夫人一抬手，身后的西装男人立刻向前一步。安第斯夫人继续说："这位是我的律师，我就不多介绍了，反正他会给诸位发名片的。从现在开始，他会时刻注意这大厦里的一切行动，特别是这间会议室里的。我想会有很长一段时间，你们会常常见到他，说不定还能变成熟人。不过，我奉劝你们别跟他太熟。因为你们说的每句话，都有可能被他带到法庭上。不知道哪句，就会成为你们谋害我丈夫，掠夺我们财产的罪证了！"

安第斯夫人哼了一声，向董事们扫视一圈，转身对律师说："亲爱的，好好陪着他们吧！我要出去透透气了！这里的空气简直糟糕透了！你看到了没有？这空气里都飘着些什么？阴谋！诡计！我快要憋死了！"

安第斯夫人说罢，转身大摇大摆走向电梯。电梯门自动打开，电子合成的声音愉悦地说："安第斯次高授权成功！安第斯夫人您好！您要去哪一层？"

"当然是一层了！有大门的那一层！你这个蠢货！只有白痴，才喜欢待在这金属棺材里！"

电梯门关闭，金属板嵌入墙壁，严丝合缝。布兰克大步走进会议室，那律师抢着跟进来。布兰克眉头一皱，转身又走出会议室，高声宣布："今天的会议取消了！"

布兰克说罢，转身走向电梯，丢下一脸茫然的律师和一群不知所措的董事。电梯降到15层，布兰克的手机响了。没接，任由它响，直到走出大厦，坐进加长的黑色奔驰，司机为他关上车门，这才掏出手机。

"布兰克先生，对不起！我们……我们把他跟丢了……"电话里的声音格外忐忑。布兰克紧皱眉头："丢了？这怎么可能？何时丢的？

最后位置在哪里？”

“布兰克先生，非常抱歉！昨晚……John（约翰）这只蠢猪！他在监视的时候打了个瞌睡。最后一次监测时位置还在城里，晚上10点30分。等John醒来，信号就消失了！那时……那时是凌晨1点半。”

“现在是上午9点半！为何八小时后才通知我？！”

“我们想，也许只是一时的信号故障，或者您在休息，可没想到一直到现在还……”

“可能的解释是什么？”布兰克决然打断对方。

“有多种可能：第一，信号源彻底失去电源；第二，信号源的自动发射系统被破坏；第三，信号源是在完全无法发射信号的地方，比如海底，或高空，或极深的隧道，或完全被屏蔽的房间或容器里。”

“继续搜索信号！一刻不能停！”布兰克挂断电话，低声骂了一句“蠢货”。加长的奔驰车却突然减速，弗莱德探长正站在停车场出口处挥手。布兰克心头一沉，这不速之客为何又出现了？眉头却立刻舒展开来，嘴角扬起笑意，缓缓摇下车窗：“早晨好啊探长先生！”

“布兰克先生，我能占用您几分钟的时间吗？”

“当然。请进吧！”布兰克伸手示意。探长坐进车里。司机马克识相地下车，靠在车前抽起了烟。探长清了清喉咙：“我有个很遗憾的消息要告诉您。”

布兰克耸耸肩：“我猜这些天这样的消息已经很多了，所以，也不在乎再多一个。请讲吧。”

“安第斯先生的尸检，恐怕遇到了一点小麻烦。”

“小麻烦？什么麻烦？”

“我们暂时还无法确定他的死因。”

“难道安第斯先生不是中毒而亡？”布兰克一脸疑惑。探长摇头道：“不是。他并没有吸入任何有毒气体。我们在他的办公室和那机器人的残骸里都没找到任何有剧毒的气体，只不过有一点汽油和酯类物质，不会对人体带来致命伤害的。”

布兰克脸上的疑惑瞬间变为错愕，但迅速恢复平静：“探长先生，这怎么可能呢？闭路电视不是记录得很清楚？他是在那只机器人爆炸后立刻死亡的！”

探长点头：“是的，但那并非毒发身亡。或者是一种我们尚且发现不了的毒素。又或者，是心脏病？”

“哦？”布兰克沉思片刻。这的确出乎意料。到底哪个环节出了问题？看来老天相助，老家伙气数已尽。布兰克继续说：“有可能。安第斯先生的确有冠心病，已经做过两次心脏搭桥手术，胸部还装有起搏器。”

“会不会是起搏器故障？”

“不会吧？”布兰克摇头道，“安第斯先生的第二次搭桥手术是我亲自安排的。医生是全美国最好的，起搏器是全世界最好的。应该不会轻易出故障的。”

“哦，是这样。”探长若有所思，“不过，这世界上，有什么不会出问题呢？即便是最好的牌子。对不对，布兰克先生？”

布兰克耸耸肩：“可既然如此，Kevin 为什么要带着那女孩逃跑呢？”

探长也耸耸肩：“这我也很想知道，会不会是为了带走保险柜里的东西？”

“探长先生，那是安第斯公司的财产。”

“当然，这我知道。”探长点头，“不过我来，是要通知您，安第斯先生的遗体无法如期入殓，可能还需要多保留几天。”

“这……”布兰克面露难色，长长叹了口气，“好吧！大概也只能这样了？我和安第斯先生的家人，都希望老人能早日安息！”

“当然！只不过……”探长微微一笑，“听您话里的意思，安第斯先生的家人和您取得共识了？”

布兰克扬起眉毛看着探长，一脸的疑惑。这种问题无须回答，假装不懂是最佳对策。他和安第斯夫人的矛盾早已是公开的秘密，探长无非是和记者们一样八卦。

探长哈哈一笑：“我知道，这不关我事！我只是刚刚看到安第斯夫人的车从这里经过。漂亮女人的脾气总是不太好，对不对？谢谢您的时间，布兰克先生！如果您又想起些什么，请随时联系我。您有我的名片！”

探长开门下车，又回头补充一句：“布兰克先生，这个新的发现，我们还没向媒体公布。”

“明白。探长先生，警方都不愿公布，我又怎会公布呢？”布兰克微笑着看探长关上车门，笑容很快就消失了。突然出现的变数，到底是好是坏？原本是个谋杀案，助理伙同外国女孩毒害老板窃密而逃，秘密安装的监控录像已经证明了一切。也只能依靠录像，因为两个嫌疑人很快将会永远从地球上消失。当然，要在两人帮他找到宝藏之后。这曾是多么完美的计划！但现在，投毒的初始条件却被推翻，一切是否都需重新设计？布兰克的大脑飞速运转：少了一个谋杀官司，警方就不必过多干预，未尝不是好事。但警察并非草包，必须万分谨慎。

司机马克随即坐上驾驶座，发动引擎。布兰克身上再次响起手机铃声。这次与上次不同，是桔恩。电话里冲出口音浓重却无比愉悦的声音：“布兰克先生，今天您回家用午餐吗？”

“是的，桔恩小姐，实际上，我现在已经在回家的路上了！”

“哦！是吗？还不到10点呢！布兰克先生，公司一切都好吗？您不会是遇到什么不顺心的事了吧？”

“哈哈！桔恩小姐，您可真了解我！”布兰克不禁由衷地笑起来。桔恩小姐总能让他感到快乐，“我们不谈这个。说说别的吧？”

“好啊！呵呵呵呵，那就说说您想吃什么吧！我的祖先有一句话，民以食为天。吃点好吃的，就会把不快乐忘掉！呵呵呵呵！”电话中笑声四溢。布兰克笑道：“我现在知道为何你的祖先都是烹饪天才了！听见你的声音，我已经快乐多了！”

“那就好！布兰克先生，让您快乐，是我的使命！可是……”桔恩小姐突然吞吞吐吐。布兰克眉头一蹙，心中升起不祥预感：“桔恩小姐，您有什么事情要告诉我吗？”

“对不起！布兰克先生！我一直没有机会跟您解释这件事。就是那一晚，打碎花瓶的事！其实，那天晚上，玛丽亚娜也在二楼，她在储藏间里！”

“哦？”

“是的！布兰克先生！还有她的男朋友，何塞！就是一个月前，我托您帮忙，为他介绍工作的那个墨西哥人！对不起，布兰克先生！我知道，您最讨厌陌生人在……”

“不用说了！”布兰克打断桔恩小姐，“他们都是年轻人，我能理解！这件事，就让它过去吧！”

桔恩小姐吃了一惊：“您是说……”

“是的！我不会再追究了！玛丽亚娜是个勤奋的女孩，凡是你雇的人，都非常勤奋！我是不会在意这些琐事的。以后，我们谁也不要再提那晚的事了，好吗？”

“好的。当然了，布兰克先生！您最仁慈了！能够为您工作，真的不知应该有多幸运！哈哈哈哈……”

“桔恩小姐，”布兰克不得不再次打断桔恩小姐，“玛丽亚娜在你边上吗？”

“不，她在花园里！”

“一个会打理花园的女佣，这是多么天才的安排啊！这20年来，如果没有您，我该怎么办呢？”

桔恩小姐的笑声立刻又像泉水般从布兰克的手机里奔涌而出了。

五分钟之后，桔恩小姐小跑着穿过花园，菊丛中仿佛多了一朵绽放的牡丹。桔恩小姐习惯小跑，不论有没有急事。只要她在跑，别人就不能走得太慢。阳光有些刺眼，桔恩小姐费了些力气才找到玛丽亚娜：“布兰克先生刚刚在电话里提到你！”

“提到我？”玛丽亚娜放下剪刀，一脸惊慌，“上帝啊！对不起，桔恩小姐！我知道错了！我以后都不敢了！我真的不敢了！”

“哈哈哈哈！”桔恩小姐一阵欢笑，眼睛眯成细细两条线，“布兰克先生是在赞扬你呢！说你很勤奋！看来，最近他很赏识你啊！”玛丽亚娜一脸茫然，桔恩小姐却突然掉转话题：“何塞的工作，他还满意吗？”

“是的，桔恩小姐！他满意极了！真的非常感谢您，帮他找到这么好的工作！如果不是您，他可能已经回墨西哥了！您的心地真善良！我和他都会每天向上帝祈祷，让上帝保佑您的！”

“哈哈！上帝那么忙，怎么顾得上我这样一个快入土的老太婆呢！如果一定要祈祷，就为布兰克先生祈祷吧！没有他的帮助，又怎能帮何塞找到这么好的雇主呢？是不是？那家人还好吧？”

“好好！非常好！”玛丽亚娜一连串地点头，“只是……听何塞说，那家最近出了不幸的事情，家里的男主人好像刚刚去世了！女主人也许是因为丈夫去世，最近的脾气很大！动不动就要发火！”

“哦？是这样吗？那你可一定要叮嘱何塞，让他小心工作！”桔恩小姐眨眨眼。玛丽亚娜一连串点头：“是是！桔恩小姐！我一直在叮嘱他要处处小心，努力工作！哦对了，还有就是一定要按照您和布兰克先生嘱咐的去做！”

“还记得布兰克先生嘱咐过什么吗？”桔恩小姐眨眼的幅度变大了。

“当然当然！绝对不能让其他人知道，他是布兰克先生帮忙介绍的！更不能让人知道他和布兰克家有任何瓜葛！还有，就是要把他看到和听到的一切，都及时告诉您。我说得对吗？”

“哎呀别说了！”桔恩小姐摇着头，“告诉我干什么？我一个老太太，不明白这些事情的！直接告诉布兰克先生就好啦！玛丽亚娜，你真是个聪明女孩！知道吗？布兰克先生真的非常欣赏你呢！我想，也许过些日子我该提醒他一下，你的工资很久没有涨了。是不是呢？”

“桔恩小姐，您真是太仁慈了！”玛丽亚娜握住双手放在胸前，一脸虔诚，仿佛站在面前的不是桔恩，而是圣母马利亚。

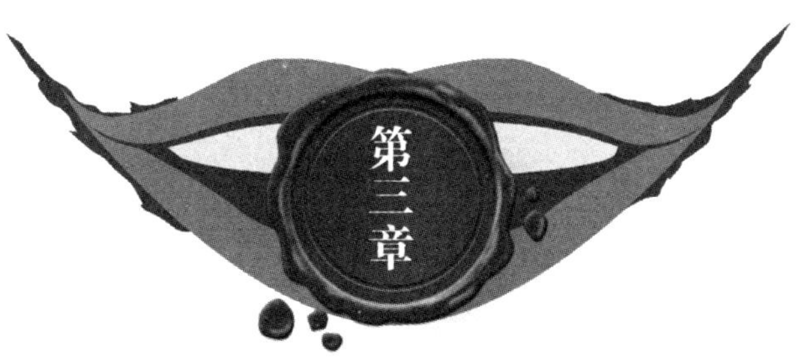

台北·寻谜

当地时间早晨 6 点，华航的航班降落在台北桃园机场。

经过这 13 个小时的飞行，露小玉才知道乘坐越洋航班的经济舱是件很辛苦的事，比坐商务舱辛苦多了。十几个小时都被困在一个狭小的座位里，困得难受却根本睡不踏实。小玉大部分时间处于半梦半醒状态，随时都知道自己正坐在飞机上，可大脑却又编织了一些散乱无章的情节。大部分是记不得的，只记得有一段，她独自走在故乡朝原的街道上，四周空旷破败，阳光却很耀眼，歪歪斜斜地射过来。大概是冬日黄昏。她穿过阴暗的铁路隧道，有货车从头顶缓慢驶过，发出有节奏的声音。有人从对面远远走来，身材瘦高，面色苍白。分明是可赋。她并没有招呼他，因为头顶车声隆隆。她期待他能留意马路这一侧，但他始终直视远方，目不转睛，直到他们互相交错。她没有转身，内心充满酸楚，然后就彻底醒过来，机舱里的大屏幕显示卫星路线图，飞机正穿越太平洋，接近中国大陆。不过两日之别，竟已恍如隔世。

几人顺利抵达台北。走出机场，小玉如释重负。四周都是熟悉的面孔和语言。清洁工和地勤在闲聊，让小玉想到了北京。骆驼立刻收回护照，仿佛旅行团的导游。三人都没有托运行李，小玉手里更是除了皮包再无其他，黑色背包始终由骆驼拎着，其实里面并没有什么重要的东西。

三人搭乘机场大巴进城。来不及事先订好酒店，只能到了再找。Kevin 临行前做了网络搜索，台北火车站的交通最为便利，周围旅馆也很多。骆驼虽不停抱怨，却也大体听从 Kevin 安排。

早晨 7 点，街道早已热闹非凡。早餐摊子热气滚滚，典型南方都市的样子。建筑密集而陈旧，大多七八层高，街头机车密布，一窝蜂嗡嗡作响。三人在台北火车站下了大巴，沿着忠孝东路走下去，经过了几家酒店，骆驼说要住，Kevin 皆不理会，径直前行了一段，转弯钻进一条窄巷，选中巷中一家门厅破旧窄小的便捷旅店。骆驼嗤之以鼻，却也没有坚决反对，只要求三人同间，并且要在二楼以上。

三人选定三楼套间。Kevin 安排小玉住卧室，自己和骆驼住客厅。几人一路奔波，虽在飞机上都有小睡，但此刻依然疲惫不堪。骆驼身子一沾沙发，立刻鼾声如雷。Kevin 索性直接躺在地毯上，印度头巾没顾得摘，呼吸随即粗重起来。小玉关了卧室的门，和衣躺在床上。心像是浮在半空里，脑中却空空一片。倦意席卷而来，正要迷迷糊糊睡去，胳膊却突然被人抓住。小玉一惊，猛睁眼，一张人脸近在咫尺。小玉几乎叫出声来，却发现原来是 Kevin 伏在枕边，竭力压低声音："Joy！ Sorry 吵醒你，但我们必须得行动了！"

Kevin 朝门外努努嘴，客厅里还有鼾声。看来，Kevin 是要趁骆驼睡觉时溜出去找线索。小玉立刻起身要走，Kevin 却按住她，帮她摘下假发，再指指床边放的衣裤。Kevin 果然细致周全，短裙和金发在台北过于醒目了。Kevin 也早把自己的头巾和胡子都摘掉了。Kevin 背过身，耐心等小玉换好衣服，正要把包也换过来，Kevin 却摆摆手，小声说："这个不用换，小的拿着方便！"小玉一转念：背包的确大得累赘，反正里面只有旧衣服，没什么值钱东西。

Kevin 随即起身，踮着脚尖走向窗户，小玉也踮起脚尖跟随。只见 Kevin 轻轻拉开窗帘，推开窗户，窗外竟有一条防火梯直通地面，难怪 Kevin 说小皮包带着更方便。她随 Kevin 轻轻爬出窗户，沿防火梯下到地面，忍不住问 Kevin 怎知这旅馆有防火梯的。Kevin 笑道："昨晚用谷歌搜了，又搜索了卫星地图，刚才走过前一条巷子，也留意了一下这座楼的背面，确认防火梯会经过哪些房间。"小玉暗暗佩服。Kevin 虽看上去像个粗犷的牛仔，内心却比女生更细致入微。和他比起来，自己倒是粗枝大叶，什么也注意不到。小玉不禁细看 Kevin，不禁问道："你的背包呢？也没带？"

Kevin 点头道："故意留在旅馆里。不然那家伙怎能放心？时间不多了，赶快走吧！"

"去哪儿？"

"国际饭店！南京东路一段 66 号！"小玉听着耳熟，该是那信封上的地址，心中不禁更加佩服 Kevin，在灯塔里只浏览了信封几秒钟，竟能记得如此详细。小玉随 Kevin 登上出租车，从皮包里取出信封，寄件人地址一栏用繁体中文写着："台北市南京东路一"后面的地址被剪掉了。小玉不禁问道："你怎么知道是'一段66号'？"

"也是谷歌搜索的，台北的确有国际饭店，地址是忠孝东路一段66号。"

"看来，信就是从那里寄出的？"

"还不能确定，因为信封里的那张便笺上，印的是南京西路。"

小玉也见过那便笺，却对此全无印象。她小心翼翼地从信封中抽出便笺，右下角果然印着几个红色小字，久经磨砺，只开头几个字依稀可辨："南京西路一……"看来Kevin果然是过目不忘的。小玉又里里外外仔细地看一遍便笺和信封，确定再无其他线索，皱着眉说："果然是矛盾的，不过都是南京路，也都有一个'一'字。是不是信封上的地址写错了？"

Kevin点头道："台北的南京路应分为东西两段。国际饭店正好靠近分界之处，被误称为西路也有可能。"

出租车很快到达目的地，两人在十字路口下了车。迎面一排八九层高的楼房，样式老旧，看上去很有些年头。国际饭店是距路口最近的一座。咖啡色墙体，巨大的玻璃窗，比其他建筑略新些，门牌果然是南京东路66号。Kevin并不急于进店，在附近仔细观察了一番，站在不远处凝神思考。小玉问他在担心什么，他说便笺和信封都很旧了，寄信之人早就不在了。谁会在酒店里住那么久呢？

小玉灵机一动："要是员工寄的呢？"

Kevin沉吟了片刻，点头道："不论怎样，既然来了，总要进去打听打听。"

Kevin出了个主意，让小玉扮作大陆游客，来台寻找失散多年的亲戚，而他则扮作陪同的导游。饭店的值班经理颇为热情，把二人请进办公室，搬出退休员工的档案。小玉翻阅档案，感到希望渺茫。虽然资料里有姓名、生日、照片和详尽的家庭住址，但表面看不出与Anphone或安第斯有任何联系。或许需要进一步调查了解，比如谁的家人曾旅美生活或就职电子行业。经理一直在旁陪同，无法和Kevin仔细探讨，只好慢慢翻看档案，却又不能公然记录所有信息待以后细查。如此翻看了几分钟，侧目间，小玉发现Kevin正把Anphone攥在手心。小玉灵机一动，称要去洗手间。经理指了大概位置，小玉出去转了一圈又回来，一脸难堪地说找不到。经理只好亲自带她去。卫生间在大厦另一侧，小玉故意放慢了脚步，磨磨蹭蹭，边走边找些问题来问经理，一两句解释不清，所以又在卫生间门口耽搁了几分钟。等小玉再回到办公室，Kevin 正跟经理闲聊。档案内容想必早被他用手机拍好了。两人随即向经理道别。

两人走出饭店，并肩而行。Kevin 连声称赞小玉是个好演员，小玉赶快转移话题，问那些采集的前员工信息是否有用。Kevin 只答不清楚，须得发给朋友细查。小玉见 Kevin 言语含糊，表情沮丧，知道希望渺茫。联想到此信的来历，不禁更是迷惑：如果安第斯先生仅仅是想找人将信带离公司，为何偏偏选中了自己，而不是身边的 Kevin？自己只是地球上的亿万无名用户之一，甚至是亿万用户之中的冒牌，因为连 Anphone 都未曾使用过的。可这个问题是不能跟 Kevin 探讨的。

Kevin 正慢慢地往前走，时而举头四望，时而低头沉思，仿佛身边并没有小玉似的。小玉猜他是在琢磨下一步的计划。不远万里来到台湾寻找 Anphone Z 的设计，唯一的线索却并不明了。如果找不到设计，就没法洗脱罪名，难免要苦思冥想了。小玉不想打扰他，只默默地跟着，不觉已走入国际饭店背后的小巷。Kevin 却猛然停住脚步，自言自语道：“这里给我的感觉怎么很……不同？”

小玉再次认真察看四周。房子似乎比街边的更陈旧一些，但并无其他特别之处。仍是七八层高，底层是店铺，卖服装或冷饮，高层则是民居，窗户敞开着，晾着衣服。“这里和别处有什么区别吗？咱们住的旅馆不也差不多？”

Kevin 摇头道：“不！不只是房子！还有这些树，这些露台，还有……我也说不清，但这里让我突然感觉有一种莫名的熟悉！”

“你以前来过台湾？”

Kevin 坚定地摇头：“没有！自从我有记忆，就是在加州。”

“在那之前呢？你不是说，你出生在香港？会不会家里在台湾有亲戚，所以很小的时候来过？”

“不会的！从没听嬷嬷提起过任何亲戚，更没提到过台湾。这种感觉真的很……很不爽！你明白我意思吗？”

Kevin 张大眼睛看看小玉，转而又低头沉思，目光回转的片刻竟有几分像可赋。或许男人沉思时都有类似的表情，而小玉始终心系着可赋，从谁身上都想要找到他的影子。小玉暗骂自己没用，努力把思绪拉回正题说："是不是就好像听到一段旋律，觉得耳熟却想不起在哪儿听过？还有接到来电，却想不起显示的人名是谁？或者接到快递，却想不起寄件人的公司是哪一家？"

"是是！就是这种感觉！可是……"Kevin踌躇片刻，眼睛突然亮起来，"你刚刚说什么？快递？"

小玉顿时一脸茫然。Kevin却兴奋异常："我怎么没想到！既然Z的核心设计有可能就藏在台湾，设计者和安第斯先生之间必定就要有一些通信往来！应该查查安第斯公司最近几个月的快递往来记录，看看有没有什么快件是从台湾发来的！"

"安第斯先生的信件不会被布兰克监控吗？"

"会，而且是严密监控。邮寄品、电子邮件和电话留言都被严格监控。但邮寄品有所不同：不拆开是看不到内容的。每天寄给安第斯先生的信件有许多，来自世界各地，大部分是垃圾广告，布兰克未必会把每封都拆开来看的。所以，如果把重要信息伪装成垃圾邮件，还真的有可能只被安第斯先生看到！而且，如果真的是设计Z的公司，则必须跟安第斯公司或者安第斯先生有财务往来的，谁也不能只干活不要钱，对吗？"

"那倒是……但是，咱们怎么查呢？难道，你在安第斯公司里……有人？"

"聪明女孩！"Kevin笑着掏出手机，取出SIM卡。小玉疑道："取出SIM卡怎么用？"

"没有SIM卡也没关系，只要有Wi-Fi！"

Kevin迫不及待，转身就走，三两步绕出弄堂，来到大路边，径直走进一家咖啡馆，仿佛他是这里的常客似的。再次证明Kevin的观察力和记忆力绝非等闲。小玉跟在Kevin身后发问："用Wi-Fi联络就不会被发现吗？"

Kevin回头向小玉挤挤眼："别人做，一定会。可我做就不会。"

咖啡馆里人并不多，Wi-Fi信号也极好。两人在墙角坐定，Kevin认真摆弄手机，不一会儿，欣然一笑："太好了！果然还有效！"

"什么有效？"

"登录军频的密码。"Kevin解释道，"一般的手机，只能通过民用频率发射和接收信号。但Anphone不同，它能同时通过民用频率和军用频率发射和接收信号。这个设计的目的，是为了帮助美国国防部随时追踪任何一台 Anphone，这是美国政府的秘密。Anphone 占领了全球市场，美国政府也就在理论上拥有了跟踪所有 Anphone 使用者的能力，必要时还可以利用普通用户的手机进行窃听甚至偷拍。我以前在伯克利研究军用机器人的时候，曾弄到一套破解登录 Anphone 军频服务器的密码，一旦成功登录，就可以通过军事频率传输信息到一个特定的服务器上，然后再由这个服务器将信息转发给另一部手机或电脑。但第一次登录需要 Wi-Fi。布兰克只能监控通过电信公司发送的数据，监控不到通过军频发射的数据。所以……”

Kevin 边解释边摆弄手机，过不多时，打了一个响指：“所以，结果已经来了！新竹电子科技！最近从台湾发到安第斯的快递都来自这一家公司！”

“新竹电子科技？”小玉吃了一惊，没想到结果查得这么快。Kevin 所言好像《007》电影里的故事，对她简直就是天方夜谭。

“这家公司我听说过。安第斯公司曾经外包过一些研发给这家公司，只是一些简单的辅助功能而已，研发能力非常一般，不应该有实力研发 Z 的核心技术。不过，不能排除真正的设计者借用这家公司的名义，暗中传递信息给安第斯先生。我让洁茜调取那些快递单的扫描件发到我的私人邮箱。只是用手机查询，会比较费事了……哦，洁茜是我的朋友，安第斯市场部的经理。”

Kevin 尴尬一笑。小玉不由得也尴尬起来。其实洁茜是谁与她完全无关，她也并不在意。她接着刚才的话题问下去：“这家公司的快递，有直接寄给安第斯先生的？”

“有的。不过只有很少一部分是，都是逢年过节的贺卡。其他信件是寄给研发部门和财务部门的。”

“寄贺卡？是不是说明关系不一般？”

“倒也不是。贺卡也不只发给安第斯先生，许多相关部门的负责人都会收到。只不过都是单独邮寄的。不过，我倒是的确听说过，安第斯先生和这家公司以前的某些高管关系很好。但应该是很多年前的事情了，而且安第斯先生曾经和很多合作公司的高管都保持密切联系。”

“正因为很多部门的负责人都会收到同样的贺卡，所以才不会引起注意的！你检查那些快递单的扫描件，是想看看签字的人是谁，是谁把信件交到快递员手中的？如果有人借用公司的名义发快递给安第斯先生，内容一定很秘密，有可能不会让公司的普通员工直接发送？”小玉心中豁然开朗。Kevin 咧嘴笑道：“哈哈，你可真很聪……”

“明”字尚未出口，Kevin 哑然失声。他瞪眼看着小玉身后，笑容僵在脸上。小玉立刻感到不妙，忙回头，只见骆驼正站在身后，头戴棒球帽，一只胳膊上挎着两只黑色背包，一双小三角眼在帽檐的阴影里滴溜转着：“哎哟，不辞而别啊？把包儿都忘了！我体贴吧？特意给二位送来了！”

此时此刻，太平洋彼岸，北加州硅谷腹地的安第斯公司总部里。

下班时间已过，安第斯办公楼还有不少窗户亮着灯。在市场部经理办公室里，洁茜正在收拾东西准备下班。洁茜三十出头，细眉大眼，是标准的金发小脸美女，而且手脚非常麻利。最近公司老总裁突然被谋杀，而且是大白天在自己办公室里被谋杀的，公司里难免人心惶惶的，只要能不加班，谁也不想在公司里多待一分钟。

办公室的大门突然打开，走进一个戴墨镜的男人：“洁茜，要下班了吗？”那男人取下墨镜，露出一双笑眯眯的眼睛。

“是啊，难道不是已经过了下班时间吗？”

“我可不清楚您的下班时间。你看，我又不是你的头儿，我只是副总裁助理而已。”

洁茜笑道：“可副总裁就是一切，不是吗？”

“哈哈，洁茜，你真聪明！”男人冷笑一声。

洁茜收起笑容，朗声道：“亚瑟，说吧，别绕圈子，你想要知道什么？”

“好吧，那我直接问。他联系你了？”

洁茜点头：“是啊，就刚才。什么都逃不过你们的眼睛，对吧？”

“呵呵！看来你算识相！别以为耍个小花样就能骗过我们。他在哪儿？”

“抱歉，他没说，我也没问。你需要问我这些问题吗？你难道没看见我们对话的内容？”

亚瑟眯起眼狠狠道：“不要太聪明了，我的甜妞！他管你要的东西呢？”

洁茜从抽屉里取出厚厚一摞单据，扔在桌子上。亚瑟问：“你发给他了？”

“当然！”洁茜坦然回答，“他不是亚洲市场部的负责人吗？这本来就是他职责范围内的。”

“你平时不看电视新闻吗？”亚瑟穷凶极恶地瞪着眼睛。

“这个问题和工作有关吗？”

“当然没有。洁茜小姐，我正式通知您，Kevin 是杀人嫌疑犯，畏罪潜逃了！因此，他的一切公司职务，自然也都不存在了。明白吗？”

“您能让布兰克先生给我发封邮件吗？我需要书面的通知。”

“好！你等着！今晚，你就会接到书面通知的。而且，恐怕通知的内容还不止这个！”亚瑟抓起桌子上的单据，气哼哼地大步走出办公室。

洁茜发了一会儿呆，耸了耸肩，弯腰从桌子底下拉出空纸盒子。她并不是优柔寡断的人。该离开安第斯了。就算 Kevin 并未求她办事，就算愚蠢的亚瑟没有对她进行威胁。大学毕业六年，换过四份工作，她都随性。能在安第斯公司工作三年，与 Kevin 不无关系。如今 Kevin 再也不会在这栋大厦中出现了，她也就更没有继续留下的理由。尽管她和 Kevin 也算不上什么，Kevin 也未必会在意她的去留。只是她原本并不在乎布兰克和他的手下，此时却觉得他们如此令人生厌。

洁茜看看桌面，其实也没什么可收的。一脚把盒子踢回桌下，把茶杯和相框放进自己的皮包里。

骆驼在小玉身边坐下来，把黑背包扔在地上，跷起二郎腿：“哎！二位这是出来观光，还是约了朋友喝咖啡？”

Kevin 趁骆驼不备，猛然从地上拿起背包。骆驼想拦却已迟了。Kevin 从背包里取出电脑，打开电源，凝神注目，不再言语。小玉猜他要接收那些快递单的扫描件，扭头对骆驼说：“旅馆里待烦了，就出来逛逛。”

“逛逛？从窗户里逛出来？”

“怕打扰你休息。”

“嘿！挺有意思啊……”

小玉扭头看着窗外，任骆驼在耳后唠叨。不想让他干扰 Kevin，却又实在难以继续聊下去。咖啡馆墙边，黄杨围成一米高的矮墙。墙后是一个花圃，再远则是人行道。马路上车流如织，机车轰鸣，繁忙的都市都是一个样子，远不如故乡小城清静。如果她和可赋都从未离开小城，是否还会相逢？是否还会相爱？小城的恋人很早就结婚生子，每天循规蹈矩，以饮酒和麻将为乐，有大把时间用来消磨。他们整日被灰雾包裹，早早放弃了对社会和命运的抗争，倒是也自得其乐。小玉自中学毕业时离开朝原，从此再无返回的念头。此刻却居然心生一丝向往。

小玉转回头，脖子已微微发酸。Kevin 依然面无表情地紧盯着电脑，偶尔敲两下键盘。骆驼也不再言语，手捧咖啡，一双小眼睛四处游荡。小玉正想再找些话题，骆驼却主动起身：“妈的！老子憋不住了。厕所在哪儿呢？有本事你们就再溜，溜了就干脆别在我眼前出现！”说罢从口袋里掏出护照挥了挥，得意扬扬去了厕所。

小玉待骆驼在墙角消失，低声问 Kevin 扫描件是否收到了。Kevin 点点头，小声说：“过来！”眼中闪烁着兴奋的光芒。小玉心中一喜，赶忙坐到 Kevin 身边。电脑屏幕上显示的却是新竹电子公司的网页，正中有一张合影，背景却是安第斯大厦，照片上有一排人，男女都身着正装。前排正中央的，正是老安第斯先生，看上去虽然苍老，却比前日矍铄健康百倍，也并没坐在电动轮椅上。安第斯先生两侧是一对亚裔男女，男的也年过古稀，女的则只有四五十岁的样子。小玉再看那照片下的小字：

安第斯先生、翟志成教授及石若云女士在安第斯公司门前的合影

小玉低声问：“这两个人都是新竹电子科技的？”

“是，或者曾经是。这位翟志成教授以前是新竹电子科技的合伙人，也是核心研发团队的领导，大概在一年前退休了。旁边这位女士是他以前的助理。这位翟教授据称早年曾在美国留学和工作，是安第斯先生的老朋友。这些都是这家公司网页里介绍的。我怀疑，这位翟

教授，也许就是我们要找的人！”

“你是怎么找到这些的？”

Kevin 没有立刻回答。抬头四顾，并没找到骆驼的影子，这才低声讲下去：“我看了去年所有新竹电子发给安第斯先生的快递单，果然全部都是贺卡。我又检查了发件人的签名，几乎所有的快递单都是由一个叫作“王惠珊”的人签送的，大概是新竹电子的行政人员。我在网络上没有找到有关此人的任何信息。但这些快递单中，我发现一张——只有一张哦——是照片上这位石若云女士签送的，是今年春节前发送的贺卡，距离现在也有十个月了。我在网络上搜了石若云，结果找到了这张照片！”

Kevin 尽量压低声音，却仍兴奋难耐。小玉也随之兴奋，边想边说：“翟教授曾经是安第斯先生的朋友，又是新竹电子科技的研发专家，在退休后不久，还让自己的贴身助理通过公司的名义来给安第斯先生发贺卡，却不让公司的常务秘书经手，莫非这位翟教授，真的就是新 Anphone 的设计人？但你不是说过，新竹电子不该拥有这种设计能力吗？”

“翟教授也算是台湾电子界的泰斗。新竹电子虽没有能力研发 Anphone 的核心技术，不代表翟教授不能从外界召集这样的资源，建立独立的研发团队。我搜索了一些相关新闻，翟教授去年年底突然提出退休，还是很令外界意外的。他虽然也快 80 岁，对于新竹电子却至关重要，毕竟是一块重要招牌。你说，他为何要突然提出退休？”

“为了专心设计新 Anphone？”

“为了专心领导设计 Z 的团队，并且不被人发现。”Kevin 向小玉眨眨眼，脸上布满了笑容。小玉心中雀跃，对 Kevin 越发崇拜了。她继续低声道：“也就是说，那 U 盘能够开启的电脑，也许就在翟教授手里？可是，翟教授在哪儿？”

“高雄！”Kevin 低声回答，“新竹电子的公司网页上，发布了有关翟退休的消息，其中提及翟要回高雄老家居住。”

“距离台北远吗？”

Kevin 摇头：“不远。开车走高速公路，两三个小时而已。但是，我们得甩掉他！”小玉知道 Kevin 说的是骆驼，抬头四处看看，依然没有骆驼的踪影：“他怎么会知道咱们在这里？”

“他肯定在跟踪我们！”

“可咱们一点都没有发现！”

“我早说过，他不像是记者。”

“那他是什么？”

Kevin皱眉摇头：“现在还猜不透。”

“可他为什么要把我们的背包带来？”

“这倒不难理解。因为他怕被我们调虎离山——趁他出来，再溜回旅馆把包取走。他知道只要拿着背包，我们就必须回来找他。至少，我的背包里有电脑。”

“可现在包不是就在这里？而且，他怎么去了这么久？”

“是啊！不好！”Kevin猛扭身向窗外看。小玉也紧跟着起身看过去，窗外那一排黄杨之后，有个棒球帽一闪而过。

“糟糕！他一直躲在窗外偷看呢！”Kevin脸色突变，转而去看自己的电脑屏幕，眼中流露出惊慌之色。电脑屏幕中央，正是翟教授和安第斯的合影。小玉问：“从窗外看不见吧？这么小的字？”

“用肉眼看不见，但他要是用望远镜……不行！我们必须立刻就走！”Kevin合上电脑塞进背包。两人起身飞奔出咖啡馆，路边恰有待客的出租车，两人不假思索地上了车。小玉向车窗外张望，四周并无骆驼身影。出租车司机并不情愿去高雄，因为路程遥远，返回台北就是深夜了。Kevin承诺付双倍车费，司机这才将车驶离路边。小玉依然没看见骆驼，多少松一口气。

出租车开走不久，骆驼从咖啡馆旁的小巷子里溜达出来，一手按着无线耳机，另一只手掏出手机，一边拨号一边得意扬扬地自言自语：“双倍车费？真他妈有钱！看看到底是双倍车费快，还是高铁快！”

出租车司机是个慢性子，车速不快，始终行驶在最外线。Kevin催促一句，司机就稍微踩踩油门，之后抱怨一通交规或交警，有时还将话题扩展到台湾经济和马英九。幸亏高速公路路况很好，路上并没堵车。

Kevin在车上打了美国长途，请朋友帮忙查询翟教授的具体地址。这次没有使用讯息，大概因为对方已下班离开公司。对方应该还是洁茜，小玉听见 Kevin 如此称呼。以 Kevin 的声音判断，对方与 Kevin 的确关系不凡，却又并非恋人。转念一想，若非关系特殊，谁又会冒险帮助一个谋杀公司总裁的通缉犯？到底如何特殊，其实与己无关。尽管 Kevin 对自己一路关怀，早已超出萍水相逢的范畴。即便是共患难，某些眼神和动作也过于暧昧了。这些她只当看不见，无心无力也无意去揣摩。一场折磨尚未结束，不能再陷入下一场。更何况任何感情总归是自己折磨自己，对方是否投入其实并无区别。

Kevin 挂断了电话，眼神中有些不安和失落，不过瞬间就消失了。逃亡是无法预期的分离，小玉心中也随之失落起来，默默注视窗外，阳光偏西，下午已过大半。翠绿的山野上房屋渐密，看来城市已不远了。

十分钟之后，Kevin 的手机收到翟教授的地址。Kevin 把地址读给司机听。司机一脸茫然，称对高雄市内道路一无所知。本来就是台北的司机，这倒是情理之中。Kevin 用 Anphone 搜索谷歌地图，网络太慢，好不容易定好位，地图却半天都下不来，终于弄清了路线，讲给司机听，却又错过了出口，如此辗转多时，好歹进入市区，正值下班高峰，街道拥堵，司机更变成没头的苍蝇。又令人绝望地转了半天，Kevin 和小玉索性换了一辆本地出租车，才知那地址竟在城市的另一侧。本地司机经验丰富，飞车穿过偏僻小巷避开拥堵，半小时到达目的地，此时距离从台北上车已过了快五个小时，天色也几乎黑透了。

两人下车的地方，是一条不太宽的柏油路，略有坡度。路边只有住宅，没有公司或店铺，车辆和行人极少，树木又格外繁茂，更显偏僻幽静。夕阳彻底消失，房屋和街道都笼罩在似夜非夜的灰暗之中。

按照 Kevin 收到的门牌号，两人找到一栋三层建筑，与附近建筑紧密相连，貌似旧金山的联体别墅。夜色降临，看不清建筑的颜色，只觉似乎很陈旧，墙壁上爬满藤萝，低处还有青苔。Kevin 查看门口的邮箱，上面果然用油漆写着一个“翟”字。一楼大门装有金属防盗门，和大陆常见的类似。Kevin 按下门铃，听到“叮咚”一声。等了许久，屋里却没动静。Kevin 又按了一次门铃，依然没人应答。两人抬头张望，三楼的窗户里却亮着灯。Kevin 试着拧了拧防盗门的把手，门居然开了，门缝里并无灯光。Kevin 低声叮嘱小玉小心，随后缓缓推门进屋。室内果然漆黑如墨。小玉跟紧 Kevin，小心翼翼，一步一步向前摸索。往里多走几步，已是彻底伸手不见五指。

“小心，楼梯。”

Kevin 轻声提醒。两人摸索上楼。楼梯是水泥砌成，虽比布兰克家的木质楼梯坚实安静，台阶却高矮不一，小玉脚下踉跄，多亏 Kevin 反身扶住。强壮有力的大手，索性一直拉住小玉。两人来到二层，继续向前摸索，拐了个弯，屋内投入些许路灯的光亮，被树枝和窗棂分隔，分外斑驳破碎。

突然，脚下一声金属撞击的脆响。两人赶快站牢，一动不动，大气不敢出。小玉心脏狂跳，仿佛黑暗的房间中隐藏着怪兽，被这一声惊醒了，随时会跳出来吃人。窗外树影婆娑，更添恐怖氛围。

两人在黑暗中静立许久，没听到任何动静。Kevin 这才掏出手机照向地面，只见一只红色铁壶正翻倒着。再把光线向前延伸，发现两只玻璃杯和一本书，再往后是凌乱的纸张和信件。Kevin 轻声惊呼：“糟糕！被人抢在前面了！”

Kevin 和小玉走遍所有房间，没发现任何人，只见到满地凌乱的纸张，敞开的抽屉和柜子，还有一只半空的皮箱。二楼厨房的台案上有切了一半的芹菜，电饭锅里有泡在水里的生米，三楼书房的台灯还亮着，桌上的半杯茶却已凉透。

Kevin 透过窗户向外眺望，一声不吭，眼中充满沮丧和懊恼。查到翟教授，翟教授随即被劫，此刻必定处境凶险，Anphone Z 的设计更是不妙。小玉知道 Kevin 在自责，却不知如何安慰，只有认真翻找地板上的纸张，尽是一些没用的水电账单。Kevin 让小玉不必浪费时间，重要的东西想必已经被翻走了。小玉并不甘心，继续在地板上翻找，摸到一个书本大小的相框，该是双人合影，黑暗中看不清相片中的两人面孔。远处传来车声，有警灯隐隐闪烁。Kevin 叫了声不好，忙招呼小玉快跑。两人快步下楼，出门时警灯已在不远处。沿街跑到下一个路口，藏在拐角回望，一辆警车果然停在翟家门前。Kevin 愤然道：“赶在这时报警！这是为我们准备的！”

小玉问：“难道是骆驼？”

Kevin 答：“不是他还能有谁？”

两人沿街走了一段，找个僻静的公园长椅坐下。不敢走进明亮的餐厅，怕再有新的陷阱。

“看看这个。”小玉递上从翟家捡来的相框。Kevin 用手机照了照，却是一对年老夫妇的合影。Kevin 悻悻道：“男的是翟教授，女的应该是他太太。"

Kevin把相框还给小玉，小玉却尝试着拆下相框玻璃。朝原老家的墙壁上也有相框，姥爷把女儿女婿的遗照藏在自己的二婚照后面。Kevin问小玉在干什么，小玉边拆边答："我姥爷喜欢把一些东西藏在这后面，我在想，也许这里面……还真的有！"

小玉边说边从照片后又摸出几张照片。Kevin忙用手机照亮。前两张都是翟教授的单人照，一张比一张年轻，第三张，却是两位年轻男子的黑白合影，照片格外老旧，只有其他照片的一半大小，两人一中一西，不过二十出头的年纪，衣着和发型都像半个世纪之前，背景码头更好似老电影中的场景。Kevin翻看照片背面，钢笔题着几个繁体小字："民国三十七年，和安君于外滩。"Kevin立刻把照片再凑到眼前细看，边看边说："左边这个人，是不是翟教授年轻时？"小玉也凑上来看看，再拿出翟教授的其他照片对比，果然有几分相似。Kevin继续低语，声音却兴奋起来："可右边这个呢？安君？莫非……他是安第斯先生！"

小玉也凑近细看，那白人青年虽比她印象中的安第斯先生年轻起码60岁，眉眼却果然有几分相似之处。

"可外滩在上海……"小玉不解道。

"所以安第斯先生曾经去过上海！"Kevin激动不已，自言自语道，"难道，那些传闻是真的？"

"什么传闻？"小玉问。Kevin却没答，转身正面小玉，迫不及待地说："快！再把那封信拿出来给我看看！"

小玉连忙取出信交给Kevin。他抽出便笺，边看边喃喃道："国际饭店……"Kevin急忙取出Anphone，凝神搜索一阵，恍然大悟："国际饭店，果然不在台北！"

小玉一时不解："怎么会？咱们不是上午还在那里？"

"我的意思是说，这便笺上的国际饭店，它不在台北！"Kevin举起手中的便笺。小玉醒悟："你是说，上海也有一家国际饭店？"

"是的！"Kevin把Anphone递给小玉。屏幕上显示着谷歌的搜索结果："上海国际饭店，南京西路170号，于1934年开业。"Kevin兴奋道："本来就是南京西路，不是东路；是170号，不是一段！"

"但信封上写着台北？"

"信是台北寄出的，但便笺却来自上海！所以……"Kevin抬头看着小玉，目光中突然闪过一丝迟疑。小玉似懂非懂：“所以什么？”

“所以 Z 的设计有可能在上海！尽管翟家被翻得一团混乱，也许他们什么都没找到！所以，我们……我们应该去上海！”

Kevin 的逻辑似是而非，小玉却顾不得多想，最后一句令她心中一震。去上海？

“可咱们连假护照都没有……”

“所以，我们还是得回台北。去拿护照！”

小玉惊道：“你是说，还要回那家旅馆，找骆驼？”Kevin 点点头。小玉忧心忡忡地问：“他怎么可能把护照交给我们？”

Kevin 低头沉吟片刻，狠狠道：“那就较量一下吧！毕竟我们有两个，他，只有一个！”

清晨的第一缕阳光落在布兰克的办公桌上。桌上有一杯热滚滚的咖啡，和散乱的快递投递单。布兰克一直在办公室里，彻夜未眠。事态紧急，一切皆需自己亲力亲为，睡眠已在日程之外。

虽说强将手下无弱兵，但在布兰克眼中，他的手下都愚笨不堪，成事不足败事有余。比如亚瑟，他的助理，就是地道的有勇无谋。拥有橄榄球运动员的健壮身材和奥运冠军的绝佳枪法——百发百中，从不打头，只打心脏。亚瑟常骄傲地声称：喜欢看牺牲品因痛苦和恐惧而扭曲的脸。

但在布兰克看来，愚蠢的人才会忽略大脑的重要。亚瑟没有大脑。眼前这一堆快递单据，亚瑟带领两个会计研究了一个小时竟毫无收获，布兰克自己只需五分钟就看出了端倪。Kevin 的手机无声无息，决不等于他无所作为。即便使用 Anphone，他也有办法躲避布兰克的监控。他曾为国防部设计机器人，这本该是他的强项。市场部的洁茜与 Kevin 关系密切，早该纳入监控范围。洁茜的手机是公司配发的，公司的处理器随时复制手机中的一切往来信息。若非布兰克自己操心叮嘱，到现在手下也未必想到去查询洁茜的手机记录，也无从得知 Kevin 曾和洁茜联络，更不会获知台湾翟氏的具体地址。

时间就是一切，想赢就必须分秒必争。从获取地址到调动当地资源完成行动，整个过程不超过两小时。这就是布兰克的效率。

但是，高雄的行动竟一无所获。凌晨3点，亚瑟打来电话，翟家人去楼空，现场有些凌乱，不知是被劫持，还是走得很急。看来两小时还嫌太慢，有人捷足先登了。布兰克下令仔细搜索，但不可耽搁太久。搜索无果，正如布兰克所料。他对台湾本地的执行人员原本不够信任——那些都是美国黑道承包商委托当地分包商找来的一群乌合之众，打架收账或许尚可，搜索 Anphone Z 的线索那是天方夜谭。美国是商品社会，买房报税皆需代理，种种不够光明正大的解决或制造麻烦也有代理，而且业务网络遍及全球。布兰克使用此种服务多年，不论美国本土还是世界各地，费用自然可以通过洗钱公司划入公司账内。布兰克下令立即撤离，并派人在附近秘密留守，如果发现 Kevin 就匿名报警。引起当地警方对翟的注意，或许能有助于发现翟氏行踪。Kevin 聪明警觉，决不会轻易落入当地警方手中，但颜色总是要给一些的。这是一箭双雕的计策。

布兰克掏出手机，打开通讯软件。果然多了一条语音留言。他将手机凑到耳畔，听着听着，脸上怒色渐浓。再贴心的心腹也不可靠。愚笨的办不成事，聪明的又要打自己的小算盘。苍白的辩解只能放大愚昧，或者让背叛者多露马脚。他向着手机低声却又决绝地说：“我已经失去耐心了。再给你两天时间，人或设计，至少带回一样。不然，你知道会发生什么。不论你在哪儿。”

布兰克收起手机，抬手看表。6点刚过。管家小姐应该已经起床了。布兰克伸了一个懒腰，取出电话打给司机。觉可以不睡，早餐却不能错过。桔恩小姐必定准备颇丰，这是她多年来逼他养成的良好习惯。况且除了丰盛的早餐，还有一些至关重要的信息，是要回到家才能得到的。

布兰克看看窗外，阳光渐渐丰腴。女佣玛丽亚娜应该很快就要到园子里去收拾菊花了，她的男友何塞，也该偷偷溜出储藏间或车库，急着赶回安第斯家去了，如果昨晚他真的偷偷跑出来了。

Kevin 和小玉搭乘最后一班高铁返回台北，全程仅需一小时三十

分钟。Kevin 格外懊悔：早先就该选择高铁的。出租车实在浪费了太多时间。Kevin 又一转念，出租车也来得太巧，是不是也是圈套？再一想，如果骆驼想要跟踪他和小玉，实在还有更简单的办法。Kevin 不禁心里一抖，懊悔怎么早没想到这些。于是沉默着检查自己的背包，里里外外都查遍了，并没发现什么可疑之处。小玉见 Kevin 检查自己的背包，大概也猜出他的用意，所以并不多言，默默地把自己的背包也交给 Kevin 检查。Kevin 不好意思接，小玉就自己拉开拉锁，一件一件把背包里的东西拿出来。拿出内衣内裤的时候，不禁也面红耳赤，但还是强忍着都拿了出来。整个背包都拿空了，却也没发现什么。Kevin 仍不死心，一只手在背包里面，另一只手在背包外面，仔仔细细摸着，终于从夹层里摸出一粒纽扣大小的金属颗粒。小玉吃了一惊，心想这难道就是定位跟踪器，或者窃听器？正要开口问，嘴却被 Kevin 一把捂住。小玉连忙住了口，看 Kevin 再小心翼翼地把那小东西放回背包夹层里，趴到小玉耳朵上低声说："定位用的！看上去不能窃听，但为了保险起见……" Kevin 把声音压得更低，热气直吹进小玉耳朵里，"现在还不能让他发现，咱们已经识破了他的手段。不然，护照就不好弄了！"

小玉连连点头，心想难怪骆驼总是能找到她的位置！她和 Kevin 从安第斯大厦逃跑时骆驼开着甲壳虫轿车及时出现；他们躲在海边废弃的灯塔里也还是轻易就被骆驼找到了。小玉突然醒悟：骆驼一定是在来美国的飞机上，就把那东西放进她背包里了！要不然，为什么会莫名其妙地突然在她身边的座位出现，可又立刻消失了？但这是为什么呢？在前往美国的航班上，她露小玉就只是个普普通通的被选中参加安第斯公司真人秀的幸运用户，Kevin 还并没把"机器虫子"放进她背包里，而布兰克副总也还没带她回家，她也还没进过老安第斯的办公室。骆驼为什么要从那时起就盯上她？

小玉无论如何想不出答案，唯一能确定的就是，骆驼肯定不是记者。小玉看一眼 Kevin，Kevin 正小心翼翼地把背包放回行李架上，一声也不吭。她知道 Kevin 担心那小东西不仅能定位还能窃听，所以也不敢多言，不能和 Kevin 讨论这件事，心里真是憋得难受。

列车于 11 点 55 分抵达台北。两人走出车站，直奔 24 小时便利店。Kevin 拿了一瓶红酒，小玉又拿了一瓶金门高粱酒。论喝酒北方人才是行家。骆驼操地道北京口音，一瓶红酒肯定搞不定他。Kevin 却摇摇头，把高粱酒放回货架上，对小玉低声耳语：“这样他会疑心，还是用这个。”说罢从药架取下一瓶泰诺夜片。两人又买了些零食，Kevin买了一本便笺。出店后找个僻静街角，撕下便笺叠成两个小纸袋，各放入三片泰诺夜片碾成细粉，交给小玉一袋，自己留一袋：“这个收好，见机行事！”

两人回到旅馆，房间钥匙不在前台。Kevin在小玉耳边低语：“他在等着我们！”两人上楼，按一下门铃，骆驼果然来开门。六目相对，三人居然都格外冷静，好像什么事都没发生过。

“才回来？”骆驼嘻嘻笑着问，小黑眼珠却没闲着，在眼缝里闪闪发光。Kevin和小玉并不多言，径直走进客厅，把酒和零食放在餐桌上，从柜子里取出两只酒杯对饮，只当骆驼不存在。骆驼在旁看了几眼，终于忍不住开口：“这是有啥说法？”

“没啥说法，想喝一杯。”小玉随便一答，没用正眼看骆驼，满脸不屑，心中却在盘算如何引诱骆驼也来喝一杯。

小玉举杯对Kevin说：“感恩节快乐！”

Kevin举杯相应：“谢谢！可惜没有火鸡！”

骆驼在一旁吃惊道：“今天是感恩节？”随即掏出手机，“真的嘿！11月26日！你们这些洋玩意儿我还真弄不明白！”小玉心中暗喜，骆驼却又没了下文，交叉了双臂，哼着小调转身要走。小玉心里一沉，这件事真是不容易。之前互有敌意，此刻难以突兀邀请他一起喝酒的。

骆驼摇摇摆摆地走向冰箱，Kevin向小玉投一个眼神，让小玉不要着急，过会儿也许还有机会。骆驼却从冰箱里拿出一瓶洋酒，重重放在餐桌上：“来这个？伏特加！”

小玉倒是吃了一惊，又和Kevin对视了一眼。Kevin也是莫名其妙。没想到骆驼竟然也准备了酒，还是烈性的。不知是因为他想喝，还是另有用意。Kevin索性又拿出一只酒杯，给骆驼倒满了，一口喝干自己杯中的红酒，也斟上洋酒，三人一起举杯。如此你来我往，不久洋酒过半，骆驼和Kevin不相上下。红酒也喝下去大半瓶，都是小玉喝的。小玉原本又有些酒量，可还是头晕身软，索性借着酒意趴在桌子上。五分醉意，或许七分，但那三分清醒必须保持到最后的。她听见骆驼笑道：“哈哈！毕竟是个妞儿啊，喝了没几口就不行了！”然后是Kevin：“Joy，你没事吧？”小玉知道他在做戏，自己也在做戏，所以故意不回答，反而闭上眼睛，任Kevin叫着。但Kevin却仿佛突然落入山谷，声音一下子遥不可及。

不知过了多久，小玉突然醒转，眼前小半瓶红酒，远处两只空杯。心中一惊，忙抬头，太阳穴一阵狂跳。还好 Kevin 和骆驼都在，两人都平躺在地毯上打呼噜。电子钟显示早晨 5 点半，竟然一觉睡了五六个小时。小玉强忍着太阳穴的疼痛起了身，手脚尚且灵便。先翻遍房间，没见护照踪影，恐怕还在骆驼身上。骆驼睡得像头死猪，大张其口，鼾声震天。小玉试着轻轻碰了碰他，丝毫没有反应。小玉胆子大起来，从外面摸了摸上衣口袋，好像确实有些什么。小玉心中暗喜，悄然伸手进去，却摸出两张硬纸片。仔细一看，是高铁票。一张是台北车站到高雄左营，开车时间是下午 1 点 30 分；另一张是高雄左营到台北车站，开车时间是晚上 7 点。看来抄老教授家的果然是他！上衣口袋查遍了，再查牛仔裤。小玉轻推骆驼，他微微翻个身，屁股兜露出一半，果然内有硬物，形状方正，大小也与护照类似。小玉心里一喜，正要伸手去抽，骆驼却偏偏又翻个身，把屁股压紧了。小玉绕着骆驼转了一圈，心急火燎却又无计可施。骆驼的身体看上去格外瘦小，似乎小玉都能把他拎起来。但骆驼绝非常人，若要真的惊醒了他，恐怕护照再也到不了手了。或者……小玉突然心生一计：实在不行只能把他打晕。小玉蹑手蹑脚拿起空酒瓶，心跳加快，呼吸困难。她个性内向文静，暴力于她相隔万里。就在这时，骆驼突然一阵干咳，随即翻身继续睡，屁股兜儿完全露了出来。小玉大喜，放下酒瓶去搜索骆驼的裤兜。骆驼人瘦裤松，轻易就把里面的两个本子抽了出来，果然是她和 Kevin 的假护照。

小玉悄悄推醒 Kevin。Kevin 身强体壮，酒量也不差，却也纳闷儿为何一醉就睡了这么久。两人把必备的衣物和骆驼置办的行头统统塞进 Kevin 的背包，小玉的背包被腾空了，索性扔在旅馆里不带。除了那一粒跟踪器，说不定还有其他“小玩意儿”。小玉其实还挺心疼的。背包虽然一点儿不贵，却是可赋送的，她一向不离手的。Kevin 的命令却很坚决。她狠了狠心，把背包扔下，心想着就算把跟可赋的感情扔下也好。可又一想，不是眼看要去上海？回北京也就不难了，也许还能跟可赋见上一面？想到这里心中又五味杂陈，逃难似的赶快跑出旅馆，没敢再回头看一眼那空背包。

两人悄然离开旅馆，搭出租车直奔机场。天色已微明。在机场的卫生间换了衣服，裹好头巾，戴好假发。两人拿的美国护照，需经香港办理中国签证。Kevin 已在小玉换衣时买好早班飞往香港的机票。飞机上了跑道，小玉长出一口气，心中却还是十分不踏实。

Kevin 也皱眉道："为什么我总觉得，这一切过于顺利？"

小玉细细回忆昨夜经历，却又想不出什么太大疏漏："可能，他……就是喝得太痛快了吧？你们俩谁先醉的？"

"我不太记得了。应该是他先醉的。我只记得看到他躺在地板上。可是，"Kevin 面露疑云，"你为什么这么问？你不是在装睡吗？"

小玉摇头道："我是真睡着了。醒过来的时候，你们俩都睡着了。我觉得我没喝太多啊，不知道为什么也醉了？"Kevin 立刻警觉起来，挺直身子，睁大眼睛："那东西还在吗？"

"在啊！刚才我还检查过的。"小玉边说边把手伸进皮包，先掏出那封信，又掏出 U 盘，统统交给 Kevin。Kevin 松了一口气，把东西又还给小玉说："收好吧！"小玉正要把东西放回皮包，Kevin 又在她耳边叫了一声："等等！"

小玉赶忙停住手。Kevin 一把把小玉手中的 U 盘又抓了回去，放在眼前细看，随即大惊失色道："不是原先那只！ U 盘被调包了！"

"你肯定么？会不会还在包里？"小玉脸色煞白，一遍一遍又去翻皮包，自然是什么都没找到。

"Shit！他是装醉！他在酒里下药了！他比我们高明太多了！"Kevin 仰倒在座椅里，双手捂住脸。飞机猛然加速，助跑，呼啸着冲向蓝天。

6 点 10 分，桔恩小姐早已穿戴整齐，款款地走进客厅。太阳刚刚升起，光线柔和新鲜。早晨的阳光多美好，年轻人却难以见到。越是年轻就越喜欢偷懒。用人们还在睡觉，不到 6 点半见不到人影。有时玛丽亚娜早出现一些，前提是男友何塞整夜留宿。今天没有动静，何塞昨夜应该没来。

桔恩小姐从冰箱里取出昨晚备好的食材，她打算做一个新鲜的巧克力蛋糕。布兰克有个习惯，早餐吃块蛋糕。虽然只需一小块，也要新烤的才好吃。布兰克并没提出过这个要求，桔恩小姐却很认真地执行。为布兰克服务了20年，她还从来没给谁留下过任何话柄。她没多少本事或学问，做事却能尽心尽力，不然也无法留在美国。伺候人的粗活她干了半生，餐厅、旅馆、跨国公司她都干过，没有比布兰克家更轻松更合适的了。

蛋糕放入烤箱，桔恩小姐坐下品一口茶。茉莉花茶，芬芳四溢。来美国快30年了，她始终不喜欢咖啡。并不是不习惯，反倒是年少时在上海喝得太多，喝伤了。正如那时过分舒适任性的生活，任性不仅伤身也更伤心。幸福与痛苦仅一线之隔，不仅感情如此，地位尊严和财富都是如此，朝夕之间，贵族变为奴隶，皇帝沦为囚犯。即便过了60多年，每每想起，桔恩小姐心中依然有波澜。

“叮咚！”门铃声打断桔恩小姐的思绪。

桔恩小姐皱眉起身。是谁这么早登门？不知别人还在睡觉吗？又是“叮咚”一声。岂不是要把夫人惊醒？桔恩小姐赶紧快跑几步，恨不得手中多一支标枪，把门外的人戳到树林里去。

门外之人并不陌生，牛仔裤和皮鞋都没换过。桔恩小姐拉长了脸说：“探长先生，您挑的时间都很体贴啊！”

探长也面无表情：“是的，管家小姐。我想我是很体贴，不然的话，就会凌晨3点来敲门了。”

桔恩小姐强忍怒气：“那您一定会更失望！因为布兰克先生整夜工作，并没回家。”

“没关系。我不是来找他的。”探长微微一笑。桔恩小姐吃了一惊，努力睁了睁眼睛，额头出现一排梯田：“不找布兰克先生？那您是来做什么的？”

探长清清喉咙，摆正姿势：“桔恩小姐，对了，您的名字是叫桔恩吧？”

“是啊！怎么啦？”桔恩小姐点点头，下巴下面也挤出一排梯田。

“桔恩小姐，昨天夜里，我们接到一宗报案，报案者称，家中雇佣的墨西哥裔园丁试图溜进书房，盗窃贵重物品，被女主人当场抓获了。女主人报了案，我们把那园丁带回警察局做调查，发现他是拿着旅游签证来美国的，并没有合法的工作身份。我们问他是怎么找到这份工作的，他起初还不肯说。到后来……他告诉我们，他在美国不认识别人，是您把这份工作介绍给他的。”

“啊，上帝啊！”桔恩小姐睁圆眼睛，两只小胖手按进脸蛋，“探长先生，您说的，不会是……”

“何塞·龚萨雷斯。”

“啊——唔……”桔恩小姐用双手捂住嘴巴，却捂不住满脸的惊骇，就像是正被人推下悬崖似的。

“桔恩小姐！”匆忙的脚步声从身后传来。桔恩小姐忙回头，看见玛丽亚娜从楼梯上一溜烟似的跑下来。

“我的上帝！”桔恩小姐低呼一声，迎着玛丽亚娜跑过去，把她截在几米之外，强作镇定地说：“玛丽亚娜，我的孩子！去中国城为布兰克太太请针灸大夫吧！她最近睡眠不好！”

“可桔恩小姐……”玛丽亚娜欲言又止，眼中充满焦虑。桔恩小姐背对着探长，向玛丽亚娜使尽了眼色。玛丽亚娜这才勉强出门去了。

桔恩小姐把探长带进书房，关上门，请探长坐下，自己却笔直站在屋子中央，好像一枚巨型的跳棋子，微微颔首，一脸惊慌，额头有汗珠闪烁：“探长先生！我求求您，您能不能……能不能不要告诉布兰克先生和太太？”

“不要告诉他们什么？”探长眯起眼，饶有兴趣地看着桔恩小姐。

“不要告诉他们是我帮助何塞找的工作？布兰克先生最不喜欢自己的用人多管闲事了！”桔恩小姐使劲揉搓衣角，仿佛下决心要把布揉成粉末。

“您的意思是说，布兰克先生根本不知道何塞在哪里工作？”

“当然当然！这种事，怎么可能让他知道呢？他要是知道了，一定会大发雷霆的！求求您，探长先生！”桔恩小姐带着哭腔恳求。

“桔恩小姐，这不是我说了算的……”探长故意拉长声音，“不过，你要是愿意配合我们，也许，我能帮上一点忙。”

“我配合！我配合！我一定都配合！”桔恩小姐拼命点头。

“好吧！说说看，你是怎么认识何塞的？”

“他……他……他是一个朋友的朋友……”

“您说的朋友，是不是刚刚被你支走的那个墨西哥姑娘？”

“啊！探长先生，您……您都知道玛丽亚娜是何塞的女朋友了？您不是说，何塞说在美国就只认识我吗？”桔恩小姐显得越发惊慌了，不过对话倒是很有逻辑。

“他一开始是这么说的，但后来又说了更多。”探长皱了皱眉，绷起脸说，“桔恩小姐，您就是这样配合的吗？”

“我……我发誓我全力配合！请您问吧！什么都可以问我！知道的我都告诉你们！”

“好吧，桔恩小姐，先说您是怎么帮何塞介绍工作的吧！”

“我……我认识安第斯家的司机……好多年前认识的了！”桔恩小姐皱着眉努力回忆，“我从他那里听说，安第斯家有个园丁辞职不干了，我就托他帮忙引荐，介绍何塞去工作。玛丽亚娜这孩子很可怜，那么小就来美国打工。家里日子不好过啊！你说，我能不帮帮她吗？才十几岁，就独自一人……”

探长不耐烦地打断桔恩小姐：“是哪位司机？”

“理查德，安第斯家以前的司机，好几年前就退休了，可他一直和安第斯家的一些用人还保持联系。”

“没有通过劳务中介公司？”

桔恩小姐摇摇头：“没有，介绍个工作而已，我看何塞是个好孩子，又老实，又诚恳，身体又强壮，一定能胜任。我想，这是对双方都有好处的事情啊！何乐而不为呢？我哪里知道何塞没有合法的工作身份呢？您看看，我……我这不是好心办了错事吗？这，这到底会有多严重呢？”

桔恩小姐两手交叉放在胸前，可怜巴巴地仰头看着探长。探长忽略了她的问题，继续问道：“是你告诉何塞不要让安第斯家的人知道他是你介绍的？”

“是啊探长先生！我是怕布兰克先生知道了要生气！他最不喜欢自家的人跟安第斯公司有任何瓜葛了！”

“可你以前不也是安第斯公司的员工？”探长眯起眼。

“哎呀！探长先生，这些您也知道了？”桔恩小姐惊道，“可那都是20年前的事情了！我只是个清洁工，扫地的而已！人家下班了我才上班，这不能算是正式的员工吧？”

“那时您就认识了布兰克先生，后来来他家当了用人？”

“是的，探长先生。他每天加班，所以常见到我。看我手脚麻利，人又老实，就让我辞职到他家来工作。他给我的工资比安第斯的高，而且还管吃管住，我当然要来了！您想，我一个女人，一把年纪了，又是个外国人，谁也不认识，我怎么办呢？我……”

“桔恩小姐，”探长不得不再次打断桔恩小姐，“你知道何塞为什么要在凌晨1点溜进安第斯先生的书房吗？是想找些什么吗？”

“探长先生，这是真的吗？何塞真的是个好孩子，你确定他做了这件事？那书房里能有什么呢？安第斯先生不是已经去世了？可怜的安第斯先生，他也是个好人啊！上帝保佑他！”桔恩小姐虔诚地用手在胸前画了个十字。

“安第斯夫人说她亲眼看到的。”

“上帝啊！那个女人，她凌晨 1 点还不睡觉？”桔恩小姐一脸惊讶。

“那个女人？什么意思？”探长问。桔恩小姐眯起眼睛，凑近探长小声说：“那么年轻漂亮的女人，嫁给比她大四五十岁的老头子，您说，能有什么意思？”

“你的意思是，安第斯夫人嫁给安第斯先生，是别有所图？”

“我可没说！”桔恩小姐举起两只小胖手，用力摆动，“我又不认识她，我怎么知道她是怎么想的？不知道的事情，我一定不会乱说人家的。不，不，我可不知道。”

探长皱眉沉吟片刻，站起身来：“桔恩小姐，谢谢您的帮助。”

“探长先生，您这就要走了吗？这件事到底有多严重？何塞会坐牢吗？还是会被遣返？我会坐牢吗？”桔恩小姐见探长要走，连珠炮似的问了一串问题。

“这要看调查的结果，我想以后可能还会有些问题要问你。”

“好的好的！您随时找我都可以的，我一定配合！探长先生，您答应过我的，您是不会告诉布兰克先生的，对不对？探长先生？”桔恩小姐脸上瞬间堆满了笑容。

探长没回答，转身走出书房。桔恩小姐小跑着跟在后面，穿过客厅，直到大门外，又问了一句：“对不对？探长先生？”

北京·隐情

1

从台北到香港的航班，行程其实不长，却实在令人难熬。

Kevin 一路沉默着，双手或紧握扶手，或交叉纠缠，紧张烦躁溢于言表。小玉也心情沉重。丢了 U 盘，即便找到那台存有 Anphone Z 核心设计的电脑，大概也无济于事。而且仅凭着一家南京西路的饭店，哪能轻易找到电脑呢？此行原本诸多逻辑疏漏：便笺来自上海的饭店，安第斯和翟教授的外滩合影摄于 1948 年，如果两者确有联系，那便笺多半来自解放前的上海。那时不要说 Anphone，就连手机工业还远未诞生呢。1949 是一条分水岭，把中国历史分为两半，之前在上海出现的人，之后未必还能回到上海延续事业。因此照片除了说明安第斯 1948 年曾在上海，不能说明任何其他问题。不论照片还是便笺，或许都与 Anphone Z 的设计无关。Kevin 却急于成行，不知还有什么其他原因，但小玉并没开口询问。Kevin 脸色阴沉，满脸假胡子让他更显凶煞，看得出正强压着心中的无名之火。从翟家被劫到 U 盘被盗，一路惨败，郁闷在所难免。这其实是一场夺宝竞赛。小玉只是配角，成败未必与她相干，但回到中国大陆却是她心中所盼的。可回了又能如何呢？

小玉正想着，飞机竟然就降落了，小玉暗暗松了一口气，却又茫然起来。下面呢？又会发生什么？

两人下机后直接搭机场快轨前往中环，在中环换乘地铁到湾仔办理进入中国大陆签证。Kevin 早在台北机场就用手机做好一切功课，从公共交通到签证地点及手续样样弄清楚了。Kevin 的筹备能力始终高得惊人，从台北到香港，完全生疏的地方却能熟门熟路。小玉从未到过香港，对一切都茫然不知，又不愿多问，只默默跟随 Kevin 直到签证处门前，见到标志，才明白来此何意。

签证处门外有很长的队伍。天色阴沉，风有些刺骨，香港没比旧金山温暖多少。小玉排着队，Kevin 买来热咖啡和止痛片，脸色比飞机上舒缓了很多，嘴角甚至还有笑意，印度头巾和大胡子也看着可爱起来。Kevin 严肃沉默时自带一种令人畏惧的威严，其实是个温和而体贴的人。小玉从未抱怨过头痛，只是时不时地用手指按压太阳穴，都被 Kevin 看在眼里。小玉就着热咖啡吞下止痛片，身心备感温暖。

两本假护照顺利过关，但签好签证的护照需第二天取。在签证处小玉始终不敢多言，害怕暴露了这叫作“Joyce Luk”的金发女人其实只不过是个东北大妞儿。Kevin 就比小玉自如得多，不仅举手投足富有异域特征，语言也独具天赋，模仿印度口音惟妙惟肖。

两人就近找了一家旅馆入住。Kevin 在前台稍稍迟疑，要了两间房间。小玉暗暗松了一口气，却又微微感到歉意。Kevin 实属完美男人，遭遇危险时胆大心细，平时又体贴入微，一表人才且情智超人，无论外表还是学历都比可赋强了太多。但正是可赋那柔弱沉闷的性格，还有含蓄躲闪的目光，却时常令她心疼。就像荒山里的野草，弱小平庸，却比花园中盛艳的玫瑰更令人难忘。

两人各自回房休息。酗酒后又连夜奔波，此时已是筋疲力尽，小玉头一沾枕头便不省人事，一觉睡到天色全黑，直到被 Kevin 用内线电话叫醒，出门吃了夜宵，倒比白天精神些。两人随意漫步街头，穿过过街天桥，来到一片宽阔的平台之上，眼前突然出现一片水面，对岸是璀璨的维港灯火。夜已深，平台上很安静，一排快餐店咖啡馆都已打烊，唯有角落的便利店还开着灯。Kevin 从店里买了两瓶啤酒，和小玉一同靠在平台边缘喝了几口，突然问道：“明天就要回家了，开心吗？”

小玉幽幽地答：“上海又不是我的家。”

“那你家在哪里？”

有关家庭问题从来不是小玉热衷讨论的，可她还是礼貌地回答：“我家在东北。一座很小的城市。”

Kevin 沉默了片刻，突然又问：“你的父母呢？都在东北？”

这问题听上去有点突兀，然而小玉却预感到他要问似的，心中一阵烦闷，低声说：“都死了！”

Kevin 吃了一惊，同时也发觉了小玉的反感，沉默良久，低声说道：“你比我强，起码知道父母到底在哪里。”

小玉心中暗暗懊悔，口气不该如此生硬。深夜海湾，即便是陌生人，对话也会多些暧昧，更何况是同患难的人。但越是安逸浪漫的场所，与 Kevin 的共处就越尴尬，突然谈及父母，更让小玉不适，尽管 Kevin 也是孤儿，这本该是激起两人共鸣的话题，小玉却懒得提起，完全不像和可赋谈及同类话题时的感受。

或许是 Kevin 过于强大，无须保护，父母只是锦上添花。可赋却不同，他形单影孤的，性格又沉默内敛，反倒更令人愿意敞开心扉。印象最深的一次：可赋加班后同小玉一起走出公司大厦，夜色深沉，充满北京夏夜独有的混沌气息。可赋突然问及小玉的父母。两人相识几个月，还是第一次提及此事。虽然并无多少铺垫，却只是略显突兀。小玉把车祸的事情告诉可赋，真实场景和记忆早被强行删除，小玉复述的也只是从姥爷那里听来的。小玉原本痛恨向任何人提及此事，面对可赋却感受不同。别人的怜悯令小玉厌恶，但可赋的关怀永远不够，即便是怜悯也需格外珍惜。可赋听完沉默了许久，并没开口安慰小玉。小玉却从他躲闪的目光中看出深深的痛苦。小玉也沉默着，内心却波澜澎湃，为了可赋眼中的痛苦而分外感动。

小玉打破了僵局，向 Kevin 主动讲了一些有关朝原的记忆，故意避开自己的父母家人。有关故乡的谈资其实不少：空旷的街道，寒冷的气候，平时的寂寥和过年时的热闹，骂街的女生和打架的男生。Kevin 被小玉的话题吸引，渐渐来了兴致，也提起他的童年，除了海边的灯塔，还有高傲的白人老师，合伙欺负他的广东同学，从超市为嬷嬷偷的老花眼镜，和电视里那些看不完的情景喜剧。对话于是越来越轻松快乐，海风徐徐而来，比白天温和宁静。

Kevin 仿佛受了环境的鼓励，热情高涨，竟唱起儿童节目的主题曲，浑厚低音唱着过于幼稚的词语，多少令人难堪。Kevin 逼着小玉也唱些什么，小玉硬着头皮用家乡话唱了几句童年的歌谣："大雨哗哗下，北京来电话，叫我去当兵，我还没长大！"

Kevin 哈哈大笑，鼓掌让小玉再唱。小玉挖空了心思，终于又想起一段，词却记不全："学习李向阳，革命斗志强，敌人来抓我，我就跳大墙，大墙没有用，我就……我就……"

"我就钻……" Kevin 却突然冒出半句。小玉使劲点头："对对！我就钻地洞！你怎么知道的？这可是我东北老家的童谣。你小时候也听过？" Kevin 摇头："不记得听过，但我总觉得该是这样！你再说一遍？”

小玉又把歌谣说一遍，Kevin 皱眉道：“好奇怪！肯定是不该听过的，但总觉耳熟！”

“就像台北那些街道？”小玉突发奇想地问。

“是！就是那种感觉！”Kevin 竟然连连点头，表情却越发疑惑。小玉问他是不是小时候有同学或玩伴是东北人，Kevin 沉思良久，摇摇头：“不想这些了！没有用的。”

小玉耸耸肩，放弃了追问。Kevin 却突然严肃起来，沉默良久，仿佛需要时间来鼓足勇气：“Joy，告诉我，你在东北老家，还有什么亲人？”

Kevin 目光中充满恳求，小玉只好勉强回答：“姥爷，没别人了。为什么问这个？”

“姥爷还健在？那姥姥、祖父和祖母呢？”

小玉默默摇头。Kevin 却像是要刨根问底似的，并不在乎小玉的不适，追问道：“和你父母一样，都不在了？”

“都不在了。就只有姥爷。”

Kevin 沉吟片刻，侧身用宽大的身体为小玉挡住海风，也挡住小玉的去路，近在咫尺，小玉突然感到窒息。Kevin 却又紧接着发问，用不容拒绝的口气：“你的祖父你见过吗？”

“没有。”

“你没见过他的照片？”

“没有。”

“没听人提起过？”

“没有！”

“这怎么可能？”Kevin 步步紧逼，小玉无路可逃，终于大声叫道：“为什么没有可能？我父母在我六岁那年就死了！我连他们长什么样都不记得，又怎能记得我爷爷长什么样？”

小玉说罢，闭紧双眼，脑中闪过的是姥爷相框夹缝中藏匿的黑白照片，泪水瞬间充满眼眶。

“对不起！”Kevin 连忙低声道歉。小玉强忍住泪水说：“到底为什么要问这些？”

Kevin 低头沉吟片刻，用极低的声音缓缓地说：“Joy，I'm sorry. 有些事情，我以前没有告诉你。”

小玉突然有一阵不祥预感，心脏渐渐收紧。

Kevin 终于幽幽地说下去：“就在你来美国的前一周，有一天晚上，安第斯先生把我叫进他的办公室，交给我一张字条，还有一封密封的文件。平时他从不在办公室留到深夜，但那天晚上有橄榄球决赛，他知道监控他的人有可能会因为看比赛而分神，所以故意等到很晚才把那些交给我。那字条让我把文件按地址快递出去，必须做到绝密，绝不能让任何人看到。字条上的收件方在中国，是一家公关公司，我后来查了，那是负责在中国挑选真人秀参加者的公关公司。”

“真人秀？就是……选中我的那个？”

“是的！不仅如此，那字条还特意命令我亲自去中国面试参选者，然后在美国亲自接待来自中国的参加者，并且务必保证他的安全！然而被选中的人，就是你！”

“可是，难道不是你选的吗？”

Kevin 连连摇头：“当然不是！我只是去走个面试的过程。我一共面试了几百人，根本不知道谁会被选中！应该都是那家公关公司操作的！”

“可是，他们为什么要选中我？”小玉越发摸不着头脑，心悬在半空里。

Kevin 再次放缓了语速：“有关安第斯先生的身世，我曾听到过一个传闻。这是一个非常秘密的传闻，知道的人很少，也从未得到证实。据说，安第斯先生的父亲在上世纪初曾在中国做生意，安第斯先生就出生在中国。后来共产党掌握了政权，安第斯先生才随家人回到美国。而且……”Kevin 再次停顿，贴近小玉耳边说，“据说安第斯先生在中国可能还留有后代。”

Kevin 说罢，看一眼小玉。小玉沉默着，心中一片茫然，心脏却在怦怦地跳。

Kevin 深吸了一口气，继续说下去：“对于这段历史，安第斯先生本人从来没有承认过，他护照上的出生地是美国新泽西州，所以几乎也没人相信。但昨天在台北，我看到他在上海的照片，突然觉得，这段传闻有可能是真的。起码 1949 年以前在中国的部分是可靠的。而且……”

Kevin 提高了语速，却又突然停下来。小玉万分忐忑，心跳快得几乎让她窒息。Kevin 终于再度开口，而且加重了语气：“我想到安第斯先生特意安排我接待你，保护你，还让我带你去见他。而且，他居然把那封60年前来自上海的便笺交给了你……”

Kevin又顿了顿，从皮衣的内兜掏出一小块报纸递给小玉："刚才你排队的时候，我去买了份报纸，这是从那上面撕下来的！"

Kevin用手机照明，小玉首先看到醒目的新闻配图，又是几日前在旧金山麦当劳的电视上所见的那张两人奔向停车场的照片。虽然照片模糊不清，还是令人心悸。小玉再看文字：

“嫌犯在逃，安第斯巨额遗产成焦点——今天是全球最大的移动电话制造商安第斯公司的创始人安第斯先生遇害的第四天，两名谋杀嫌疑人依然在逃，而警方再次拖延了新闻发布会的时间，安第斯公司也拒绝透露更多信息。该案件引发对嫌犯身份的大量猜测，但多数认为作案动机为盗取有关安第斯公司最新产品Anphone Z的核心设计方案。另外安第斯总裁遗产的分配亦成为新的焦点。据称安第斯先生名下拥有数十亿美元的财产，其中包括安第斯公司超过两成的股票。其继承人将成为安第斯公司最大的股东，有权为公司任命新总裁。据称安第斯先生生前立有遗嘱，该遗嘱存放于旧金山当地的一家律师事务所。据该所人员透露，安第斯先生曾于30多年前首次聘请该所设立遗嘱，最近一次修改遗嘱是在18个月前。依照安第斯先生生前要求，其遗嘱必须在安第斯先生去世一周后公布。因此到目前为止，安第斯先生的遗嘱尚未被公布。”

Kevin耐心等小玉看完，在她耳边小声说："我本想先跟你去中国，进一步确认你的身世。但现在时间紧迫，一周内就要公布遗嘱，之后布兰克一定会以无法找到继承人为借口而废除遗嘱的！我想我们来不及了！明天一早，我们就直接回美国，去做亲子鉴定！Joy！"Kevin轻声呼唤小玉，蓝色的眼睛里闪烁着动人光芒，"你听过灰姑娘的故事吗？我相信，那双水晶鞋，应该就是你的！"

小玉彻底明白了。一切突然变得合理。怪不得Kevin对她一路细心呵护，怪不得几次三番问起她的家人！大陆之行不再是为了寻宝，而是为了揭开灰姑娘的身世之谜！可小玉心中非常清楚：灰姑娘并不是她！

小玉又想起那天她从西单Anphone专卖店门口匆匆走过，根本就没注意店员在派发什么。一个瘦骨嶙峋的老太太突然在她眼前跌了一跤，她想都没想就把她搀扶起来。老太太嘴里哼哼着，看上去并没什么大碍。她突然想起陌生老太太是不能随便扶的，转身要走，却被老太太抓住衣襟。她心想完了，真的遇上“碰瓷儿”了，那老太太却微笑着对她说：“闺女，你是好心人啊，我得怎么谢你呢？”

小玉听出老太太操着东北口音，忙说：“都是老乡，有什么可谢的？”老太太却坚持说：“当然得谢了！”说着灵机一动，从包里掏出一张申请表来：“对了，他们非要让我填这个，说填了就能白得一只手机，还是什么什么新款 Anphone。我这么大的年纪，根本不会用高级手机。而且，我就是到北京来走亲戚的，晚上就回长春了！这个还是给你吧！对你更有用！”

小玉本想推托着不要，老太太却拉长了脸，认真指着表格的序列号说：“闺女啊，你是不是不信我？看看这张表格的序列号码，8888！多吉利的号码？他们说，是看我年纪大了才特意留给我的！这张申请表，肯定会中的！”

老太太边说，边从包里掏出一支笔，哆哆嗦嗦地握在手中，把表格垫着皮包，划掉“姓名”一栏里已经填好的三个字。“他们刚才逼着我填，我就填了名字，可后面的想不起来！你叫什么？填你的吧！”

小玉哭笑不得，还是说不用，老太太却反倒拉长了脸，又把小玉抓牢了，固执地把表格塞进小玉手里，眼巴巴地看着她。小玉这才发现，老人的眼窝很深，眼睛似乎是蓝色的，皮肤也很白，一头银灰色卷发，竟有几分像混血儿。

听了 Kevin 一席话，小玉终于恍然大悟！也许她才是安第斯老人的后代！那份申请表本来就是别人特意交给她的，可她偏偏又转送给了小玉！小玉脱口而出：

“Kevin，对不起。你要找的人，不是我！”

Kevin 一脸诧异。小玉忙把西单专卖店前的事情讲给他听。Kevin 听罢抬手抓住小玉双肩，剑眉倒竖着问：“这是真的？”

小玉从 Kevin 手中挣脱出来，幽幽地点头道：“是的。她才是你要找的人。对不起，你一路保护错了人。”

Kevin 怔怔地看着小玉，过了半天才深深叹了口气，黯然道：“你能告诉我，怎样找到她吗？”

“不知道。我不认识她。”小玉摇摇头，倍感惭愧地低下头。

Kevin 却再次握住她的双肩，柔声说道：“不论你是谁，我们都曾经共患难。感谢上帝让我认识你！”

Kevin目光柔和清澈，小玉莫名地一阵感动，心中却突然一动，忙说："我想起来了！那天她把表格上的名字划掉了。我记得，那个名字好像是……好像是……谢安娜！而且，她说她住在长春。我听她口音，也像是长春的。"

Kevin闻言也两眼一亮，郑重地对小玉说："Joy，我想求你一件事。可以吗？"

小玉立刻点头。她已猜出Kevin所求何事。

"我想求你，带我去长春，找到那个女人！只有她，才有可能打败布兰克，让他的野心无法实现。求求你，可以吗？"

小玉继续点头，这是她应该做的。她本应帮助Kevin的，也应该帮帮那个苍老的女人的。她已经错过了和生父见最后一面的机会了。

午夜将至，维多利亚港灯光依然，璀璨而寂寞。小玉这才发现自己手脚冰凉，心中却很平静。

第二天一早，Kevin和小玉提前等在签证处门外，抢在头一个取回护照，立即赶往机场。Kevin事先用手机查阅了旅行网站，从香港直飞长春每周只三趟航班，今天恰有一趟，10点50分起飞，下午3点50分抵达。在长春找一个只知道姓名的老人，大概也像大海捞针，但Kevin一路神通广大，也许有他的办法。

两人赶到机场，普通舱的票已售光，Kevin不惜高价购买头等舱。长春早已入冬，天气寒冷，Kevin又在机场免税店为小玉购买了大衣围巾和手套，自己则加了条围巾，虽都不是名牌，加起来却也数千港币。从加州到台湾再到香港，Kevin一路开销无数，也不知存款还能坚持多久。

航班准点起飞，机舱里尽是大陆游客，高谈阔论，满耳的乡音，使小玉心中出现一丝渴望：回到故乡，能不能就此留下？反正身份证和户口本都还在的。但美国警方能就此轻易放过她吗？在美国找不到，难道不会联系中国警方？Kevin一旦找到了谢安娜，或许能如愿战胜副总，但终究和小玉不再有太大关系。她既不是安第斯的后代，又没有Anphone的设计，她就只是谋杀安第斯的嫌犯。虽然Kevin表现得很诚恳，他们也的确共过患难，但她并不知道，以后 Kevin 还会不会保护自己。

但无论如何，她还是会帮助 Kevin 找到谢安娜的。她知道失去亲人的痛苦，她也曾幻想着有朝一日和亲人相逢。谢安娜如果真的是安第斯老人的女儿，现在也再见不到父亲了。但至少，她能知道父亲都做了些什么，并且得到该得的遗产。只不过，就算 Kevin 找到了谢安娜，没有骆驼的帮助，不知如何把谢安娜弄到美国去？自从离开台北，骆驼就没再现身。莫非 U 盘到手就已大功告成？

不过这些真的和小玉没多大关系。也不知有没有机会经过北京，有没有机会再见可赋一面？小玉心底微微一抽。自己绕着地球跑了大半圈，整日奔波逃遁，难道这才是她最关心的？

小玉正胡思乱想着，机长的广播却突兀地打断思绪：长春遭遇雾雪天气不能降落，航班改降北京。所有乘客需在北京办理出关手续，之后等待通知。小玉不禁暗暗苦笑，也不知这是天遂人愿，还是老天在故意拿她开心呢。

半小时后，飞机降落首都机场，机窗外天空阴霾，细雪纷飞，巨大的“北京”二字突然闯入视野，居然就这样回来了。小玉忽然紧张起来，之前一切心理准备皆属徒劳。不知不觉中，已把手伸进皮包里，冰凉的金属令她浑身一震，这才发现自己的廉价手机已在手中。关机五天，也不知是否错过了什么。小玉轻轻按动开关，看手机屏幕渐渐变换颜色，耳边突然响起 Kevin 焦虑的声音：“这要等到什么时候？我们不能就这样等着！”

小玉这才注意到，Kevin 早已心神不宁。

“雪不会下太久的，就算今晚走不了，明早应该也能走了。”小玉随口说着，偷看一眼手机，11 条短信，竟有五条来自同一号码——那早被她熟记于心的号码。小玉把手机扣在腿上，心中一阵悸动。可赋给她发了五条短信，是在担心她？

“可我们时间不多了！一分钟都不能浪费！还有别的办法吗？Joy？”Kevin 呼唤小玉的名字。这下子轮到小玉心神不宁了：“什么别的办法？”

“当然是去长春的办法！”Kevin 提高了音量，表情异常严肃。小玉忙回答：“有，可以坐动车。七个小时到长春。如果我没记错的话，今天下午还有一趟，3 点 50 分开车。”

“还来得及吗？去搭 3 点 50 分的火车？”Kevin 迫不及待。小玉条件反射地举起手机查看时间，看到的却又是那五条未读短信。

“现在 1 点半，还有两个小时 20 分钟。时间是来得及的，但未必还能买到车票。”

“车票很难买？”

“当然。去长春的车票非常紧张，可以去车站试试。大概是没有了。”

“有没有别的办法？包厢，或者高价票？”

小玉摇摇头。

“Joy，能不能想想办法？”Kevin 用乞求的声音。在中国大陆，他的确需要小玉的帮助，这里金钱未必能够立即奏效，人际关系更可靠些。然而人际关系也是需要时间和金钱才能建立的。小玉从来不是有钱人，而且不善交往，对别人缺乏利用价值，因此并无多少现成的关系。但去往东北的动车票却是例外——可赋有发小在家乡的铁路系统工作，买到京哈线的车票虽说不上易如反掌，却也比别人更容易买到。

小玉告诉 Kevin 可以问问朋友，飞机停稳，后舱乘客纷纷涌入商务舱，仿佛机舱后部发生了某种灾难似的。Kevin 也忙着插入人流，迫不及待地回头召唤小玉。小玉这才起身，和 Kevin 已隔了三四个人。借着这个机会赶忙浏览手机短信。五条短信分别是：

“今天没上班？”

“在哪儿？还好吗？”

“为什么没消息？还好吗？”

“到底怎么了？难道真出事了？”

“求求你！别吓我！”

小玉鼻子一酸，眼前立刻模糊一片。

当手机发出短信提示音时，夏可赋正坐在办公桌前听总监向他发牢骚——新的策划案缺乏想象力，疏漏百出。总监言辞犀利，不留情面。可赋一言不发。教训都是对的，不需要辩解。总监本来给了他三天充足的时间，他却没心思工作。露小玉不辞而别，电话关机，不回短信，不再登录QQ。她曾经每天都在QQ上出现的，尽管夏可赋并不怎么注意到她。

但偶尔想起来了，点击右下角的QQ标志，那一串或长或短的在线联系人名录里，小玉永远是少不了的一个。夏可赋知道，小玉是在默默地等着他。

这件事本来不该发生的。他本来不该招惹她。他本来只想把她当成是一次美丽的邂逅，旅途中偶遇的陌生人的。可他没想到，陌生人和亲人之间，界线其实并不明显。不小心越了界，就像越过悬崖边界一样的危险。

夏可赋自以为并非感情动物，也无法承担做感情动物的奢侈。他来自东北小城，在京城扎根立足，首要的任务是生存和尊严，不该有对完美的奢求。工作虽然不尽如人意，但尚可丰衣足食。总比回故乡朝原去任由养父母摆布更强些。

夏可赋的人生从来都不完美。上小学那年，运营小巴的父母在一次事故中离世，他被过继给舅舅、舅妈做儿子，从此改口管舅舅叫爸，管舅妈叫妈，管姥爷叫爷爷，这些他都愿意，就是死活不肯改姓，就算挨打也还是要姓“夏”。也不知是不是因为这个，姥爷特别嫌弃他，从不愿正眼看他。有一次姥爷喝醉了酒，当着他破口大骂他的生父。他流着泪为生父辩护，姥爷从抽屉里翻出一份旧报纸扔在他面前，那上面有车祸的新闻和死亡乘客名单。姥爷醉眼迷离地咒骂：“报纸上这些人都是你爹杀的，也包括我闺女！你爹就是杀人犯！生了你这个小煞星！要不是你整日在家哭闹，他也不会急着回家，把车开进河里去！”

报纸上的人名从此深深刻入他的幼小心灵。他再不和任何人争执，忍气吞声，发奋读书，毕业后就留在北京工作，哪怕只是做个普普通通的工程师，也比回朝原去唯唯诺诺地看继父母的脸色要好得多。但北漂不易，普通工程师的薪水也只能让他勉强度日。继父母是朝原本地的小官，平时很有一些外快，却并不愿意贴补养子在北京的生计，不过很愿意给养子介绍女朋友。也是朝原另一位领导的女儿，偏偏也要留在北京的，车子、房子都由父母安排好了，工作、户口也都搞定了，和她成家，对夏可赋而言，就是唾手可得的安逸生活。双方父母安排的相亲，就在夏可赋和小玉探亲回京之后。对方是个活泼的姑娘，不算美但也不算丑，对夏可赋颇为倾心，两人也就开始交往。当然是背着小玉的。夏可赋有点舍不得和小玉分手，但理智上又很清楚，经济缺失远比感情损失难以战胜的。因此渐渐和小玉疏远了些，分手的话却又完全说不出口，只能尽量避免和露小玉见面，尽管自己也饱受煎熬。露小玉主动坐一个多小时的地铁来和他吃饭，他也只是敷衍了事，可看着她孤独而安静地走向地铁，他又感到难以抑制的歉意和冲动，想要追上去把她深深抱在怀里。可他毕竟还是忍住了。他想总有一天她会离开，投向下一个更适合她的归宿。他终究是不适合她的，这其中除了经济的原因，还有另一条鸿沟，是无论如何难以逾越的。但那是个秘密，他永远也不会告诉她，不会告诉任何人的。他安静等待她的离开，他猜测分离时他也许会很平静，甚至会感到轻松的。

可露小玉果真就不告而别了。他连续几天都得不到她的任何消息。他愕然发现，自己远没想象中那样释怀。尽管他们已不常见面，她却已变成他生活中固有的一部分。他惊讶地发现，除了她的手机、QQ 和地址，他并没有她的任何其他联系方式。没有公司电话，没有朋友的联络方式。这实在让他难受得发狂。他连续两晚下班后开车到北五环外的廉租公寓楼下，坐在车里一直等到深夜。楼上的窗户始终没有灯光。他突然想起某次约会时她曾经说过的话："其实，我是一滴露水。天一亮，我就消失了。"

夏可赋一遍一遍地告诉自己，露小玉是真的离开了。她选择了悄然离开，也许只是为了能真的离开，不再拖泥带水。她原本是个善解人意的女孩。他该接受她以任何方式离开，并且心怀感激的。

可就在今天，正当总监训斥他的时候，他的手机突然收到了短信。他猜那只是一条垃圾短信，每天都会收到许多条的。可他的心还是为之悬了起来。总监终于口干舌燥地离开了，留下今晚必须完成的警告。夏可赋迫不及待地拿起手机，打开后果然心中一振！

短信果然来自小玉："有事离开了几天，别担心一切都好……"

夏可赋看到短信的开头，无比释怀，来不及再往下细看，已忙不迭拨打出去。果然通了，心中一阵雀跃，铃声却又断了，对方的拒接犹如当头一盆凉水。他打开短信再看，才看见后半部的内容：

"……能不能帮我买两张去长春的动车票？两个人，Mr. Calvin Sha（护照 ×××××××××）和 Ms. Joyce Luk（护照 ×××××××××），要今天下午 3 点 50 分的。急！"

这是为谁买的车票？到底因为何事离开了几天？离开为何要关机？为何杳无音讯？为何拒接他的电话？夏可赋再次拨打露小玉的手机，仍是只响一声便被拒接了。紧接着短信又至："有事不方便接。动车票拜托了！"

夏可赋疑心重重，片刻前的轻松释然已没了踪影。看看时间，1点50分。再不订票就来不及了。他拨通发小的电话，五分钟搞定，然后是惯常的寒暄：何时回朝原？一定要请客。匆匆挂断电话，心中却越发纳闷。再看之前的短信：Joyce Luk？这名字似曾相识。定睛细看，Joy Lu！这分明就是小玉自己！护照号码却格外陌生。另一个男人是谁？为何一起旅行？

夏可赋再也坐不住，猛然起身，快步走出办公室。总监的警告已被他抛到九霄云外了。

机场高速进城方向拥堵。

天空阴霾，街道熙攘，北京还是老样子。不一样的是小玉，金色卷发，天蓝色羊绒围巾，藏蓝色修身双排扣呢子大衣，大衣下摆稍稍过膝，再往下是黑色丝袜包裹的纤细小腿和高跟皮鞋。和几天前在小区地产公司上班的女孩相比，仿若来自两个世界。

出租车在高速路上蜗行。Kevin紧靠小玉坐着，漠然注视窗外，没有疑问或感慨。小玉猜他此刻心中只有一个念头：赶上去长春的火车。除此之外别无所求，对这陌生城市和国度没有额外兴趣。可赋已把车票信息转来，之后又补充了一句："凭短信和护照在售票处领票。早点到车站，售票处得排队。"可赋的体贴，向来只在最实用处的。

小玉还是第一次拒接可赋的电话，出租车内的空间过于狭小，轻易就能泄露内心的秘密。她不能在这里和可赋对话，尽管可赋的急切已让她的心崩裂融化。再等两天，至多三天，等她完成长春的使命，她会悄然去到可赋公司楼下，正如以往无数黄昏一样，安静等他走出公司大厦，用微笑向他证明，她和以前一样，未来也将如此。

3点20分，出租车终于到达北京站。排队取票又用去15分钟。距离开车时间还有15分钟。还好车站并不繁忙。两人踏上滚动扶梯，

Kevin 在前，宽大的后背如一面墙挡住小玉的视线。经过几天奔波，黑色皮衣裹挟的男性荷尔蒙气味更浓。这和可赋的气息很不相同。那是洗衣粉和阳光共同作用出的气味，男性荷尔蒙只有极细微的一点。小玉不禁闭上眼，在拥挤的扶梯上，幻想着阳光的气息。

突然迎面一阵疾风。小玉忙睁眼，手腕已被 Kevin 抓牢了。他凑近她低声道："快走！他们来了！"

小玉心中一惊，回头向下望，有四五个健壮男人正踏上扶梯，纷纷抬头，目光汇聚在小玉和 Kevin 身上。小玉来不及细看，已被 Kevin 拉了一个趔趄，赶忙跟着 Kevin 向大厅深处闷头快跑，钻进拥挤的车站商店，再从另一侧钻出来，眼前却突然横出一个戴墨镜的男人，挡住两人去路："别跑！布兰克先生等着见你们……"

不待那人说完，Kevin 把背包丢向小玉，一个箭步，飞身扑向那人。小玉接住背包，一时蒙在原地，看 Kevin 和那人扭作一团。突然听到 Kevin 的叫喊："快跑！车里见！"

小玉猛然醒悟，撒腿猛跑，冲进候车室，穿过检票口，飞奔下楼梯，跑上站台，已上气不接下气。她放慢脚步回首张望，看不见 Kevin 踪影，眼角余光却突然感到一个快速移向自己的身影。小玉心中大惊，猛转回头，一个男人已到眼前，用备感疑惑的声音问："你怎么打扮成这样？"

那张面孔清瘦英俊，戴一副金丝边眼镜，她梦到过无数次的，此刻却使她无比震惊，胸中涌起一阵热浪，鼻子却酸酸的，泪水就要流下来。

"这几天你到哪儿去了？到底出了什么事儿？你到底跟谁在一起？"

可赋目光中充满关切、疑问甚至恼火。这是小玉从未见到过的。她努力开口说话，声音却沙哑而颤抖："你怎么来了？"

"我给你买的车票！我知道你要上这趟车！你知道我有多担心你吗？"可赋几乎是在吼叫。小玉再也忍不住泪水，眼前模糊一片。

"Joy！怎么还在这里？快上车！"

Kevin 不知从哪儿冒了出来，一把拉起小玉的手臂。小玉浑身一抖，仿佛突然惊醒，双腿愈发无力了。可赋看见 Kevin，一下子惊呆了。站台上响起清脆的铃声。

"Joy！车马上就要开了！"

Kevin 手上用力，小玉被他硬拉着往前移了两步，拼命站住脚回头说：“可赋，我必须得走了！等我回来跟你解释！”

“他就是 Calvin Sha？这些天，你一直和他在一起？”可赋如梦初醒，双拳紧握着，目光里充满了绝望。

“不！不是你想象的！等我回来解释！”小玉边说边被 Kevin 拉着跌撞前行。

“真的要走？”可赋高声问了一句，倔强地仰着头。小玉再次回头，两人已有七八米的距离，可她分明看到了，可赋眼中有泪光闪烁。列车员在不远处催促。Kevin 加快了脚步，拉着小玉的手臂也加大了力量。突然间，小玉奋力甩开 Kevin 的手，转身再去看可赋。她决定了！不去长春了！安第斯的女儿跟她有什么关系？跟她有关系的是可赋。可赋就是她的全世界！

可正当她转过身来，却看见可赋身后，有几个男人正快速跑来，边跑边高喊着：“站住！不然我们不客气了！”

紧接着“噗”的一声闷响，紧跟着一声惨叫，可赋扑倒在地。

小玉发疯般地尖叫。紧接着又是“噗噗”几声闷响，一股疾风从她和 Kevin 之间穿过，旁边又有人惨叫着跌倒。小玉顾不得这些，拔腿奔向可赋，才迈出一步，背后却被人猛推一把，身体失去重心，向前重重跌倒，被水泥地面撞得几乎失去知觉。她不顾疼痛，正要起身，后背却被人死死压住，一个分外熟悉的沙哑声音在她耳边说：“别过去！别让那些人看见你认识他！不然他就真没命了！”

小玉奋力抬头向可赋跌倒的方向看过去，只见他头颈紧贴地面，有一只手却伸向她。再远处有几个模糊身影正快速靠近。小玉背上的人突然身体一扭，有什么东西从小玉头顶掷出，落在二三十米开外，紧跟着一声钝响，站台上立刻白烟滚滚，什么也看不清了。

小玉看着可赋伸向她的手被烟尘吞没，两眼一黑，耳边那渐渐加速的车轮声音突然间彻底消失了。

5

白烟散去，站台上警铃大作。有两三个人躺在血泊中呻吟。

铁路警察和车站保安正从四处蜂拥着跑上站台。在车站大门处，有个戴墨镜的男人，夹在最后一股人流里走出车站，穿过马路，拿起手机，一边回望已被警察关闭的车站大门一边说道：

“他妈的让他们跑了！妈的居然还有催泪弹？美国那边没说他们有这装备啊？……当然开枪了！美国那边说了要来真格的啊……老子当然用消声器了！伤人是难免的啊！车站那么多人呢……肯定不能追了啊！那么多警察呢！妈的真难伺候，以后别接美国人的活儿了……”

一公里之外，小玉在颠簸中醒来，发现自己正趴在一副宽阔的脊背上，鼻中灌满了皮革气息——是 Kevin。两侧有许多平行的铁轨和停放在铁轨上的老式绿皮车厢，列车车身锈色斑驳。在他们身前，还有一只“猴子”——仿佛猴子一样的瘦小身影，正引领着 Kevin 向前奔跑。

“放开我！”悲恸突然铺天盖地席卷而来。小玉大叫一声，拼命从 Kevin 脊背上滚落，仰面躺在铁轨间。Kevin 回身去扶，小玉拼命撕扯挣扎，声嘶力竭地尖叫，泪水泉涌而出，心中剧痛难耐，脑子里却一片空白，眼前是大片的天空，忽而清澈忽而混浊。如此恸哭到精疲力竭，大口喘息着抽泣，眼中灌满泪水和刺眼的阳光。

阳光突然被骆驼的笑脸挡住了：“告诉你，你情人没事儿！小伤！不过啊，啧啧……”骆驼撇撇嘴，摇头道，“我说的可是外伤。这内伤，我可就不知道了。”

小玉稍稍放了心，却又是钻心一痛，泪水和抽泣却突然都止住了。Kevin 站在一旁，脸色木讷茫然。小玉胸中瞬间涌上无限怨恨，咬牙狠狠对骆驼说：“你真看见了？他伤在哪儿了？”

“腿上！蹭破点儿皮！没伤着骨头，过两天就欢蹦乱跳了！”

“我要去医院！”

“去医院？你还嫌不够连累他？放心！他真没事儿！我骗过你吗？”

小玉半信半疑地从地上爬起来，默默拍打身上的泥。骆驼用手指着 Kevin，尖声笑道：“我说句公道话吧！今儿多亏他把你拉开，没让那帮人看见你跟你情人在站台上腻歪，不然的话，估计你情人这会儿早成人质了！我说，咱快点儿走成吗？当这儿是你家呢？警察一会儿就到了！”

骆驼转身就走。小玉心里讨厌骆驼，可又觉他有些道理，她显然是那些人的目标，亏了没让他们发现，她和可赋是有特殊关系的。所以医院当然也是不能去的。当务之急，是尽快离开火车站。小玉无奈，也只能跟上骆驼。Kevin 也默默地跟着小玉，脸色越发阴沉。小玉听背后的脚步声越来越重，仿佛带着气的。小玉更是气，很想回头跟 Kevin 理论一番，道理却又是说不清的。可赋生死未卜，她完全没心情跟谁讲道理。如此僵持着走了一段，小玉心中渐渐平静了些，仍是生着气，却并没找出责备 Kevin 的道理。然而又觉得气还是有资格生的，就像……就像是在生亲哥的气。小玉从小孤苦，常常幻想着能有兄弟姐妹。小玉和 Kevin 一路共患难，有时候莫名地觉得，如果真的有个哥哥，大概就该是 Kevin 这样子的。

骆驼带领小玉和 Kevin 翻过一面矮墙，穿过公园和小巷。巷口停着一辆空出租车。骆驼打开车锁，为小玉和 Kevin 拉开后排车门，自己则坐进驾驶位。车显然是特意备好的，骆驼惯用的手段。此人手段不凡，常在意想不到时出现，却又似乎做好了充足的准备。出租车一阵疾驰，不久拐上快速路。小玉见到古观象台，知道车子正在东二环上向南行驶。Kevin 依然一语不发，不问骆驼要去哪里，脸拉得更长。小玉的怒气差不多消了，于是觉得更加不安。她知道此事不能怪 Kevin，但可赋的确受了伤，而且误解了她。她是有赌气的理由的，所以仍不开口。倒是骆驼首先打破了沉默：

“嘿，怎么了这是？您二位还成了仇人了？”

“停车！”Kevin 终于发作了。

“嘿！真当咱是出租车司机呢？我……”

“我说停车！”

骆驼猛一转方向盘，车轮与地面尖声摩擦，车子驶出辅路，急停在路边。Kevin 提起背包开门下车，沿街走下去。小玉也下了车，犹豫着要不要跟上。小玉看着 Kevin 的背影，心中竟有些不忍：误了火车，去不了长春，谢安娜也找不到，他的计划都落空了。于是不情不愿地跟上 Kevin。骆驼见两人都下了车，也赶忙下车跟着，一边走一边喋喋不休地唠叨：

“怎么着，还挺拽啊！都这样了，还拽呢？人家连枪都用上了！光靠假护照不成了吧？你们这是得罪谁了？这得多大的后台？全世界的黑社会都能使唤？不过，天无绝人之路！嘿嘿，这不是，我又来了，出生入死地来帮你们了！是不是？不过，可别真把我当活雷锋啊！需要的时候我就出现？哪儿那么现成呢？要不，咱继续把咱那笔生意……嘿嘿，做完了？”

Kevin猛转身，一把揪住骆驼的衣领，高高将他提起按在街边墙壁上，狠狠问道："U盘呢？"

"什……什么U盘？"骆驼一脸惊慌，死死抓住Kevin的手腕，双腿在空中乱蹬。小玉也顺着Kevin对骆驼说："甭装糊涂！前天晚上你从我包里偷走的！"

骆驼小眼骨碌碌转着："冤枉啊！那天明明是您二位把我给灌醉了，从我这儿把护照偷走了！怎么反过来说我拿了你们的东西？"

Kevin手上加力，骆驼立刻眼球外突，眼看要窒息。Kevin又稍稍松手："我再问你，你去高雄做什么？"

"咳咳！咳！"骆驼一阵狂咳，拼命喘了两口气："谁说……咳！谁说……我去过高雄？"

"还狡辩！"Kevin作势又要收紧手腕，骆驼连忙求饶："去了去了我去了！你先放开我我喘不过来气了我我我……"骆驼两眼翻白，嘴角泛起白沫。小玉心中害怕，不禁说道："放开他吧！"

Kevin借着小玉的台阶松了手，嘴上却说："不给他点颜色看看，他是不会说实话的！"

Kevin让骆驼在地上呻吟了一会儿，看他快要缓过劲儿来，再次揪住衣领又把他从地上提起来，狠狠按在墙上："U盘到底在哪里？是谁派你来的？"

"咳！什么U盘啊？什么谁派我来啊？哎哟妈呀！疼死我了！真他妈的好心没好报！我就是一小破记者，就只想弄个独家报道而已，我他妈的要你们啥盘干吗？哎哟……要不，你去我们报社，问问去？要是假的，哎哟，随你们他妈的怎么处置我，哎哟！"

"好！现在就去！"Kevin松开手。骆驼险些又坐地上，好歹站稳了，用眼角瞥一眼Kevin："走就走！谁怕谁？"说罢整理整理衣领，骂骂咧咧走向出租车。Kevin回头看一眼小玉，小玉默默地跟上，两人这就算和好了。

骆驼把车开得很慢，磨磨蹭蹭的。晚高峰尚未开始，南二环一路畅通，不久车子便到达宣武门外。骆驼把车停在路边，三人下车步行。骆驼越走越慢："那个，我是临时工，本来就不常来，认识我的人，本来也没多少。"

"走！"Kevin在骆驼后背搡了一把。多一个字不说，脸色格外阴沉。骆驼一个踉跄，不情不愿地继续往前走："别动手啊，君子动口不动手嘛！真是！今儿礼拜几啊？这都4点多了，人也走得差不多了，干媒体的，整天外面采访……”

“走！”Kevin又推了一把。

“哎哟！又动手！走什么走？到了！”骆驼翻翻眼皮，抬手一指。眼前一座七八层的大楼，大门上的招牌正是远东日报社。Kevin推搡着骆驼上台阶，大厦的玻璃门却突然敞开，门内一阵喧哗，几名保安推出一个老妇人，六七十岁的年纪，体形瘦高，鹤发飘飘，身穿半旧的黑色棉衣。老妇人努力站稳，回身冲着保安喊：“你们听我说啊！我真的没骗你们！你们看我也挺大年纪了，怎会拿这种事胡说？你们听我说啊……”

保安已回到门内，一边关门一边笑：“知道！知道！您是美国大公司大老板的女儿！可那不关我们的事儿啊！你还是去美国大使馆吧！妈的，我还是美国总统的儿子呢！神经病！”

小玉原本一直担心着可赋，忧心忡忡的，并没留意周围发生了什么。可她猛然听到老妇人的东北口音，心中不禁一动，抬头细看，老妇人正背对着小玉，冲着大门骂道：“哎！你们等等！你们……你们这帮缺德玩意儿，就没有一个讲理的？我这真的是有急事！性命攸关的大事啊！”

小玉不禁心跳加速，往前又凑了一步，正巧那女人悻悻地转过身来。小玉顿时脱口而出：“谢安娜?！”

Kevin闻言也吃了一惊。小玉来不及向Kevin解释，已快步走到老妇人面前说：“您还认得我吗？”

老妇人抬头看着小玉，一脸的迷惑。小玉又说：“在西单……”

老妇人还是一脸不解。小玉突然想起自己的扮相，一把揪掉假发。老妇人眼睛一亮，猛抓住小玉的衣袖，声嘶力竭：“是你！我把申请表给你了！还给我好吗？求求你，还给我吧！”

“咋就没人信我呢？”谢安娜又怒又怨，在星巴克坐了许久，情绪依然难以平复，热拿铁也没碰一碰。她告诉大家，其实早就有个男人找到过她，告诉她她的身世，并且告诉她，父亲安第斯病很重，大概不久于人世，让她尽快去北京，有人自然会跟她联系，协助她去美国见父亲。但因为父亲有点“麻烦”，所以这件事一定要秘密地进行，让她切不可声张。可她到了北京，并没见到任何人。那天在Anphone专卖店门口领到申请表，她原以为只是普通的申请表，竟然完全没想着跟父亲的事联系。直到几天前接到手机电话，问她是不是已经到美国了。她这才知道，那张申请表是特意为她准备的，由于此事机密，所以有关选秀的经手人并不知情，只会按照公关公司事先做好的准备，让持有这张申请表的人顺利入选并赴美。然而她却把这张申请表送人了，大概真是老糊涂了！没有申请表，她就去不了美国。她赶回北京，去了西单专卖店，又去了美国大使馆，人人都当她是疯子。她最后想到了报社，但还是被保安轰出来了。

谢安娜抽抽泣泣地叙说着，小玉感慨万千地听着，心想这可真是造化弄人。原来她就是为了安第斯的事才到北京来，却又偏偏没想到Anphone专卖店门前派发的申请表和此事有关，因此错过了去美国的机会，没能见到父亲的最后一面。但正因如此，也就没像小玉似的成为杀人嫌疑犯，跟着Kevin亡命天涯。凭着她这把年纪，这虚弱的身体，大概也早就被美国警察抓住了。

Kevin听谢安娜说完，之前的低落情绪早已一扫而光，和颜悦色地对谢安娜说：“我们相信你！”

“你们？”老妇人泪眼婆娑看着小玉和Kevin，“你们是干啥的？你们信也没用啊，你们能让我去美国吗？”

“可以啊！我们可以帮你的。”Kevin尽量柔声细语。谢安娜却更加绝望了，哭着说道：“晚啦！我听人说，我父亲已经去世了！可我不信！我活了60多年，还从来没见过他！”

“不晚！真的，不晚！”Kevin忙说。小玉心中不禁一酸。老太太说得没错，安第斯已经死了。她是真的晚了。不过，从继承遗产的角度来说，的确还不晚。老太太听了Kevin所言，两眼一亮，问道：“你们真的能帮我去美国吗？我不会说英语，也没美国签证，路费也不够！我什么都没有，所以也没人信我！”

“我们相信你，你也要相信我们！”Kevin取出两本美国护照放在谢安娜眼前，“你看，我们都是美国公民。我是安第斯先生的助理。我们真的是来帮助你的！”

谢安娜半信半疑，拿起护照翻了翻，再看看Kevin和小玉：“这都是洋文，我也不懂。你俩明摆着就是中国人，为啥要装成外国人？”

“我们……”Kevin沉吟片刻，压低声音凑近谢安娜，“我们是安第斯先生派来接你的，你也知道，这件事情需要保密。”

小玉明白Kevin在做什么，只是心中微微有些别扭。他刚刚说的是谎言。老安第斯再也没能力派任何人做任何事了。

谢安娜却若有所悟，微微点头道：“以前来找过我的那个男的也说过，这件事不能让别人知道。他说我父亲的公司里有……那什么来着？奸臣？反正差不多这个意思。反正说了好几回必须保密……”谢安娜说着说着却又警觉起来，“你们到底是干啥的？真是我父亲派来的？别是奸臣派的吧？”

“请你相信我们。我们这里有安第斯先生亲手交给我们的东西。”Kevin边说边向小玉使个眼色。小玉立刻会意，却还是有些犹豫。她飞速瞥了一眼骆驼，再看Kevin。Kevin点点头。小玉这才拉开皮包拉链，取出信封，双手捧着交给谢安娜。Kevin在一旁说：“你看，这是安第斯先生交给我们的。”

谢安娜面带疑色，接过信封，抽出便笺，双眼立即明亮起来：“哎呀！是它！没错了！”

Kevin看一眼小玉，如释重负似的。可小玉总觉着有些不妥之处。再瞥一眼骆驼，他正斜眼盯着信封，嘴角也斜着，不知在打什么歪主意。谢安娜却万分迫切地说：“你们赶快带我去美国吧！去见我父亲！赶紧！”

Kevin点头道：“谢女士，你放心！我们一定会帮助你去美国的！但是，我们也需要你的配合。”

“我的配合？”谢安娜一脸诧异。

“是的，请务必把你的身世告诉我们，比如你是在哪里长大的，跟谁长大的，你是怎么知道安第斯先生是你父亲的，我们确认了这些，才能帮你去美国。”

骆驼发出了些怪声，Kevin装作没听见，始终直视谢安娜，眼中保持诚挚的笑意。小玉心中却越发不安了：谢安娜再也见不到父亲，Kevin是在偷换概念。

谢安娜犹豫了片刻，突然低声问：“他到底多有钱？”

小玉倒是立刻坦然了一些。莫非谢安娜要去美国，也不全是因为思念父亲？再一转念，这不也是人之常情？倒是自己钻了牛角尖，显得单纯幼稚。原来还是 Kevin 更懂得人性。

Kevin 向谢安娜神秘地眨眨眼，低声回答说："很多很多！"

谢安娜双眼又是一亮，终于缓缓地讲出身世经历。

谢安娜 1950 年春天生于上海，五岁时随母亲移居吉林农村。母亲嫁给了务农且短命的继父。上海一词只是从旁人口中偶尔听说的，毫无实际印象。"旁人"倒不是家人，而是邻居或同学。他们告诉她，她的继父年老体残，本该孤独终老，却仁慈地给予姿色尚佳的母亲容身之地，与腐朽都市的腐朽阶级通了婚，多少玷污了一个痞赖的一世清白。只言片语之中，她明白自己大概有着极不光彩的身世，尽管母亲从未向任何人透露。直到"文革"结束，早已错过婚嫁之龄的她终于续弦给城里的某个中年小学老师，带着母亲离开清静阴暗的小村，到城里持续清苦生活。她成为一家栋梁，照顾丈夫和几位老人，却缺乏一技之长。丈夫体弱多病，迅速步入老年，家境格外窘迫。说到贫困的生活，谢安娜一肚子苦水，花费不少口舌，反反复复，绵绵延延，Kevin 只得出言打断，她才回到正题：她偶然在家发现一封台湾来信，被母亲秘藏多年。这才知道原来台湾还有个有钱的姨妈，"文革"后费尽周折打听到了母亲的下落。信中提及生父，令她热血沸腾。原来父亲在她出生前就去了美国！她向母亲提起这封信，母亲却勃然大怒，并当面把信撕毁，不许她再提。她知道母亲感激继父，痛恨生父，但为了对生父的渴望，当然也为了生计，她背着母亲偷偷联系到台湾的姨妈，终于得知更多详情：父亲叫安第斯，犹太商人的后代，生于上世纪 20 年代的上海。母亲则是上海本地大户人家的小姐。姥爷封建迂腐，决不容许母亲和外商之子来往，母亲年轻任性，偷偷延续恋情。上海解放前夕，父亲和母亲决定一起私奔离开上海，用四根金条换来船票，却在临行前夜被用人出卖。姥爷暴怒，把母亲囚禁在家。母亲越窗逃跑，却仍错过了开船时间。父亲在码头望眼欲穿，最终只得独自上船离开中国。

小玉听到此处，赶忙再次请老妇人拿出信封，取出信纸一看，那上面的"Z"字果然并不像个"Z"，更像个拦腰划了一道的"7"。小玉和 Kevin 顿时领悟，字条上那句"Z，你知道在哪儿！"其实应该是"7，你知道在哪儿！"那是老安第斯写给情人的字条，约定私奔的时间是 7 点，地点是两人事先商量好的，果然与 Anphone 的设计无关！

谢安娜继续幽幽地讲下去：母亲万念俱灰，当时却已有身孕，为了孩子苟且偷生。不久上海解放，姥爷全家被镇压，唯有母亲幸免，因为这个怀着孕的年轻女人，曾经私奔未遂，也算是对封建家庭的反抗。孤儿寡母，人皆远之，终究在上海难以生存，这才远嫁东北农村。了解了自己的离奇身世，谢安娜更下定决心要找到父亲，所以偷偷请求姨妈帮忙寻找生父下落，却多年未果。直到母亲离世，突然接到姨妈的长途电话，告知在电视上偶然见到生父年轻时的照片，才知生父不但健在，而且还是美国富商。姨妈辗转联系到了生父，生父却并不轻信姨妈所言，特别是听说母亲已逝，更是索要证据。谢安娜随即翻箱倒柜，查遍母亲的遗物却毫无收获。直到半年多前，生活越发拮据——谢安娜此处又绵絮多言，再次被 Kevin 拉回正题——本想从一件母亲早年穿过的小棉袄中拆取棉花续件新衣，却从棉袄里找到一张便笺，正是信封里的这张。谢安娜并不知便笺的内容是何意，但猜想既然被母亲藏在贴身小袄里，必定意义重大，赶忙把便笺寄往台湾，再由姨妈转寄美国。数月之后，她接到姨妈回信，说美国生父正在筹划接她去美国。又过了几周，果然有个陌生男人在街上找到她，做贼似的告诉她，到了北京自然有人安排她去美国。那人百般叮嘱，务必保守秘密，绝不可向任何人透露。她如期来到北京，却并没遇上任何人。说到这里，谢安娜又疑心起来，问道：“上次来找我的那个男的呢？他为啥没来？”

Kevin 稍作思考，回答说：“安第斯公司是安第斯先生一手创立的。可公司里有些坏人，骗取了安第斯先生的信任，篡夺了公司的管理权。安第斯先生年事已高，身体又有残疾，生活难以自理，被那些坏人控制，只能悄悄安排信任的人帮助你去美国。但环节当中出了一些意外，而这位露小姐本来和这件事没有任何关系，只不过，您把申请表送给她。为了得到您的信任，我请她带我一起来找您。”

谢安娜却惊道：“你说我父亲被坏人控制了？还出了意外？啥意外？我父亲现在咋样了？”

小玉暗暗惊叹，或许这就是骨肉相连。Kevin 脸色立刻凝重了，声音也变得沉重缓慢：“谢女士，请您一定不要太难过。安第斯先生他已经……遇害了！”

“啊！”谢安娜哀叫一声，趴倒在桌面上号啕大哭，双肩剧烈耸动，每一下都仿佛在拉扯小玉的心肌。她并不记得自己的父母，但心脏依然疼痛难忍。Kevin 俯身在谢安娜耳畔低语:"对不起,是我没有照顾好令尊!但请务必振作,我一定要帮助你去美国,这也是我现在唯一能为令尊做的事情!"

谢安娜却抽泣着说:"我父亲都没了!我去美国还有啥用?"

"当然有用了!安第斯先生是安第斯公司最大的股东,只要能证明你是安第斯先生的女儿,你就是他的合法继承人,也许就能继承安第斯公司的股份!那样的话,坏人就无法当选安第斯公司的总裁,更不能独吞公司的财产!所以,为了令尊,也为了令尊一生的心血,你应该立刻到美国去,决不能让陷害令尊的人得逞!"

谢安娜闻言,哭声果然轻了,她抬起头来,两眼通红地说:"真的?我父亲的财产,真能有我的份儿?"

Kevin 来不及回答,骆驼冷不丁插了一句:"那得快点!不然可就来不及了!"骆驼手上不知何时冒出一份报纸,被他用力甩在桌面,报纸上一张大幅照片,照片上是个年轻白种女人,一身黑衣,满面怒容。

"安第斯夫人?"Kevin 脱口而出。谢安娜彻底止住了抽泣,抬头看那报纸。小玉拿起报纸,小声读出来:"……由安第斯先生生前委托的律师所,今晨首次就遗嘱内容发言。据律师称,安第斯先生大约半年前曾修改过遗嘱,将其唯一继承人修改为其早年失散的具有中国血统的女儿……"读到此处,小玉稍稍停顿。骆驼轻吹一声口哨。Kevin 双手握拳,两眼闪烁兴奋之光。谢安娜后知后觉,怔了几秒才又激动得落泪。Kevin 用力点头道:"谢女士,你是唯一继承人!我说过的,只要你能到美国,一切都是你的!"

"哪能有那么好的事?好不容易找到了父亲,转眼又没了!你们别是忽悠我吧?回头连家都回不来了!"谢安娜索性又抽泣起来。骆驼插嘴道:"怕回家没路费?上百亿美元呢!你知道那是多少钱?嘿嘿……"

"等等,等我读完!"小玉打断骆驼,眉头也皱紧了,"但该遗嘱还规定,如果在 30 天内无法找到该继承人并确认其身份,则全部财产都将捐赠给社会公益事业,用以在非洲建立一万所小学。今天中午,安第斯公司的董事会发言人亦透露,由安第斯先生所控制的 20% 之公司股份,也属其遗嘱范畴。因此安第斯夫人要求以继承人名义进入公司董事会的申请已被拒绝。据内部人士分析,安第斯现副总 Eric

Blank 继任公司 CEO 将不再具有任何障碍。而安第斯夫人对此消息表示非常震惊。"

小玉读完了新闻报道，谢安娜也忘了哭，着急地问："这啥意思？一个月内不去，就不给我了？"

Kevin 也由喜转怒："这遗嘱一定有问题！安第斯先生既然要把遗产全部留给女儿，为何仅限定 30 天的期限？难道不会太仓促？"

小玉问："你是说这遗嘱有假，不是安第斯先生本人立的？"

"有可能！你想，这遗嘱首先把安第斯夫人排除，而谁都知道，安第斯夫人是布兰克继承总裁位置的最大敌人。遗嘱同时又为安第斯先生的继承人限定了苛刻的时间。今天下午在火车站，那些人分明不顾我们死活！这是什么意思？"

"是想把我们也排除？"小玉问。Kevin 点头："是，把你排除！他以为你是安第斯的继承人，他要让你在 30 天内不能在美国出现。"

骆驼冷笑一声说："嘁！还 30 天呢，是根本就甭想再在地球上出现！"

小玉并不理会骆驼，问道："既然能改遗嘱，干吗不直接都捐给非洲小学？"

"不容易。"Kevin 摇头，"应该说很难！总不能改得太离谱了，不然谁都不信了。我想这遗嘱大部分都是真实的，只有'30 天'这一条，也许是……"Kevin 话只说了一半，突然沉默不语，双眼狠狠盯住骆驼。骆驼瞪眼道："你看我干什么？"

Kevin 沉默了片刻才开口，字字掷地有声："所以，这个阴谋从 Joy 一到美国就开始了，对不对？布兰克先把谋杀安第斯先生的罪名嫁祸到她和我身上，又让我们顺利逃出安第斯公司，甚至逃出美国，然后就再也别想回去？"

小玉隐隐猜到 Kevin 的意思，看看骆驼，确实是一脸狡猾，标准的阴险小人。但追忆这几天的经历，却又总觉有些疑问，不禁重复道："顺利逃出安第斯公司？"

Kevin 点头道："是的！的确有些太顺利了！一楼的防火门都没锁，也没人看管。我们从顶层沿防火梯跑到一楼，再快也要十几分钟，为何保安们一直迟迟没有赶到？而且，布兰克的人既然能到中国来追杀我们，为何在美国却一直没有对我们下手？而且……"Kevin 眯眼看着骆驼，"而且那么巧，就有人等在安第斯大厦停车场？而且还能轻易弄到……帮我们逃离美国？”

Kevin硬把“假护照”三个字咽回肚子里，或许是怕谢安娜听到又心生怀疑。谢安娜见几人讨论得紧，面色又都格外严肃，不敢插话，只是又迷糊又紧张地听着。

“你到底什么意思？你想说我是那个什么什么副总的人？是按他的命令帮你们逃出美国？不会吧你？我要是他的人，刚才在车站干吗冒死救你们？你不感激就算了，可也别诬陷好人啊！人总得有良心吧？你把我当什么？”骆驼终于发飙，两眼翻白，嘴角泛起白沫。

“你？”Kevin冷笑一声，“再好的演员，也有谢幕的那一天！”

“嘿！你什么意思啊？谁演员啊？啊？”

“你不是布兰克派来的？”

“当然不是！”

“真的不是？”

“绝对不是！我要是他派的，我就是你儿子！不！是你孙子！”

“那好！你敢不敢帮我把她送到美国去？”Kevin抬手指着谢安娜。小玉恍然大悟。原来，这是Kevin的激将法。

“她？”骆驼面露难色。Kevin冷笑道：“我就知道，你不愿意！”

“谁说我不愿意？你以为弄本护照那么容易？再说她连英语都不会，能弄美国护照吗？得弄美国签证！就更难了！”

“你总能找到借口！”

骆驼一咬牙：“成！不过……我有个条件！”

“什么条件？”

“她——”骆驼指指小玉，“也得一起去！”

几人齐刷刷看向小玉。谢安娜不解其中缘由，却也猜到小玉是关键，满心期待地看着小玉。小玉深感意外，还以为此事已经与己无关了：“我？为什么？”

“我把你从美国弄出来，得再把你弄回去，这是行规！不然，以后我就弄不到护照了。”骆驼解释道。

小玉似懂非懂，正要再问，谢安娜却拉住她的手腕：“唉！我也知道这跟你没啥关系，我就只求你可怜可怜我这个穷老太太。”

谢安娜再度泪眼婆娑，双手还微微发颤。小玉一时不知所措，心中乱作一团。美国实在让她毛骨悚然，而且可赋……

骆驼来了劲儿，滔滔地说：“难道你以为你能藏在中国？你的照片上了报纸和电视，现在你早就是全世界的‘名人’了！而且美国警察迟早要找到中国来的！这是刑事犯罪，中国警方为什么要袒护你？”

Kevin 原本一直沉默着，此刻也接话说：“是啊，藏是藏不住的，再说刚才车站那些人也不会放过你。要想安心生活下去，就得跟布兰克斗！想办法找到证据，洗清罪名！只要布兰克当不了总裁，他就什么都得不到。我们也就有办法对付他！”

Kevin 说罢，众人目光再次集于小玉一身。似乎别无选择似的。谁也不希望一辈子做逃犯。小玉万般犹豫地问：“什么时候走？”

“哎呀，你答应了？这丫头心咋这么好呢！”谢安娜再次拉住小玉的手，一脸的激动和感激。小玉心中一沉，知道美国之行实在是没有退路，再看 Kevin，也是一脸兴奋：“立刻！越早越好！我们本来就时间紧迫！怎么样？何时能动身？”Kevin 看向骆驼。骆驼得意道：“啧啧，现在知道求我了？快？没问题，今夜就能出发！不过……”

“不行！多给我点时间！”小玉脱口而出，强行打断骆驼。此时天色已晚。她需要更多时间，她不能如此不清不楚。记忆中的最后一幕，可赋还躺在白烟滚滚的冰冷站台上。她不能不再见他一面，她更不能不向他解释，她不能就这样离开。

骆驼尖笑两声，退后两步，掏出手机，“过来，给你看样东西！”

“看什么？”小玉警觉。

“别紧张啊！你不是想知道他伤得如何吗？这是我哥们儿刚从医院发来的。”

小玉连忙快步走到骆驼身边，接过手机细看：手术室大门敞开，有病床推出来，有个衣着时髦的女孩子正等在门外，快步走上前，握住病人的手，连声呼唤着“可赋”，声音是带着哭腔的。大夫在一旁安慰：子弹取出来了，没伤到骨头。很快就能走路。那女子连声感谢，依然哭了起来。她边哭边说：“你要吓死我啊！上着班为什么突然到车站去？”

视频到此为止，小玉仍盯着黑暗的手机屏幕。镜头原本摇曳不清，却像是一把尖刀，深深刻在小玉心脏上。

骆驼不等小玉吭声，兀自拿回手机，对 Kevin 说：“她是没问题了。现在得说你！这回，咱得约法三章……你的信用记录可不是太好，嘿嘿！”

Kevin 面色沉闷，一语不发。骆驼并不在意，自顾自地说下去：

"第一，去哪儿，干什么，你们可以提建议，但最终必须由我说了算！第二，任何时候都得让我跟着你们！这第三嘛，嘿嘿，"骆驼稍事停顿，眼睛一转，"两位的护照？"

骆驼话音未落，"啪"的一声，Kevin 把自己和小玉的两本护照都扔在咖啡桌上。

"警报，警报，探测到有人在吸烟。本大厦为禁烟大厦，吸烟将处以 1000 美元的罚款！"安第斯大厦的电子女声正厉声警告。袅袅一丝烟气，来自一根上等古巴雪茄。夹着雪茄的双指徐然而升，在空中划一道弧，指根的蓝宝石戒指在灯光下发出耀眼的光泽。

"安第斯最高授权验证成功！对不起，安第斯先生，您是可以吸烟的。不过请您少吸。祝您健康……"

布兰克微微皱眉，这愚蠢的智能警报系统早该修改。他把雪茄凑到嘴边，却没吸。手机正在另一只手中嗡嗡作响。他用低沉缓慢的声音切断话筒中的累赘陈述："亚瑟，这一次，你真的让我很难堪。"听筒中又是一阵嗡嗡。布兰克幽幽道："你了解我。我说两天期限，没有人能拖到第三天。可你，却让他们跑了。"

布兰克踱到办公室窗边，看楼下空旷的停车场。朝阳正徐徐升起，阳光把指间的雪茄涂成金色。

"不必解释。你就只有一次机会。不论是不是人和设计都到手，我都不想再看见他。当然还有他们。明白吗？"布兰克挂断电话，回到桌边，磕掉烟灰，用火机再次燎燃雪茄，深吸一口。亚瑟是头蠢猪，这他早就知道。也许早在半年前，当他愚蠢地使用自己的 Anphone 和远在中国的私人侦探收发短信时，就该果断让他滚蛋。这是他最后一次机会，未来绝无再次犯错的可能。

布兰克从桌上拿起昨日的《旧金山日报》，眯眼细读有关安第斯遗嘱的报道。这报道他已读过五遍，而遗嘱本身，他已读过几十遍，早能一字不差地背诵。早在六个月前，他就花大价钱买通律师，看到了遗嘱的内容。价格不菲，但小事一桩。当然，若要篡改遗嘱，价格还需翻上几倍。但他没有这么做，不是因为价钱，而是因为没有必要。全世界都知道安第斯不会把遗产留给他。留给远在中国的秘密继承人，而且限定30天期限，这是安第斯能够留给布兰克的最好条件。“30天内无法找到该继承人……”这一句布兰克思考了良久。老家伙肯定已经找到了自己的女儿，不然绝不会这么自信的。布兰克于是动用了一切资源，不惜重金聘用了好多“高手”，终于在中国东北找到安第斯派遣的密探。

但中国的跟踪并不成功。安第斯的密探四处游走，却不见任何实质性的行动，一个月后返回美国，其间没发现他和任何人接洽。布兰克明白此人必为高手，任务大概已经完成，只不过手法极其隐蔽。直到安第斯大会临近，布兰克终于得到了新的线索——中国的获奖者是由安第斯秘密安排的。布兰克眼观六路，包括安第斯的一举一动。只可惜看不到老家伙心里。布兰克深知安第斯绝非庸才，对自己的处境早已心知肚明。精明之人绝不做无谓的抗争。长时间逆来顺受，正是准备伺机反扑的好时机。借用安第斯大会认亲，这该是老家伙的最后一搏，想必已做足了准备。布兰克决定将计就计，抢先下手。谋略和魄力缺一不可。借刀杀人，再放走嫌犯，在海外斩草除根，神不知鬼不觉。这是连助理亚瑟都不知道的计划。之后慈善机构将会认领遗产，布兰克早已重金掌握慈善机构的控制权。计划却不尽如人意——Anphone Z的设计仍是谜团。计划永远不能完全尽人意，这本在布兰克预料之中。放长线方可钓大鱼。Anphone Z的设计和公司大权同等重要。只是线越长，鱼就越自由。

雪茄再次熄灭，烟灰抖落一地。布兰克再把它点燃，烟头的亮点如东方画中女人的樱唇。女人本来就是祸。他见过露小姐，并不精致，但也并不安全。他尚且无法确认她是不是他要找的人，但无论如何，她可以成为他的鱼饵。鱼饵从来都不安全。布兰克突然想起第一任女友，列宁格勒的餐厅服务员。他曾因她初尝爱情的折磨，到手后却又感觉那只是一件费力买入却又并不完美的饰品。他伺机将她介绍给列宁格勒工学院酒色成性的团委书记。女人在爱情和面包之间难以取舍，他则演出一场充满牺牲精神的悲壮分手大戏。女友带着深深的内疚，帮他搞到出国留学的名额。自那时起他自诩早已熟知女人。之后，他曾亲眼在冬宫门外看见女友和中国商人拥抱接吻，然后从对方手中拿过十卢布的钞票和廉价电子手表。那个年代有许多漂亮女孩在旅游景点充当导游，无须讲述历史，只需撩拨欲望。肉体的欲望来时凶猛，瞬间即可无影无踪。布兰克担心的并非这种欲望，他担心的是那些凌驾于肉体之上的。那种欲望只能属于他。别人有了，就只能是他的障碍，必须果断清除。

布兰克把雪茄捻灭在崭新的烟灰缸里。他的办公室里以前不配拥有这个。他眼看就没什么不配拥有的了。

夏可赋突然从梦中惊醒，四周漆黑而陌生，一时不知自己身在何方。他想努力坐起身子，却只能勉强把头抬离枕面，看见黑暗中自己高悬的打着石膏的右腿，顿时一阵钻心疼痛。子弹擦过骨膜，在股骨上留下一条细缝。他终于明白过来，此处是医院病房，空气中飘着病友的鼾声和来苏水的气味，这里已与梦境无关。梦境亦不用再与现实有关，夏可赋眼中顿时湿润了。

梦中的他正坐在办公室里，搜索着百度，心中充满忐忑。门铃响了。小玉站在门外，拎着吉野家的快餐。他做个鬼脸逗她，她默然浅笑。她从不多语，只在清澈目光中隐藏万语千言。他赶在她之前回到桌边，关掉百度浏览器。饭香四溢。她背对着他收拾餐盒。他用双臂轻环她小巧柔软的腰身，把脸埋入她的短发发根，用力吮吸她皮肤上的淡淡清香。她停下手里的事情，仰起头，胸脯微微起伏。他已有很久没有抱过她了。

他耳边一热，侧目望去，她正闭着眼，腮边一道轻痕。他用舌尖舔去那道痕，淡然一丝苦涩。他的心脏猛然收缩。罪上加罪，此生此世不知如何偿还。

旧金山·揭秘

1

小玉、Kevin、骆驼和谢安娜乘坐的航班，于当地时间上午 11 点半抵达旧金山国际机场。骆驼一路跟紧小玉和 Kevin，视线时刻不离二人。几人的证件更是由他全权保管，只在通过海关时才临时发放，用完立即收回。谢安娜一路提心吊胆，时不时还要怀疑 Kevin 和小玉，需 Kevin 一直低声开解安慰。小玉则对这一切心不在焉。此次自投罗网，不知是否有去无回。但回又能如何？心中唯一割舍不断的，其实早就不值得割舍。视频中那医院里的女子在她脑海里挥之不去。她就是一只断了线的风筝，飘到哪儿，其实都是一样的。

四人顺利进入美国。骆驼手段果然了得，美国护照和签证都能瞒过美国海关，是仿品中的上品了。骆驼绝非记者，大家早都心知肚明。飞机降落之前，借骆驼上厕所的工夫，Kevin 曾向小玉低语：骆驼绝非常人，背景不凡。竞争对手和山寨商都未必会如此大手笔，能有这种强大支援的，除了布兰克，一时再也想不出他人。因此无论如何，不能信任骆驼，更不能受他控制。等下机后，必须找机会给当地的朋友打电话请求外援。到时可能需要小玉帮忙，见机行事。

来到机场大厅，和一周前无异，似乎也不见任何可疑之人。自北京站之后，倒是再没遭遇不速之客。不知是行踪足够隐蔽，还是对方怕惹出更大麻烦而放弃了国外的行动。回到美国，就如同回到布兰克的手掌心，看似平静的机场，却让小玉感觉危机四伏。Kevin 伺机向小玉使了个眼色，大概是要让她协助分散骆驼的注意力，为 Kevin 给朋友打电话制造便利。小玉正巧肚子微有不适，长途飞行，飞机上吃的都堵在胸口。她灵机一动，打算干脆夸大其词来装肚子痛，正要酝酿，骆驼却抢先开口叫起来：“哎哟！肚子疼！”

小玉吃了一惊，只见骆驼手托小腹，龇牙咧嘴，翻着白眼说：“真他妈倒霉啊！飞机上给吃的什么？你们都没事儿吗？不成了，我得上厕所！”

骆驼说罢，转身冲向卫生间。小玉和 Kevin 交换了一个眼色，Kevin 赶忙走远几步，掏出手机窃窃私语，以雄武的后背朝向小玉。他一个字也没提过可赋，没问可赋是谁，和小玉什么关系。但小玉觉得，Kevin 变得沉默而拘谨。小玉不禁有些歉意。这场逃亡和寻宝的确是他的博弈，却也并非与小玉完全无关。他们本是一根绳上的蚂蚱。当他得知此事与她无关之后，仍像兄长般保护着她。

Kevin 转身看着小玉，目光变得温柔而释怀。她心中顿觉感动，有些不知所措。Kevin 走上前来，低声问道：“他还没回来？”

骆驼却猛然从 Kevin 背后转出来，一把抢过 Kevin 手中的 Anphone。

“还给我！”Kevin 上前一步，骆驼退后两步：“不是说好了一切都听我的？这玩意儿不安全，太容易暴露行踪。我不信任它。”

“换过 SIM 卡了。”

“嘁！换了卡就安全了？你们美国人的东西，尤其是这种不能换电池的，我根本不放心！拜拜吧您呢！”骆驼随手把 Anphone 扔进身边的垃圾桶里。

“你……”Kevin 怒目圆睁，握紧双拳。

“你想干吗？想说话不算数？”骆驼又倒退了两步。

Kevin 僵在原地，一动不动。小玉忙向 Kevin 连连摇头。

骆驼本已面露惧色，见 Kevin 忍住了没动手，胆子又大起来，尖声说：“走还是不走？”小玉轻抚 Kevin 的胳膊，Kevin 勉强点点头。骆驼得意地拉起谢安娜的箱子拔腿就走。谢安娜见箱子被拉走了，连忙小跑着跟上，小玉和 Kevin 也只好默然跟着。

骆驼引领三人走出抵达大厅，沿便道走了一段，突然又从另一扇门走回大厅，搭乘电梯上到出发层，口中振振有词，好像在自言自语发牢骚。小玉心中不解，却并不多问。Kevin 则一语不发，表情严峻，疑心重重。四人走出出发层的大门。骆驼走向路边停放的深蓝色面包车，车里没人，车门没锁，钥匙留在引擎里。之前那辆丰田佳美也像甲壳虫一般不知去向。

面包车在高速公路上飞驰一段，像是渐渐远离市区。不久下了高速，三转两转进入山谷。山路崎岖，四周越发偏僻，只有密林，没有车辆行人。面包车最终停在一座僻静的木屋前。木屋孤立于林间，只有一层，房顶是三角形的，看上去比上次的联体房屋更简陋，室内也显狭小。一间客厅，两间卧室，有厨房和厕所。家具陈设非常简单：床，餐桌，木椅和沙发。家具上浮着一层薄土，看似很久无人居住，但冰箱里又有新鲜的食物和饮料，该是提前准备好的。

大家吃了用微波炉热的比萨，骆驼拿出一份当天的报纸。报纸上刊登了律师事务所的公告，公告里列了五所指定的DNA鉴定实验室，请“自认为是安第斯后代的人”去这五家中的任意一家进行亲子鉴定。Kevin没有手机，无法上网搜索实验室的联系方式。屋子里倒是有现成的电话黄页。Kevin尝试拨打第一家，拨了很多次才接通，对方让先去律师事务所登记，取得事务所开具的登记证之后，再致电诊所预约化验时间。Kevin认真记下步骤，对方却在最后补充了一句：“其实，本诊所一个月之内的预约早已排满了。”

Kevin再翻电话簿，骆驼不屑道：“甭费劲儿了，别的估计也都约满了。”

Kevin并不理会，继续尝试别的诊所。小玉坐在一旁安静地听着，知道没多少希望。谢安娜不明白大家在做什么，表情依旧茫然忐忑，却也不敢多问。过不多时，她不堪一路奔波，仰在沙发上打起了瞌睡。骆驼则一脸不屑，跷起二郎腿，用遥控器打开电视。连着转了些台，定在午间新闻上。小玉正要让骆驼关小音量，电视却开始播报有关安第斯遗产的新闻。几双目光立刻被吸引了。

画面里的街道热闹犹如集市，律师行所在的办公大厦门前被人群挤得水泄不通。警察已将整条马路封闭，一条长队源自大厦深处，顺街道延伸，看不到尽头。队伍中的女人大多和谢安娜年龄相仿，体形和肤色却五花八门，简直宛如世界人民大团结的公益片。画面转为特写。大厦入口处，一名工作人员正在和一个排队的黑胖女人争吵：“对不起太太，我们要找的，是同时具备中国和犹太血统的人！”女人争辩道：“我知道！虽然我的皮肤是黑的，但我也能看懂报纸！我的黑皮肤是我母亲传给我的，可我的父亲是白人，而且他也告诉过我，我的祖母是中国人！没人告诉过我我的祖父是谁。也许他是犹太人呢？为什么我就没有可能？难道这里也存在种族歧视？”画面一转，队伍中的一名墨西哥裔女人双手交叉于胸：“我是个私生子，我母亲从来没告诉过我父亲是谁。她活着的时候最喜欢吃寿司，也会使筷子。中国人是不是吃寿司的？仁慈的上帝，谁知道呢？我早晨6点就到这里排队了！”

电视镜头转回新闻主播，她打趣地说道："如果我要是有个身份不详的祖父或者祖母，肯定也要去试试运气！万一碰上了呢？几十亿美元的财产呢！只是现在想要去试运气恐怕也难，我们的记者采访了旧金山湾区五所指定的检验诊所，这几家诊所在一个月内都已经预约满了……"

"她都说了些啥？"谢安娜不知何时醒来，睡眼惺忪，见几人都盯着电视，也警觉起来，见 Kevin 和小玉都没回答，忙拉起小玉的手："这电视上刚才演的是哪儿？是不是我父亲的公司？又出啥事儿了？咋还有警察？"

"不，这不是安第斯公司。这些人都是去鉴定身份的。"小玉答道。

"她们凭什么去？她们想冒充？这可咋办？咱们是不是也得赶紧去？"谢安娜激动得要往起站，Kevin 忙解释道："你不要着急，我们一会儿就去那里……"

"是吗？你真敢往那儿去？刚才没看见边儿上那些人？"骆驼拿起遥控器，定格电视画面，随即开始倒退。数字电视具备暂停和回放功能，不久回到排队现场。再次定格，搜索，人群中藏匿的壮汉逐一被放大。小玉心中一紧，只听 Kevin 在耳边低语："都是布兰克的人。我见过的。"

"好记性！呵呵！所以啊！哪儿有那么容易？"骆驼按遥控器，电视恢复新闻播报。Kevin 沉默了。谢安娜越来越着急："你们在说啥？他们是谁？咱们为啥还不走？要是万一认错一个，咱们不是就白来了？"

"那里有坏人。我相信他们是在等我们！"Kevin 解释完了，沉思了片刻，抬头问谢安娜："你说你在中国的时候，有个安第斯先生派来的人找到你，你还记得他叫什么名字，怎么联络吗？"

谢安娜点头道："记着呢！他嘱咐我记住他的名字和电话号码！"

"那就好办了！"Kevin 眼睛一亮，"他的名字和电话是什么？"

"这……这我可不能说。"谢安娜摇头道，"那男的说了，不到紧要关头绝不能给他打电话，而且，无论如何也不能把他的名字和电话给别人。"

"但现在就是紧要关头了！也许只有找到这个人，我们才有最后的希望！"Kevin 越发迫切。

"可……"谢安娜面露难色，"可那男的，看着挺不好惹的。

我……我怕得罪他！”

“唉！”Kevin叹了口气，“那就真的没有办法了！”

“谁说的？”骆驼边说边冲电视努努嘴。电视里，安第斯夫人被大群记者簇拥着，依然一身黑衣，一脸怒气。有记者抢先发问：“对于安第斯先生的遗嘱安排，您作何感想？”安第斯夫人歇斯底里道：“这都是阴谋！我丈夫是不会如此对待我的！这些一定都是那些别有用心的人一手设计的！”记者又问：“您说的别有用心的人，是不是指安第斯公司的副总裁，布兰克先生？”安第斯夫人咬牙切齿：“上帝会让作恶的人下地狱的！”记者继续追问：“明天下午董事会就要召开记者招待会了，到时候会不会宣布布兰克先生即将正式继任安第斯公司的CEO呢？”“上帝会让作恶的人下地狱的！”安第斯夫人狠狠重复，说罢穿出人群。

“明天下午就宣布董事会决议？遗产继承人的身份不是还没确定吗？”小玉问。Kevin解释说：“作为大股东，继承人有权指派或解雇董事，但继承人本身并不是董事，董事会也不需要他参加。”

“那怎么办？眼睁睁地看着布兰克继任总裁？”

“可不是吗？除非……”骆驼接过话茬儿，又斜一眼电视，不知何时又被他定了格，画面上的安第斯夫人两眼冒火。Kevin若有所悟：“你是说……”

骆驼忙摆手道：“别啊，我可什么都没说！反正一分钱也落不到我手里！”

Kevin把目光转向谢安娜，面色严肃郑重：“现在，也许唯一能帮助我们的人，就是……安第斯太太！”

“她？她能愿意帮我？”谢安娜面露疑色。Kevin吞吞吐吐起来：“恐怕不会白帮忙的……”

“你的意思是……”

“令尊的遗嘱把财产都留给你了，没留给她……”

谢安娜终于领悟了：“唉！我当啥，就也分她点儿呗？反正你们都说了，我父亲有的是钱。人家也是明媒正娶啊！我从小就穷！也从没指望过多有钱，能有点儿就成了。”

Kevin欣喜道：“那肯定有的！”

骆驼却在一旁嘶哑地笑道：“那得看你多会还价儿了！嘿嘿！你有那女人的电话号码？”

“当然，我是安第斯先生的助理。不过……”Kevin 冷冷瞪着骆驼。骆驼掏出自己的手机，扔在桌子上，“借给你！就在这儿打！用不着偷偷摸摸的！”

安第斯家书房里的写字台光洁明亮，没有便笺，没有笔，没有一丝尘土，能映出安第斯夫人的窈窕身影，年轻冷艳。

她把这书房里的一切都搬走了，但依然无法彻底消除老安第斯的气味。就像那该死的卧室，大得无边，却竟如此顽固地凝聚着一个人的气息。她痛恨卧室，如同她痛恨整栋房子，多一分钟也不愿停留。但自从她回到这里，狗仔队就时常光顾，有时夜里也会偷拍。一个忠诚而伤心的寡妇不该整夜留宿别处。再说还需时刻提防手脚过于“勤快”的用人。她的秘密的确不少，只不过，那位从墨西哥偷渡来的园丁当不了间谍。

世界就像是一座摩天大厦，层层相通，却只有单向通行的铁门。向下易如反掌，向上百般艰难。从底层向上风险不大，爬得越高则越危险，就像她身处金融区的高层公寓，一旦跌落，粉身碎骨。她已钻出窗外，不能回头，只有攀上更高层的窗台。那一层本该属于她的。她曾为父亲铺路，如今则踩在父亲的墓碑之上。她记得最后一次见父亲的情景。她只去过一次监狱，是在母亲无数次恳求之下。她本以为自己并不同情那落魄的男人，但父亲的样子让她彻底崩溃了。父亲成了苍老臃肿的陌生人，头发蓬乱，目光迷离，嘴角有凝固的痰渍。那是跌落大厦的尸体，精神已经彻底粉碎。她突然想起童年的自己，也曾把父亲看作雄伟的靠山。她心中悲恸欲绝，并非完全因为父亲，更多因为自己正在瓦解的精神。

她开始长期旅行，周游世界。但不论是加勒比海的游轮，还是蒙特卡洛的赌场，都令她难以释怀，夜夜酩酊。某一夜突然醒来，听到窗外隐隐的海浪声，完全不知身在何方，突然想起十年前，在大学的疯狂派对上，那让她怀孕的男生。那个校队橄榄球队员粗俗而愚蠢，但他曾在胸前刻上她的名字。她突然后悔无比，她想她该生下他的孩子，以此让那男人一生服帖。橄榄球运动员能成为她的私人财产。凭借她的聪明，他们可以永居世界大厦的中上层。虽到不了全景大宅和空中花园，却也有无尽风景。然而一切都变了。她的父亲一败涂地，她的婚姻成了筹码，注定了她才是输的一方。她就像悬于顶楼大宅的装饰画，每日遥望浮华远景，近前一片冰冷空旷。30多岁的女人，突然发现青春已毫无意义地流逝，心中产生的是仇恨。她提前结束旅行，返回旧金山。搬离安第斯的大宅，在金融区租住了豪华公寓。她不要做装饰画。她要做大厦顶楼的主人，追讨她那一去不返的青春。

管家轻敲书房的木门，她等的人已经到了。

安第斯夫人从管家手中接过蒙着黑纱的帽子，快步穿过客厅，步上楼梯。这是一群极特殊的客人，进出都须经车库的后门，接待则是在二层最隐蔽的房间。开门进屋之前，她放慢脚步，落下面纱，尽量挺直身子，她必须确保自己尊严而神秘，在别人眼中高不可攀，不论对方是敌是友。管家替她打开房门。

“Kevin，好久不见了。”安第斯夫人没有微笑，没有问候。双目藏于薄纱之后，迅速扫视来客。Kevin身着皮衣仔裤，风尘仆仆但精力充沛。身边一名短发女子，身着紧身黑衣，年轻小巧，面色苍白却机警聪颖；另一名女子则苍老瘦弱憔悴不堪。这几人安第斯夫人都能大体猜得出身份，唯有另一个东亚男人，瘦小精鬼，实在不知来历。

“您好！尊敬的安第斯夫人！”Kevin微微垂首，毕恭毕敬，“对于已经发生的一切，我感到非常难过，我……”

“不必！”安第斯夫人一抬手，“让我们直接进入主题，请介绍你带来的这几位客人吧？”

安第斯夫人傲然而视，目光如黑夜林月般寒冷皎洁。小玉手腕一紧，那是谢安娜在暗中用力。自从走进豪宅，谢安娜就惶恐倍增，像是走进皇宫的农妇。大厦过于宏伟，陈设却过于简单陈旧，色调低沉，历史久远，因此格外肃穆威严。即便是这二楼拐角处不起眼的房间，竟也令人感到震慑。房间里没有家具，只有几棵巨大植物，阴影覆盖大半个房间。加之目光灼人的安第斯夫人，足以令人不寒而栗。

Kevin的介绍从小玉开始。安第斯夫人饶有兴趣地眯起眼：“幸会啊，露小姐！您就是杀害我丈夫的凶手？”

小玉一时语塞。Kevin正要解释，安第斯夫人却冷冷一笑：“当然，我明白，新闻和警察都是最不可靠的。”安第斯夫人再去看骆驼，不等她开口，骆驼抢先道：“嘿嘿！我只是无名小卒，他们的随从。”

小玉还是第一次听骆驼说英语。虽然中国口音浓重，听上去却很流利。安第斯夫人面露疑色，Kevin 忙解释："这是罗先生，他是我的好朋友，是他帮助我们出入美国。"

"哦？"安第斯夫人微微惊讶，眉毛一扬，"看来，你神通广大？"

骆驼正要嬉笑接答，被 Kevin 抢过话头，介绍谢安娜说："安第斯夫人，这就是我在电话中跟您提起的谢安娜女士。她就是安第斯先生的女儿。"

"哦？这位？"安第斯夫人上前一步，向谢安娜伸出手："你好，谢女士。"

谢安娜在安第斯夫人面前紧张失措，又听不懂英语，也不敢贸然伸手，继续抓紧小玉的胳膊。Kevin 和小玉低声安慰，她才怯生生伸出手。安第斯夫人飞快地一握，立刻抽回手说："谢女士，我很遗憾，你的父亲见不到你了。我非常难过。"

Kevin 充当翻译，谢安娜连忙抽了几下鼻子，人倒是放松下来，想说点什么却还是没敢。安第斯夫人漠然等了片刻，继续说："有些事情，早有传闻。不过我以前问过我的丈夫，他从没承认过。所以，我想我有权怀疑那份遗嘱的真实性。"

Kevin 没再翻译，微微皱眉说："安第斯夫人，我找到一张照片，能证明安第斯先生的确 1948 年是在上海，而且……"

"Kevin，"安第斯夫人打断 Kevin，"遗嘱已经在那里了，我现在宁愿它是真的。我也希望这位安第斯的女儿也是真的。你明白吗？所以，我需要问她几个问题。"

Kevin 用力点头，转而用中文对谢安娜说："安第斯夫人愿意帮助你，但她需要问你几个问题，来确认你的身份。如实回答她好吗？"

谢安娜惴惴地点头。Kevin 随即向安第斯夫人点点头。安第斯夫人问道："最早是谁告诉你这件事的？"

Kevin 翻译之后，谢安娜面露难色："咋又问这个？人家不让说。"

安第斯夫人看出端详，不等 Kevin 翻译，皱眉道："她是不信任我吗？这我可以理解。我们就不必浪费时间了吧？"

Kevin 忙低声对谢安娜说："安第斯夫人是你父亲的妻子，他们在一起生活十几年了。安第斯先生的敌人，也是她的敌人。现在就只有安第斯夫人能帮得了我们。"

"你的意思，是非得说？"谢安娜试探着问。Kevin 用力点头。谢安娜一咬牙："那就说呗！那男的说他姓阎，大概60多岁，秃头，矮矮的，有点儿胖。"

Kevin追问："他是不是给你留过一个电话？"

"电话……电话……等等啊，等我找找……"谢安娜摸索一番，从贴身口袋里掏出一张小纸条，递给Kevin。安第斯夫人一把夺过纸条，塞进自己的衣兜。

谢安娜急道："她咋给拿走了？"

安第斯夫人后退一步，冷冷道："告诉她！只有我才能帮得上她！"

Kevin搀住谢安娜："安第斯夫人一定会帮助我们的！"

旁边"哧"的一声，众人循声望去，骆驼正一脸不屑，忽而又嘻嘻一笑："安第斯夫人，您还没开个价呢？"

安第斯夫人毫不犹豫地说："我要九成。"

众目圆睁，唯有谢安娜一脸迷茫。Kevin为难道："安第斯夫人，这……"

"嫌少吗？知道一成是多少钱吗？"安第斯夫人傲然道，"我相信，这位谢女士一辈子也花不完。"

"可……"

"没关系。如果这位女士不同意的话，完全可以去找别人帮忙。"安第斯夫人耸耸肩，不耐烦道，"时间不早了……"

"的确时间不早了！"骆驼抢道，"您说得太对了！明天安第斯公司就要有新总裁了！这位新总裁好像和您……"骆驼话说了一半，安第斯夫人杏目圆睁，骆驼哈哈一笑道："哈哈！我是说，没有这位谢女士，您的钱，这辈子还够用吗？"

安第斯夫人难抑怒气，转头对Kevin说："让我们弄清楚一点：我不需要你们的帮助！我是看在你照顾安第斯先生多年的分儿上才让你们来的！我看，还是请这位谢女士，去找其他人帮忙吧！"

"不不不！安第斯夫人，请不要理会他！这件事是要谢女士来决定的！"

"可你的谢女士好像也没同意呢！"安第斯夫人越发不耐烦。Kevin恳求道："请给我一点时间！我相信她应该会同意的！"

房门突然开了。管家走进来，在安第斯夫人耳边低语几句。安第斯夫人眉头一皱，对Kevin说："我就给你十分钟时间。"

安第斯夫人说罢，转身扬长而去。

3

“您好，安第斯夫人，非常抱歉打扰您！”弗莱德探长低头行礼。安第斯夫人备感疑惑。其实探长并非稀客，但探长身后还跟着一个红发老太太，满脸堆笑，矮胖的身体被橘红色大衣包裹着，像是热带雨林里的巨大花蕾，过于鲜艳，仿佛暗藏着危机。

安第斯夫人没让两人进屋，双臂交叉胸前，似笑非笑地说：“探长先生，您好。您是为了哪个案子而来呢？是因为我的用人，还是我的先生？我希望是后者。”

“很遗憾！这次要让您失望了。”探长无奈地摇头。

“你是说，谋杀我丈夫的凶手依然逍遥法外？”安第斯夫人怒目圆睁。

“不，安第斯夫人，我不是跟您说过吗？我们还不能确定那个女孩就是凶手，因为，我们并没有在安第斯先生的房间里检验到致命有毒气体，在那只昆虫机器人的碎片上也没有。”

“你的意思是说，我丈夫不是那女孩杀的？那她干吗要跑？”

“所以我们并没取消通缉令。”

“光通缉他们有什么用？幕后的真凶呢？老实说吧，我早有预感！我丈夫迟早要死在那间办公室里！他的死对谁最有好处？难道你们真的就打算让幕后真凶逍遥法外？”

探长并不辩解，待安第斯夫人告一段落了，沉吟道：“对您丈夫的案子，我们一直都在全力以赴。但今天我不是为了那个案子来的，还请您容许我言归正传。”

安第斯夫人勉强点头：“那就请快说吧！我还有事呢！”

“安第斯夫人，这是桔恩小姐，她就是何塞——您的用人的介绍人。”

桔恩小姐忙凑上前，加大笑容，连连鞠躬：“安第斯夫人，见到您真是太荣幸了！太荣幸了真的。”

安第斯夫人却并不理会桔恩，漠然地对探长说：“探长先生，我还真有点糊涂了。您带她来干什么？我那个用人——他叫什么来着？他只是一个小偷。我发现了他的行为，所以交给您处理而已。我已经把他开除了，他和我再没关系了。难道作为警察，您不知道应该如何处置小偷吗？”

探长问道：“安第斯夫人，我上次的问题您还没答复我。您发现家里丢了什么东西吗？”

“这我不知道。我家东西很多，即便丢了我也搞不清。”

探长耸耸肩：“这样说来，其实我们并没有证据证明，何塞偷了您的任何东西？”

安第斯夫人再次瞪圆眼睛：“他要不是小偷，为什么在凌晨1点，偷偷摸摸到我丈夫的书房里去？”

“尊敬的安第斯夫人，”桔恩小姐硬凑上来，满脸堆笑地说，“您丈夫的书房大门上，也没写着用人凌晨1点不能进入啊，是不是呢尊敬的安第斯夫人？”

“可这是我的家规！我亲口交代过，未经允许不可以随便进入我丈夫的书房！”

“所以我尊敬的安第斯夫人，何塞他只是违反了您的家规，还不至于让警察来管呢！对不起安第斯夫人，我不该说这个，我是特意请求弗莱德探长带我来向您亲自道歉的，请求您原谅我，也请原谅何塞！您这样有面子的人，何必要跟一个低贱的用人计较呢？如果您能大人不计小人过，我相信何塞一家，哦不，还有我，都会对您感激不尽，夜夜为您祈祷呢！呵呵呵呵！”

桔恩小姐的胖脸笑成一朵偌大的菊花，花瓣纷杂，花枝乱颤。安第斯夫人却翻脸道：“你是谁？你凭什么来教训我？”

桔恩小姐的胖脸上立刻又充满了惶恐：“对不起安第斯夫人，请您千万不要动怒！也许是我说错话了，真对不起！可我只是站在何塞母亲的角度——亲爱的安第斯夫人，您替何塞那可怜的母亲想想，她正日日夜夜为远在他乡的孩子担忧呢！她不得不忍受离别之苦，因为她还要靠着何塞那点微薄的工资，来养育何塞的两个弟弟和三个妹妹！您一看就是一位心地善良的人，您一定不会不怜悯那个可怜的穷苦的老太婆，是不是呢，安第斯夫人？上帝一定会保佑您的！”

安第斯夫人由怒生厌，这是在浪费她的时间。她转向探长：“探长先生，是谁给您权力，带一个可笑的神经病跑到我家里来折腾的？”

探长再次耸耸肩：“对不起安第斯夫人，我只想给这位好心的桔恩小姐一个亲自向您道歉的机会，我也希望所有的小偷都受到应有的惩罚。所以呢，请您协助我的工作，仔细在家里找一找，看到底少了什么。这样我才好写报告。如果您需要，我也可以派人来协助您找。您看呢？”

“算了算了！我谁也不起诉！我不送你了！”安第斯夫人转身，厌烦彻底占了上风，她有更重要的事情需要处理。一个粗陋的墨西哥劳工，不称职的间谍，根本不值得多花她的时间。更何况这只是警告，对方已经心知肚明。

“哦，我的上帝啊！我尊敬的安第斯夫人，您的心地实在是太善良了！上帝一定会保佑您的！一定……”桔恩小姐翘着脚，向着徐徐合拢的大门呼喊。安第斯夫人早已走远，桔恩小姐的眼睛又太小，没人看见她眼中划过的一丝奇异的光。

安第斯夫人回到二楼房间，带入一股疾风，气急败坏，显然不如刚才淡定。谢安娜被吓了一跳，差点晕过去，多亏小玉搀扶。她的身体原本单薄如纸，经过长途飞行，不但没机会休息，还要经历这审讯似的会面。

“她想好了没有？”安第斯夫人直截了当，毫无耐心。

“是的，”Kevin 点头，“谢女士已经答应您的要求了！”

谢安娜的确并无异议。她原本思路混乱，目的不清。Kevin 将重点定位于为父报仇，合情合理，毋庸置疑。而且一成的遗产的确已足够谢安娜颐养天年。安第斯夫人点点头，脸色略微缓和，向身边的管家使一个眼色：“给她签吧！”

管家立刻从西服中取出一本合约和一支笔，递向谢安娜。谢安娜不知何物，犹豫着不敢接，Kevin 接过翻阅，安第斯夫人催促道：“Kevin，你是不相信我吗？”

Kevin 忙把合约翻到尾页，让谢安娜签了，交还给管家。骆驼在一旁冷笑道：“那句话怎么说来着？人家是菜刀和案板，咱们是鸡鸭鱼肉。人要给咱做成干锅，咱还就不能红烧！是吧？”

Kevin 并不理会骆驼，问安第斯夫人：“夫人，您现在可以安排谢女士去见律师了？”

“不要着急！”安第斯夫人眉梢又一挑，“我的问题还没问完呢！”

Kevin 正要向谢安娜翻译，安第斯夫人却又开口说：“不必了，Kevin。这个问题你就能回答：你们从我丈夫的保险柜里，都拿走了什么？”

Kevin 和小玉四目相交。两人又不约而同看了看骆驼。骆驼做个鬼脸，嘻嘻一笑。Kevin 说："我们什么都没拿走。是安第斯先生从他的保险柜里拿出一个信封，亲手交给露小姐。"

Kevin 向谢安娜要出信封，交给安第斯夫人。谢安娜原本不肯的，看见众人都看着她，只有不情不愿地拿出来了。安第斯夫人看了看信封，又从信封里抽出便签看了看，皱眉道："这上面写的什么？是不是和 Anphone Z 有关？"

Kevin 摇头说："不，和那个没关系。我们本来也以为有关系的，但后来才弄清楚，这该是安第斯先生当年离开上海时，写给谢女士母亲的，上面的那个字并不是'Z'而是'7'，应该只是开船的时间。"

安第斯夫人半信半疑道："就这些？"

"是的！"Kevin 用力点头。

安第斯夫人摇头道："Kevin，你让我怎么相信你呢？"

"真的，夫人。我说的都是实话！"

安第斯夫人耸耸肩，"唉！真遗憾！看来，我是没办法让你说实话了。布兰克？要不，你来试试？"安第斯夫人后退一步，房门再次打开。安第斯副总裁布兰克正站在门外，身后跟着几个戴墨镜的壮汉。布兰克微笑着说："Kevin，露小姐，咱们又见面了！"

弗莱德探长驾车沿山路缓缓前行。车速显然太慢了些，后车纷纷鸣笛超越，他却丝毫不急。谈话时是不适合开快车的："何塞今天下午就可以离开警局了。有关他非法打工的事情，我可以暂时不追究，但你一定要让他尽快回墨西哥去。"

"当然！弗莱德探长，您真是太好了！上帝一定会保佑……"

探长截断桔恩小姐的长篇祝福："哈！千万不要开始这一套！我太懒，礼拜天想不起来去教堂的。还是不要麻烦上帝了，我完成了我的承诺，希望您也能兑现您的承诺。"

"当然！我尊敬的探长先生，"桔恩小姐腼腆一笑，身体缩成一团，好像颜色鲜艳的毛线球，"我会把我知道的都告诉您的，弗莱德先生，虽然我真的不清楚，我知道的那些鸡毛蒜皮和家长里短，对您会有多少用处。”

“桔恩小姐，您是哪年离开安第斯公司的？”

“好像是 1990 年。哦不！应该是 1991 年？让我算算啊！那一年布兰克先生过的 33 岁生日……”桔恩小姐掰着自己的胖手指头，眼睛又眯成了缝。探长不耐烦道：“反正就是 1990 或者 1991 年对吗？”

“就是 1991 年！哈哈，你看看我的记性！年纪实在是太大了！探长先生，”桔恩小姐嘻嘻笑起来，努力把圆脑袋凑向探长，神秘兮兮道，“您猜猜看，我有多大年纪？”

“您 1937 年出生，今年 75 岁。至少您的 ID 上是这样写的。”探长不耐烦道。桔恩小姐把小眼睛睁开一些以示惊讶，随即又眯起缝来，用更低的声音说：“ID 上的年龄是假的！少写了五岁！好找工作不是？”

探长倒是真吃了一惊：“那真不敢相信！您看上去太年轻了。”

“呵呵呵呵呵呵！”桔恩小姐发出银铃般的笑声。探长耐心等笑声告一段落，继续问道：“您离开安第斯公司之后，去布兰克家做了女佣？”

“是啊！布兰克先生真是个好心人！他看我一个单身老女人，带着个小孩子，可怜我，给我一口饭吃！”

“他那时是什么职位？工程师？还是助理工程师？”

“哎呀，这我可不知道！我是干粗活的，英语又不好，我哪懂什么助理不助理的？”

“他当时的年薪有多少？四万还是五万？当时还没结婚吧？一个单身的普通雇员，怎会拿出至少三分之一的工资来雇一名用人？”

“探长先生！”桔恩小姐严肃起来，“我不是说过了吗？布兰克先生是个好心人！他为了给我一口饭吃！不过，呵呵，”桔恩小姐转怒而笑，两颊红润羞涩，“他真的像个孩子似的，自己一点都不会照顾自己，每天就只会工作工作工作，忙得能把自己脏死饿死！有了我，他还算能按时吃口热饭，穿得整齐体面地出门。呵呵呵，真是个孩子！”

“所以自从您去了他家，他就越来越体面了，不是吗？平步青云。”探长侧目看一眼桔恩小姐。

“那是因为他又聪明又勤奋，别人都比不上他！”

“所以别人就都完蛋了？那些高管们？有的辞职了，有的被开除了，还有的被抓了？”

“哦！我的上帝啊，您是说莱恩先生吗？多好的一个人啊！谁会相信他贪污呢？真的看不出啊！”桔恩小姐双手捂脸，仿佛想起极其恐怖的事情。

“不是贪污，是出卖商业情报。无所谓了，反正您也知道这件事？”

“当然了！这是上过报纸的，所有人都知道的啊！我虽然是个清洁工，但也是见过莱恩先生的。他常常加班到深夜，那么勤奋和蔼的一个人呢！谁知道在背地里干了魔鬼才会干的事，做坏事都会遭到报应的，上帝的眼睛是不揉沙子的！可怜的人，病死在监狱里了，愿他安息吧！”桔恩小姐仰面朝着车顶，双手在胸口画一个十字，最终抱在一起。

“那你知道鲍尔先生因为他和杰姆斯太太的私情曝光，被杰姆斯先生在办公室里一枪打死的事情吗？”

“我的老天！那是多么可怕的一件事！怎么会不知道呢？这座城里每个超过 40 岁的人，恐怕都记得那件可怕的事情呢！我的上帝啊，您今天为什么要提起这些可怕的事情呢？尊敬的探长先生，难道我们不该让这些人安息吗？尽管他们生前犯下那么多罪恶。”桔恩小姐不解地看着探长。

“对不起。我只是想问问你，布兰克和这些事件，有没有什么联系呢？”

“当然没有了，天啊，您在想什么？布兰克先生是多好的一个人！”桔恩小姐由不解变为惊愕。

探长叹气道：“唉，桔恩小姐，您似乎不想兑现您的承诺。”

“怎么能这么说呢？探长先生！您看我在努力回答您的问题呢！半句瞎话都没有！”桔恩小姐很努力地看着探长先生，“您看看我年岁大了记性不好！您等我仔细想想，布兰克先生和那些事情……和那些事情……”桔恩小姐绞尽脑汁，“可……可我实在想不起来什么！您看探长先生，我辞了工作，就再没去过安第斯公司，对那儿的事情又能知道什么呢？以前也只是一个清洁工，我上班的时候，公司里早都没人了！我能知道什么？可即便如此，我可以用我的生命发誓，布兰克先生真的是个好人！探长先生，我虽然没什么文化，可刚才安第斯夫人话里有话，我是能够听出来的！她一定是在暗指布兰克先生谋害了安第斯先生，是不是？难道那个巫婆——请上帝原谅我吧！我在背后说人坏话了——她的话您真的相信了？”

“好了好了，桔恩小姐。”探长略显烦躁。

“真的！探长先生，请相信我！”桔恩小姐再次双手交叉放在胸前，只不过这次并非冲着车顶，而是向着弗莱德探长，“我发誓布兰克先生是个好人！当然，他有时对用人也会发脾气，可他工作很忙，压力很大！他的烦躁是可以理解的！他从来没有真的惩罚过任何用人，真的没有！甚至连他的狗和猫都从没受到过他的惩罚！真的……”

“够了，桔恩小姐。让我现在就送您回家吧！”探长发动汽车引擎，扭动方向盘，又小声哼哼一句，“您真是个忠心耿耿的好管家！我真希望有人也能对我这样忠诚。”

“探长先生！看您说的，呵呵呵呵，”桔恩小姐满脸笑意，两颊再次飞满红霞，“您要是需要帮忙就告诉我，我一定尽力帮助您！呵呵呵呵！其实，从您第一次到布兰克家，您猜怎么着？”桔恩小姐扭捏起来，“我就看出，您是个不太会照顾自己的人！呵呵呵呵！”

探长不禁打了个寒战：“不必了！我只是个警察，我可请不起管家！”

“看您说的！探长先生，我又没说要辞掉布兰克家的工作，您看我这么大年纪了，也不能再随便换工作了。我只是抽空去帮帮您而已，怎么好意思管您要工钱呢？呵呵呵呵呵！”

探长用力踩油门，车子加速驶上高速。发动机的轰鸣，暂时把桔恩小姐的笑声遮掩住了。

安第斯大宅的地下室是个大开间，室高不足两米，顶部一排小窗，都被木板封死了。屋顶纵横的各种管道，墙边并排放置着的锅炉、洗衣机和烘干机，在黑暗中尤显粗大张狂。四五十平方米的空间，仅凭屋顶一盏节能灯照明，勉强触及墙侧的木质楼梯，如一道独木悬桥，斜斜伸入黑暗之中。

小玉和谢安娜最早被赶进地下室，两人互相搀扶着摸下楼梯。谢安娜彻底被吓傻了，摇摇欲坠，体若筛糠，把半身重量都压给小玉，口中不停重复着:“这是为了什么？我不是都签字了吗？让我签我就签了呀，九成就九成啊，她为啥翻脸了？为啥抢我的包？有话好好说嘛，这是为了什么？”

小玉努力把她扶到墙边，两人靠墙席地而坐。谢安娜开始低声抽泣，小玉默默听着，说不出半句安慰之词。她正心乱如麻，这才知道保持沉着冷静需要多高的功力。隐隐一声惨叫，沉闷遥远，小玉浑身战栗，心惊胆寒。听得出那是 Kevin。他曾试图反抗，被几个壮汉死死拉住。他们猛击他的小腹，健壮的身体瞬间缩成一团。他们随即把他架去车库……小玉闭上眼，尽管她看不见车库里正在发生的事情。又是一声，这次是骆驼，来自头顶的客厅。他原本喜欢虚张声势，未必受到多少折磨。而且，他果真在受折磨吗？是他出主意来找安第斯夫人的，安第斯夫人和布兰克表面为敌，背地串通，这是意料之外情理之中的事。不然，布兰克怎可对安第斯先生全盘操控？骆驼一向神出鬼没，料事如神，对此竟也毫无察觉，的确令人怀疑。Kevin 对骆驼早有疑心，只是如果骆驼真为布兰克做事，为何又要在北京站出手相救？为何又要协助谢安娜来到美国？小玉渐渐恢复了思考能力，脑中却越发混乱无序。U 盘本已到手，台湾的翟教授也被劫走，安第斯的后代也已确认，她和 Kevin 的价值都已经不存在了，为何不在中国就把他们果断灭口了？莫非骆驼另有来头？可赋！小玉莫名地想到了可赋，心中猛然一紧——骆驼轻易就弄到了医院的视频，可赋也是在骆驼掌控之中的！可他为什么要掌控可赋呢？

楼梯突然吱嘎作响，之后是骆驼的尖涩嗓音:“哎哟喂喂喂！您倒是轻点儿啊您！这干啥呢真是，冻死人了这是要?！”一团白花花的影子紧接着在楼梯上出现，连滚带爬，下到地面才好歹扶着楼梯立起身子，全身只剩一条内裤，好像半根贴在锅沿的面条。骆驼看见小玉和谢安娜，尴尬一笑，回头向楼梯上又喊了一句:“哎哟！怎么回事儿啊，我可是正经人！”就好像楼上能听懂中文似的。

骆驼的样子令小玉吃了一惊。她和谢安娜也被要求搜身，谢安娜惊恐地尖叫，双臂抱着胸剧烈地战栗，那打手见她穿着紧身毛衣，不像能藏匿什么，又是个弱不禁风、神经脆弱的老太太，也就省却了麻烦。轮到小玉，她自知不会被轻易放过，所以主动脱下绒衣，牛仔裤的口袋也翻掏出来，替对方省了动手的麻烦。可骆驼竟然被搜得如此彻底！小玉心情略略放松了些——或许他不是布兰克的人？

骆驼跑过来蹲在小玉身旁，自己抱作一团，牙关瑟瑟，却仍贫嘴道："嘿嘿，这可真是狼狈为奸，男盗女娼啊！要流氓不是？就会扒人衣服？美国脱衣舞不是合法的吗？还得在自己家……"

话音未了，楼梯又响，脚步声格外沉重，小玉忙起身上前。果然是 Kevin，上身也裸露着，肌肉饱满却伤痕累累。小玉赶忙伸手去搀扶，Kevin 却猛停住脚，侧目狠狠瞪着骆驼。

骆驼一屁股坐倒在地，用力往后缩了缩，尖声叫道："你想干吗？是我出的主意没错儿，可你也积极响应了啊！你是老头的助手，每天形影不离的，连你都能骗得了，我怎么能知道？"

Kevin 又瞪了骆驼片刻，终于没再吭声，由小玉扶到墙边坐下。谢安娜看见 Kevin，吓得立刻哭出来："这是要干啥？下一个是谁？大不了那一成我也不要了还不行吗？"说罢低声抽泣起来。

"Son of bitch！"（狗娘养的！）Kevin 低骂一声，脸上充满懊悔，"早该想到的！狼狈为奸！"

骆驼阴阳怪气道："喊！凭什么给你留了条裤子？按说你身材更好啊！"这句话反而提醒了 Kevin，瞪着眼问骆驼："U 盘呢？"

"什么 U 盘？早告诉你们了，老子什么都没有！就算有，老子能这么轻易放身上？真他妈是一群废物！"骆驼朝楼上翻了一眼，一脸的不屑。小玉低声道："话里有话。到底藏哪儿了？"

骆驼猥琐地一笑："要不你求求我？你求求我，可能我就告诉你！"

Kevin 愤然道："不要问他！他嘴里还能有实话？"

"嘿？怎么说话呢这是？倒成了审讯我了？我倒成罪人了？"骆驼嚷了两句，突然压低了声音，"他妈的要不是我多留了个心眼儿，事先把那玩意儿藏好了，估计现在咱们四个都已经没命了！知道这第几次了吗？救你们的命？"

"他们怎么知道你有 U 盘？"Kevin 满面狐疑。骆驼小眼一瞪："这我哪儿知道啊？我还想问你呢！"

Kevin 竭力压低声音："你到底把那东西藏哪儿了？"

骆驼一脸得意，搓着胳膊低声说："嘿嘿，这可是秘密！"

"你想把它怎么样？"

"这还用问？那东西可值钱了！"

"你想把它卖了？"

"多新鲜啊！自己留着，有个屁用？"

“你敢！那是安第斯先生一生的心血！”Kevin虎目圆睁，剑眉倒竖，双手握紧拳头。骆驼不禁又往后一缩，却嘴硬道：“自己都给人关在黑屋子里，不知道还能喘几口气儿，还他妈的一生心血呢？就算八生心血，你保得住吗？话说回来，要是真能出去，倒不如卖给靠谱的公司，反正不落他副总手里不就得了？”骆驼向上指指，吸着鼻子说，“再说了，你看人安第斯的大小姐，让你给弄美国来了，签了个比卖身契还不如的玩意儿，结果还落个生死未卜，你说你对得起安第斯老头儿吗？咱把那玩意儿卖了，多少还能让她后半生有个依靠，这才叫对得起老头儿，懂么你？”

谢安娜多少听懂了些，哭得也更卖力。Kevin僵在原地，双眉紧锁，默然不语。过了许久，终于幽幽道：“你有买家了？”

“当然！能出高价儿！咱们四个人分！一人二成五！够义气吧？”

“不要！你把我那份给她！”Kevin手指谢安娜。

“我也不要，都不知道能不能活着出去。”小玉也跟着摇头，心中一片迷茫。

“嘁！出去还不容易？咱这儿不是还有位007吗？连机关重重的安第斯公司都能逃出去，何况区区一座民宅？”骆驼摇头摆尾，Kevin面色却越发阴沉，狠狠道：“你可别骗我们！”

“你说我什么时候反悔或者食言过？你到底有谱没谱？我他妈快冻死了！”Kevin不再理会骆驼，起身绕地下室走了一圈，在窗下停步，伸手摸摸窗户上钉的木板。骆驼小声问：“能弄开？”

“加了感应器的。一碰就会报警！不过……”Kevin话说一半，众人屏息等待，Kevin皱眉想了想，终于又说：“得先进入电脑中控系统，解除这些窗户的警报。”

“黑进去？可这儿连个计算器都没有！”骆驼翻翻白眼。Kevin又狠狠瞪了骆驼一眼：“如果我的Anphone还在，这就很容易！”

“嘁！又怪我？人家都把你揍成这样儿了，还把手机给你留着？”

“他们应该有！”Kevin灵机一动，伸手指指楼上，“会装肚子疼吗？”

骆驼一咧嘴，立刻捂着肚子，哼哼着朝楼梯走去：“哎哟！疼死老子了！都他妈给你丫冻的！快他妈让老子上厕所！要不然拉你丫脚底下！哎哟……”没过几分钟，楼道里又响起骆驼的声音：“谢啦！就是！早让我穿件儿衣服，也不至于冻得屎屁横流啊！”

骆驼边说边走下楼梯，居然已穿好了衣服，得意扬扬地从衣兜里掏出一只 Anphone 交给 Kevin："被你说对了！打手都用 Anphone？"

Kevin 接过 Anphone，冷笑道："偷的？"

骆驼白了 Kevin 一眼说："怎么说话呢？借的！快点儿啊！一会儿该发现了！"

Kevin 凝神摆弄起 Anphone。骆驼小声说："这玩意儿真能解除警报系统？这是一回事儿吗？"Kevin 顺口答道："现在的防盗网络系统都可以通过 Anphone 遥控设定，只要知道密码。"

"你知道安第斯家的密码？"

"我不知道，不过我知道怎么破解 Anphone 的密码。"Kevin 说罢，快步走到窗下，抬手用力撬起一块木板："帮帮忙！"

地下室的小窗外是一大片草地，天色漆黑，四处荡漾着露水气息。小玉第一个爬出来，窗户很狭窄，草地又很湿滑。她心惊胆战的，动作格外狼狈。骆驼紧跟着爬出来，倒比小玉轻盈麻利。两人在外面拉，Kevin 从里面推，好歹把谢安娜也弄出来了。Kevin 最后一个爬出来，四人拔腿就走，一刻不敢耽搁。穿过草坪，钻进树林，立刻黑得伸手不见五指。Kevin 开路，用 Anphone 照亮，袒露的肩背汗光点点。山路坎坷，众人蹒跚前行。地势渐陡，脚下的小径越来越窄。骆驼一路低声抱怨。谢安娜则早已无力抱怨，她呼吸急促，两腿发颤，把三分之二的体重都压在小玉胳膊上。小玉咬牙坚持着。夜风低吟，树影绰绰，身后总似有细碎脚步声，黑暗中又似藏着无数双眼，格外令人毛骨悚然。逃命要紧，腿酸臂痛都不重要。这恐怕是唯一的逃生机会，如果再被捉住，恐怕真的凶多吉少了。

四人又走了一段，眼前赫然出现一条公路。骆驼如释重负，提议要沿路而行，Kevin 却立刻否决——追兵定会沿着公路寻找的，路面平坦，目标格外明显。骆驼低声咒骂，却也还是老老实实跟随 Kevin 走小路。护照早已被人搜去，他也就失去了发言权。四人继续在林中摸索一阵，前方突然出现一点亮光。谢安娜本来几近晕倒，受到灯光的鼓励，又坚持走了一阵。四周豁然开朗，灯火也明亮起来。原来又是一条山间公路，灯光则来自不远处的加油站。小玉搀扶谢安娜走上马路，愕然发现，身边竟停了一辆深色的越野车，车灯熄着，却并没熄火。Kevin 快步上前，用手指轻击车窗，车窗缓缓而下，窗内漆黑一片，完全看不清开车之人。Kevin 向车内低语几句，一挥手，招呼大家上车。小玉明白过来，Kevin 早已偷偷用 Anphone 联系过人了。

Kevin 坐副驾驶，小玉、谢安娜和骆驼坐进后座。越野车悄然启动，无声无息，车灯依然熄着，四周一片漆黑。小玉看不清司机，却能闻见一阵淡淡幽香。这该是女人的车，她对轿车内室早有过人敏感。再看副驾上的 Kevin，肩部轮廓饱满，不知何时已穿上外衣。车子行驶一阵，上了大路，这才打开车灯。路上车流如织，路边灯光密集，车内也明亮起来。开车人身材不高，只在座椅后背露出一缕金发。偶尔看见她握挡的手，纤细白嫩，指甲闪闪发光。Kevin 则换了一件牛仔外套，非常合身，也许本来就是他的。

四人在一家汽车旅馆门外下了车。驾车之人立刻把车驶离，依然不吭一声。旅馆房间是事先开好的，钥匙已在 Kevin 手里。两个标间紧挨在一起，快餐和饮料也已备好。骆驼嘻嘻笑道："干吗这么破费呢？我那屋子还空着。"自是无人理会。谢安娜勉强吃了几口就和衣而眠，余下三人则来到另一间房间，书桌上有备好的当天报纸，小玉拿起浏览，翻到广告页，有人用荧光笔做好了标记："授权加急 DNA 测试，一周等待时间，每人 3000 美元。"小玉随口读出来，Kevin 凑上前，接过来细看。

骆驼吹了声口哨说："真他妈会做生意！嘿嘿，你朋友想得真周到啊！吃的喝的住的都安排齐全了，拿出 3000 块也没问题吧？"

Kevin 怒道："我朋友已经尽力了！人家又不是 ATM 机！"

"急什么呀急？不就 3000 美元吗？把那玩意儿卖了，3000 算个屁！只不过，现在老太太还能去律师所登记吗？"骆驼斜眼看着 Kevin。Kevin 凝眉道："那个我可以想办法。你真有买家？"

"当然，我啥时候忽悠过你？"

"买家是谁？"

"这可不能说。凭什么告诉你们？懂规矩不懂？"骆驼翻翻白眼。

Kevin 沉思片刻，下定决心："好！卖掉之后，你拿二成五，给她七成五！不过，你得再帮忙给她弄个证件。"

骆驼却冷笑道："老头儿遗产都到手了，卖 U 盘这点儿钱，就给我二成五？"

"这不是之前说好的？"Kevin 反问。

"之前可没说还要去做 DNA 测试和弄证件！拿了钱大家就散伙，那多省事儿？现在又要弄证件，又要 DNA 测试，麻烦大了！"

“那你要怎样？”

“全都给我！如果老头儿遗产没拿到，我退她七成！如何？”骆驼两眼放光。Kevin 和小玉对视——难道骆驼就是为了这个？

骆驼见 Kevin 沉默不语，继续说：“好好想明白！现在是什么情形？我完全可以走出门去，和你们不再有任何关系。U 盘只有我知道在哪儿，买家也是我找来的，你们还跟我讨价还价？我是看老太太可怜，你又对老头儿忠心耿耿，这才答应如果老太太拿不到遗产，我分她七成！够地道吧？”

Kevin 瞪眼看着骆驼：“我怎么相信你？”

“买家付现金！电话在你手里，衣食住行都由你安排，我提着一箱子钱，能往哪儿跑？”

“何时交易？”

“明天就成！”

“你没骗我？”

“嘁！我要是骗你，你把我揉碎了喂鸟儿。”

Kevin 又沉思了片刻，点头道：“好，就明天，说定了！”

“成！嘿嘿，那什么……”骆驼歪着头摊开手掌，“先把手机借我用用？不然怎么跟买家联系？”

第二天上午，四人起得并不早，睡足了才出门，搭乘 Kevin 打电话预订的出租车。昨晚的黑色越野车没再出现，这让小玉略感意外。那位开车的人必定和 Kevin 关系不凡：接到电话之后 20 分钟便驾车赶到，居然还带来合身的衣服。不仅有牛仔外套，还有贴身线衫，这是小玉到了旅馆才注意到的。外套并不算新，袖口有磨脱的线头。即便不是手边就有，也得能自如出入 Kevin 的住处。此等关系大概是超越了友谊的。Kevin 是通缉犯，时时刻刻都要受牵连。一转念，小玉暗觉自己无趣。这些联想推测，或许只不过都来自自己牵肠挂肚的女人心绪。

骆驼坐在出租车前座指路。Kevin 和小玉则陪谢安娜坐在后座。经过一夜休息，谢安娜的双颊红润了些，但依然惴惴不安，战战兢兢的。骆驼仍是一副混不吝的样子，用中式英语跟印度裔司机闲扯。司机五大三粗，印度口音浓重，舌头在嘴里耍着杂技，两人驴唇不对马嘴。骆驼终于放弃了无谓的寒暄，只说要去旧金山机场。小玉这才猛然想起，昨天在机场，骆驼曾说肚子疼去了卫生间。看来肚子疼有假，藏U盘才是真。难怪一路对他们紧盯不放，偏偏在机场果断抛下Kevin和小玉。此人果然诡计多端，不过也说明他一定不是布兰克的人。小玉暗松一口气，心想既是如此，自己从布兰克手中脱逃，可赋的危险也不至于增加。

果不其然，出租车到了机场大厅门外，骆驼独自下车钻进大厅，不到五分钟便返回车里，一脸得意扬扬。骆驼跟司机说要去金门桥。司机问具体位置，骆驼回答说先往那个方向开，快到了自然会说出具体位置。印度司机一阵牢骚，大意是不说出具体位置，我又怎知该走哪条路线？骆驼回答随便你走哪条路。司机一脸不悦，却也不好发作，一踩油门，车子猛然启动。

出租车驶上高速，骆驼说要联系买家，向Kevin要来手机，通话时竭力压低声音，鬼鬼祟祟。通话使用中文，小玉听到只言片语，好像交接又有麻烦。骆驼挂断电话，愁眉苦脸道："买家说U盘是加了密码的，要破解后才愿意付款。"

Kevin惊道："你还没弄到密码？"

骆驼反问："我怎么会弄到？"

Kevin怒道："你不是已经把翟教授劫走了，他家也翻过了？"

骆驼尖声道："谁说我把姓翟的劫走了？谁说我翻他家了？谁说的？你看见了？"

小玉插话道："这么说，你知道Kevin所说的翟教授是谁了？"

骆驼一时哑然，随即诡笑道："就算有密码，也不能那么容易就给啊。是不是？"

小玉不再理会他，继续看着窗外。车子驶离高速，沿蜿蜒小路驶入一片红杉树林，树木缝隙里，隐约能看见灰色海面。骆驼突然用英语叫道："你这是要去哪里？"

印度司机却全无反应，面无表情地继续开车。骆驼又问一遍，司机才懒懒地回答："不是去金门桥吗？走海边更近！"

出租车又开一段，路途更加崎岖，树林也更加密集。窗外隐约能听见海浪之声。骆驼越发紧张，伸着脖子眺望窗外，突然尖声叫道：

“这越来越不对了呀？”随即改用英语：“你到底是要往哪儿开？当我是傻子吗？你……”

猛然一个急刹车，后座上的三位屁股都离了座位。骆驼身材过于矮小，安全带勒在脖子上，两眼翻白，破口骂道：“妈的！前面啥都没有，踩什么刹车啊？他妈的见鬼了……”

骂声戛然而止。骆驼的嘴还半张着，一双小眼瞪圆了，看看司机，又低头看看自己，愤怒立时变成惊恐——一支乌黑的手枪，正顶着他的肚子。

“都下车吧！到目的地了！”出租车司机吼了一声，口齿竟然清晰多了，印度口音也没了。小玉顿时心惊肉跳，手脚发凉，转脸向身边看去，Kevin 一脸茫然，似乎尚不知发生了什么。谢安娜更是目光呆滞，头晕目眩，尚未从急刹车的震荡中清醒。骆驼反应倒是迅速，立刻举手投降。

“哥们儿哥们儿，这是干吗？别价啊，我们又不是不给车钱！”

Kevin 开口问司机：“你要干什么？”

司机又说一遍：“下车！”

小玉扫视窗外，山路崎岖，幽幽密林，隐约有海浪之声。加之霏霏细雨，显得格外偏僻幽静。突然间，马达声由远及近，前后各有两辆黑色轿车，正沿山路疾驰而来，同时 180 度急刹车，前后封死来去之路。车上下来五名壮汉。

Kevin 低声说道：“亚瑟！布兰克的助手！”

小玉心更凉了。这是插翅难逃了！骆驼连叫几声，不知是笑是哭，借机向车后使了个眼色。小玉并不明白什么意思。但印度司机看见了，连忙也侧目往后看。前座紧跟着一乱，骆驼已扑到司机身上。“砰”的一声枪响，副驾驶旁的车窗玻璃粉碎，骆驼一手死死捏住拿枪的手腕，另一只手朝司机眼睛狠命戳去，一声惨叫，枪落在椅下。Kevin 手疾眼快，探身捡起。同时一声钝响，骆驼的胳膊肘已撞上司机头颅，只见身材是骆驼两倍的司机，却在骆驼手下浑身瘫软了。

骆驼比猴子更灵巧，瞬间已探手拉开司机一侧车门，把司机挤出车外，自己则端坐方向盘后，大叫一声：“都扶好啦！”顾不上关紧车门，一脚油门到底，狂扭方向盘。车胎一阵刺耳尖声，车头猛转，冲破路边护栏，过山车般向山谷跌撞而下。小玉一手死死抓住身旁把手，另一只手用力挽住谢安娜的胳膊。谢安娜的另一只胳膊被 Kevin

抓牢，得以留在汽车后部。她闭目尖叫，声音嘶哑凄惨。出租车钻过树缝，压倒灌木，冲下数百米距离，最终撞上一株大树。骆驼第一个跳下车，帮小玉下车，再与小玉和 Kevin 合力，前拉后推，弄出早已脸色煞白、体若筛糠的谢安娜。Kevin 最后一个从车里钻出来。两声枪响，子弹呼啸而过。山坡高处人影晃动，追兵眼看就要到了。骆驼大叫一声："跑啊！还愣着干吗？"

骆驼领路，小玉和 Kevin 左右搀扶谢安娜，四人踉跄着沿羊肠小径向密林深处跑去。山势渐陡，涛声渐浓。沿着山腰转过一个急弯，小径突然消失，眼前竟是一面断崖，崖下涛声震耳。骆驼走进崖边，小心翼翼探身而望，愁眉苦脸道："这是没活路了？没有也得下啊！"

小玉心里一沉，扭头看看 Kevin，他竟然面色怪异，目光怔怔的，思想仿佛游离于身体之外，失去了以往的机敏。小玉猜想他也许正沉思对策，不敢催促打扰，索性也靠近崖边探身下望，悬崖格外陡峭，总有十几米高，海水撞击着崖壁，白涛滚滚，震耳欲聋。

小玉问："这怎么下？"

骆驼皱眉道："还能怎么下？攀岩呗！这儿肯定下不去！这儿都 90 度了，那边儿兴许还成，坡还缓点儿！"骆驼抬手指向前方。

"不要麻烦了！"

身后却突然一声低吼，浑厚而低沉。小玉转身，见 Kevin 正站在几米开外，抬枪指向三人。小玉一时发蒙，仿佛时空错位，以为自己产生了幻觉，只听骆驼尖声叫道："嘿嘿！我说怎么那么容易就能从那地下室里逃出来？他妈的连声狗叫都没有？演技真他妈牛啊？哈哈！"

骆驼的刺耳笑声猛然警醒了小玉，顿觉脑中一阵眩晕，不禁高喊道："Kevin？"

Kevin 脸色很难看，却并不辩解，只沉沉地说了一句："Joy，I'm sorry！"

骆驼借 Kevin 眼神游移的瞬间，猛然猫腰要往旁边蹿，"砰"的一声巨响，Kevin 向天鸣枪。原本惊魂未定的谢安娜，尖叫着跑到小玉和骆驼身边，双手捂耳浑身战栗。骆驼则立刻站定不动，高高举起双手："嘿，动真格的啊！"

一声枪响，让小玉越发清醒，他既不是兄长，也不是朋友。他只是一只手，她是那手中的一粒棋子。小玉苦笑着说："原来都是演戏！

其实你和布兰克才是一伙儿的。”小玉不等 Kevin 回答，泪水已突破眼眶，“带我一路逃亡，从美国到台湾再到香港，北京，其实都是在演戏？保护我，照顾我，其实也都是在演戏？可我什么秘密都没有！我什么都不是！我不是安第斯的外孙女！我只是个傻乎乎的女人！你失望了吧？干吗还要一路把我拖回美国来？干吗不在那儿把我灭口？干吗……”

“Shut up！（闭嘴！）都给我 Shut up！不要再说了！都把手举起来！”Kevin 突然声嘶力竭地高喊。这狂烈的声音让小玉一阵钻心疼痛。突然，啪啪几声掌声，布兰克跟在亚瑟身后沿着小径绕出来，得意地说：“干得好，Kevin！哦！我的露小姐！真是得谢谢你！哈哈！”

布兰克的笑声激怒了小玉，也让她更加明白过来，厉声问道：“Kevin！那只‘机器虫子’，本来就是你操控的，对吗？是你让那只‘虫子’爬进安第斯的办公室，在他面前释放了毒气！可你不是说过，安第斯先生就像你的父亲？”

小玉话音未落，谢安娜突然号啕大哭，大概是惊恐过度，已然失控，边哭边絮叨：“钱我不要了，真的不要了，放我走成不成？”谢安娜边说边颤颤悠悠往前走：“我是从小城市来的，啥都不懂，啥都没有，我啥都不要了……”

谢安娜话没说完，突然“砰”的一声枪响。谢安娜胸口的衣服顿时爆裂，她应声向后飞出两三米，又一连倒退几步，直挺挺从悬崖边倒了下去。连惨叫都没来得及，迅速在众人视野中消失了。随即是巨大的“扑通”声。

小玉不禁捂住双眼，浑身剧烈颤抖。Kevin 也被枪声吓得一惊，诧异地看着自己手中的枪，枪口却并无烟气。再扭头，身边俨然还有一支枪，正握在亚瑟手中。亚瑟的强项——只打心脏，百发百中。谢安娜绝无一线生机。

亚瑟巴结地看看布兰克，布兰克冷冷一笑：“这老家伙的确有点吵！”

骆驼依然高举着双手，却不禁侧目回望，两腿发抖，声音发颤：“妈呀！这就完了？”

小玉也回头往下看，悬崖下方只有汹涌白浪，早不见谢安娜的身影。她只觉浑身血液沸腾，无以控制：“你们这群杀人犯！刽子手！”

“露小姐，你也有点儿吵了。”布兰克眯起眼说。小玉却无论如何克制不住愤怒，恐惧居然没了，歇斯底里地喊道：“杀了我吧！”

Kevin 突然大叫起来：“闭嘴！别说了！不要说了！”

小玉听到 Kevin 的声音，瞬间一阵莫名快感，索性继续高声喊下去：“动手吧！快！开枪吧！打死我吧！”

“露小姐，既然你说了，就不要怪我……”布兰克慢慢举起枪。

“Stop！”骆驼突然尖声怪叫，似乎在山林中都激起了回音。众人循声而望，骆驼却已一步跨上一块高石，右手高高举起一个黑色的小东西，用英文高声喊道：“让露小姐走！不然的话，我把这个扔进海里！”

小玉认得，那正是 Kevin 从安第斯保险柜中取出的 U 盘！

“是安第斯保险柜里的 U 盘！不要开枪，不要动！大家都不要动！”Kevin 连声高喊。布兰克示意手下都不要动，冷笑着说：“没问题。她对我们没用，我可以让她走。不过，请你先把 U 盘扔过来！”

“不行！先让她走！”

“你为何不相信我呢？我说到做到！你把 U 盘给我，我派车送她走！”

“你当我白痴呢？再不答应我真的扔了，我可是说到做到！”骆驼瞪圆双眼，小玉还从没见他这么认真严肃过。

“好！答应你，让她先走！”

布兰克话音未落，Kevin 忙示意他们让出去路。小玉却一动不动，高声喊道：“我不走！把 U 盘扔进海里，让他们打死我吧！”

“唉，你这丫头怎么这么傻呢？”骆驼急道。他从石头上跳下来，落到小玉身边，U 盘却始终高举手中。

“不，我不走！”小玉倔强起来，站在原地坚决不动。骆驼发了急，伸手去揪小玉。小玉扭身躲避，脚下泥土一松，身子一个趔趄。骆驼赶忙伸手却抓了个空，反倒在小玉肚子上加了一道推力。小玉两腿彻底失去平衡，滑落悬崖。小玉一把揪住一段裸露的树根，身体悬于半空之中。

“Joy！”小玉头顶传来一声惊呼，是 Kevin。随后是布兰克的断喝：“Kevin！这样不是更好？”

小玉拼命抬头，崖顶离她不远，上面的脚步和对话声都清晰可闻。但崖壁异常陡峭，绝无爬上去的可能。她拼命抓住树根，手心生疼，胳膊仿佛随时会与身体分离。脚下波涛澎湃，海浪的寒气自下至上把她包围。她知道自己坚持不了多久了。

“这就不能怪我了。我是守信用的，你也要守信用。把 U 盘交给我！”崖顶传来布兰克的声音，然后是骆驼的：“告诉你，我从来不是不守信的人！不就是个 U 盘吗？拿去吧！”

“谢谢！”布兰克一声冷笑，“不过，还有呢？”

“你还想要什么？”

“别装糊涂！密码呢？”

崖顶随即传来骆驼的笑声：“哈哈！那个啊！好好，等等啊！让我想想！哎呀，好像想不起来……欧！”骆驼话没说完，突然一声痛苦呻吟。布兰克骂道：“Son of bitch！总有你说的时候，把他带走！”

头顶一阵嘈杂脚步声，之后一切都安静了。小玉的手臂已彻底麻木，脚上仿佛挂着千斤重担，在狠命把身体往下拉。她仰起头拼命呼吸，闻到岩石散发出浓重的泥土气息。她突然想起少年时独自爬上朝原城外的土丘，伸开四肢趴在草地上，把鼻子顶住地面。她想象着自己也是破土而出，拥抱着土地，就像拥抱着妈妈。美国的泥土竟然和朝原的有着同样的气息。她闭上眼睛，竭尽全力大口呼吸。

“Joy！ Joy！”

突然，崖顶传来浑厚的男声，小玉再次努力地仰起头。阳光忽然灌进双眼，天竟然晴了。崖顶似乎露着半个人头，但阳光很刺眼，像是无限放大的一团光明。光明中，小玉见到可赋，看到她和他在深夜从写字楼的 15 层乘电梯下行，电梯突然停在半路，轿厢内漆黑一团。他拉住她的手，把她拥入怀中，轻轻亲吻她的额头。他喃喃道：有你在，就算掉下去，也没什么可担心的。

小玉由衷地微笑，向着头顶那一片光明。突然间，她手上一松，脚下的重物也消失了，全身异常轻盈，好像生了翅膀。紧接着，脚下猛烈一震，仿佛硬生生把地面踩穿。冰冷的海水，顿时从四周涌上来，灌入她的眼耳和鼻孔。她瞬间再次清醒了。

她再也见不到可赋，但她很快就要见到爸爸妈妈了。

安第斯·反击

1

黑色的奔驰车，悄无声息地行驶在蜿蜒山路上。布兰克和 Kevin 并肩坐在后座，这是布兰克要求的。Kevin 始终沉默着，他知道自己应该开口，有许多事情需要解释。布兰克对他从来没有充分的信任，他对布兰克也一样。但此刻他的确需要解释。布兰克的嘴角正停着一丝笑意，这是最通常也是最危险的表情。那副面具之下，也许正进行着最险恶的谋划。但 Kevin 什么也说不出，胸中仿佛堵着千斤巨石，令他呼吸困难，身体沉重得动弹不得。不论睁眼还是闭眼，眼前总是那小巧身体激起的一大团水花。他从没料到自己会如此难以释怀。尽管，这原本就是计划的一部分。

他真的曾经尝试过保护 Joy，而且尽其所能，但他没有成功。本来也成功不了。他的能力实在有限，一切皆无法控制，包括他自己。可当她坠落入海，他还是难过得要死。他原以为这难过只是出于怜悯。她只是个普通的东方女孩，身材瘦小，就像尚未发育完全。她话也不多，眉间常有隐隐的忧郁，和她的名字并不吻合。他喜欢看她笑。尽管她并不经常笑。她的笑像是带着魔力的，曾突然让他想到“母亲”。他从不曾知道母亲的模样。他猜，母亲大概就像 Joy 这样的瘦小和温柔。

当他是个孩子的时候，他曾是个非法移民，没有社保号码，没有身份证，不能在公共图书馆借书，甚至不能获得为孤儿提供的福利。但这些都不如没有母亲更令他沮丧。

他曾经每天乘坐地铁跨越海湾，到最肮脏阴暗的街区去上学。那座城市叫奥克兰，与旧金山一桥之隔，却天壤之别。旧金山披上金融中心和时尚之都的外衣，把重型码头、码头工人、底层劳力和沿街乞讨的乞丐们丢向对岸。与金光闪闪的山城相比，奥克兰陈旧阴暗，破旧的街道遍布着涂鸦和流浪汉。他们成群露宿在学校门外，空气中弥漫着酒精、大麻和身体的腐败气味。他在那里读着小学和中学，因成绩和肤色成为全体同学的公敌。他从小就是打架高手，远近闻名。并非因为身强体壮。以美国公立学校的标准，亚裔少年鲜有身体格外强壮的，但他敢和体重是他两倍的家伙死拼，尽量一招制敌，快而且狠，不能让对方有还手的余地，更不能让对方把手伸进书包——包里可能有枪。这并不常见，但的确是可能的。他的狠是出了名的，像一头独行的干瘦的狼。年纪稍大一些，他的肌肉发达起来，中国城超市里的冰袋有20公斤，他一次能搬四袋。那些年他从没有朋友，在不必上学和打工的空当，独自在简陋的地下室或用人房里度过。有时也徒步三英里去海边的灯塔，与看守灯塔的老人并不怎么交谈，只是相安无事地坐着。两个孤独的灵魂，听海风呼号。他常有跳进海里的冲动。他知道自己来自大海的对岸，可他从没见到过那里，也并不如何憧憬见到。他从小就很现实，并不憧憬自己不了解的东西。他只是希望借助海水而忘记眼前的日子，那不是真正的人生。大学才是他人生的真正起点，因为有了奖学金和合法身份，有了很多朋友，也有过不止一个恋人。书中描写的一切美好事物都果真美好起来。阳光和行云，音乐和爱情，跑车和高保真音响。起初，他贪婪地享受他所拥有的。但美好的事物变本加厉，如病毒般滋生，令他不堪负荷。他想拥有更多，加倍勤奋努力，利用他的青春和智商，大学毕业后以更优异的成绩进入研究生院。他选择最尖端的专业，这种专业需要最高的智商和顽强的意志。他刻苦学习中文，并非因为他是中国人的后代，只因他听说中国是世界经济的未来。他不知道自己应该做科学家、商人还是政客，所以他每个都不想放弃。直到硕士毕业，他再没有耐心继续待在学校。科学家的道路过于漫长，政客的道路过于艰难。他拥有亚裔的外表，而这是一个白人当权偶尔以黑人做点缀的国家。

所以他放弃了博士学位，进入安第斯公司。他拥有过人的专业学识，拥有善于创新的大脑。他还有额外的人际关系，尽管这关系被秘密隐藏。他顺利从工程师变成总裁助理，掌握总裁的一言一行，一切都照计划而行，从无差错。直到最关键时刻来临，他终于被派上用场。他从后台荣升主角。他本以为演出结束后将有鲜花和掌声，但上台之前却出现了逻辑误区——他得到的指令一共有三条：借用中国女孩把带有毒气的“机器虫子”带进安第斯的办公室、在安第斯毒发身亡后取出保险柜里的东西、带领女孩逃离大厦，见机行事，等待通知。他的质疑主要是在第一条："机器虫子"是他的，女孩也是他接待的，他将是谋杀嫌疑犯。这让他对全盘计划产生了怀疑，尽管他得到布兰克的承诺：全美国最强大的律师团队将为他洗脱罪名。可他不是孩子，他知道律师不是万能的，即便免于牢狱之灾，他又如何能洗清名誉？所以他铤而走险，改变了计划。"机器虫子"里并没有剧毒气体，就只有一点香料和氯气。但他并不想让老安第斯躲过一劫。他有更高科技的方法，这是他的秘密武器，布兰克也不知道的。因此，他的计划虽然能达成同样的结果，却依然违背了布兰克的指令。好在指令里本来就包括见机行事，就看布兰克怎样理解。

第二个意外，是安第斯保险柜里的东西：U 盘竟然需要密码，而且女孩手中又多出一张神秘便笺，竟然是老安第斯亲手所交，其中必定大有文章。他事先得到的指示里完全没有这些。但他并不傻。有关老安第斯的传闻他早有所闻。老安第斯派他发给中国公关公司的密函，他也早打开看过。在漆黑的灯塔里，他突然冒出一个念头：也许成功比想象更近。近在咫尺。他能闻到那中国女孩头发的暗香。如果她果真是安第斯的后代，他的命运也就彻底改变了……在那一刻，他对她的感情发生了微妙变化，甚至连他自己都并没察觉。

他毕竟不是幼稚的人，不喜欢冒险的买卖。布兰克心狠手辣，这他从很小就知道了。他知道布兰克掌握着他们的行踪，插翅也难以逃离布兰克的掌心。因此布兰克的指令也不能明目张胆地违背，他在服从与背叛的交界游走。他的汇报需为他的行为编织充足理由，同时还需给布兰克带来希望。直到遥望维多利亚港的那一夜，他才愕然发现，她并不具备任何价值。他一时失落万分，努力克制恼怒。他仍需她的帮助以找到安第斯的真正后代，继续完成理想或应对布兰克，这都是必备条件。他的每一步都需精心安排。

随着飞机飞向北京，她渐渐坐立不安。起初他以为那是回到故乡的兴奋，渐渐却已成为难以掩饰的紧张和焦虑。他心中困惑，直到在北京火车站的站台上，突然出现的男人令他顿然醒悟，原来中国女孩另有所爱。他心中本来不该有任何波澜的，可事实上他却感觉措手不及，仿佛遭遇了巨大的挫折。他顿生无名之火，激起一股莫名的冲动，他要强行把她拉走。那冲动带着邪恶的念头，和寻找安第斯后人并没什么关系。催泪弹的爆炸才令他突然清醒，她只是陌生过客，对他的过去和未来都不存在任何意义。他背着她奔跑在铁轨之间，感受她的头发轻轻摩擦他的耳郭，他心中万般失落。看着她躺在枕木上痛哭流涕，他竟然嫉妒得发狂。几乎失去了理智，直到见到谢安娜，他才勉强让自己恢复理智。老妇人疯疯癫癫，骆驼神秘莫测，这个组合不是他所能掌控的。原来，他用性命做了赌注，手中却只握了一把烂牌。他知道布兰克已经失去了耐心，不然不会让手下使用微声手枪。他必须立刻无条件地配合布兰克，把安第斯的后人交到他手里。

之后的一切都顺利得出奇，完全符合他的预期。在某一刻他曾盼望她拒绝返回美国，可她的善良和温顺一如既往。他在机场最后一次和布兰克通话，之后顺水推舟把众人带到安第斯家。这本来也是布兰克的旨意，没想到却由骆驼首先提出来，给他省了不少麻烦。布兰克和安第斯夫人之间的关系他早就猜到了。毕竟他曾多年周旋于棋局的核心。前往安第斯大宅的路上他感到深深懊悔，但心中的歉意最终被恶念战胜——既然得不到，又与己何干？可走进大宅后自责又占了上风，但为时已晚，那中国女孩已成了落入陷阱的羔羊。他本以为猎人会在猎物进屋之后立刻收网，没想到安第斯夫人竟然拿出合约谈起了分成，让他一时对自己的猜测产生了怀疑，心中竟又莫名升起一丝希望。等到布兰克出现的那一刻，他才领悟：安第斯夫人老谋深算，除了试图多套问一些内幕，可能也想借机为自己多留一条后路。聪明人都懂得为自己留下后路。几日来他所做的，何尝不是同样的事情？

然而布兰克的不满和怀疑却显而易见。虽然抓到了安第斯的后代，却并没找到藏有 Anphone 设计的 U 盘。对于布兰克而言，消灭安第斯的后代只是解决后顾之忧，但找到 U 盘则意味着未来的成就。骆驼周身都被翻遍，U 盘恐怕早被藏匿或转手。布兰克什么都没说也没问。尽管 Kevin 被单独带到车库，但周围的闲人也还是太多。布兰克无须多言，他的眼神已让 Kevin 明白一切。Kevin 主动提议演出一场苦肉计，继续追踪 U 盘的下落。逃跑只是猎人掌心里的小游戏，这他比谁都清楚。一切都成了计划的一部分，就像事先安排好的。布兰克的安排从来都是天衣无缝的，但 Kevin 没有想到，这计划竟然执行得如此顺利和迅速。如疾风暴雨，顷刻间毁灭一切。他最终还是没能控制住自己，无法装作坦然地看着她跌下悬崖。他含着最后一线希望俯身崖头，看到的却是那一大团白色的水花。他顿时周身冰冷，仿佛沉入海底的是他自己。紧接着他听到一声咳嗽，那是布兰克发出的。他心中猛然一惊，赶忙起身，看到布兰克漠然转身走向汽车。他默默跟上，按布兰克的旨意上车。心中虽然忐忑，更多的却是麻木，从头到脚的麻木，嗓子干涸阻塞，半句话也说不出了。

两人沉默许久，直到布兰克先幽幽地开口：“Kevin，干得不错。”Kevin 勉强微笑，却不知如何应答。布兰克却话锋一转：“不过，你是不是还有什么事情瞒着我？”

Kevin 心中一惊，顿时清醒，连忙开口，声音却沙哑无力：“不！完全没有！布兰克先生！”

布兰克却哈哈一笑，把手轻轻放上 Kevin 肩头：“你以前可不是这样叫我的。”

“对不起，布兰克先生！不，我的意思是说……以前我……”Kevin 越发紧张，语无伦次。布兰克笑着接过话茬：“以前你还很小，现在已经长成大人了！不是吗？”布兰克依然笑着，眼中却划过一丝光，令 Kevin 心中一寒：“不！我还……”

“你还年轻呢，是不是？Kevin，不要紧张！年轻人本来就该有些主见的，这样才能闯出些名堂来，对不对？”布兰克双眼眯成一线，嘴角的笑意渐渐僵硬。Kevin 清一清喉咙，竭力用平静的声音回答：“布兰克先生，这些年多亏你的关照和提携，我才会有今天！所以我一直很认真地执行您给我的每个任务，从不敢自以为是！”

“真的？那你的‘虫子’里，为什么……哈哈，你让我怎么说呢？里面什么也没有？”

“这……这不可能！”Kevin 心脏狂跳，手心出了冷汗，“我亲自配置的毒剂，亲自装进‘虫子’里的。除非……她去您家的那一夜……”

“哈哈！”布兰克仰头大笑，“Kevin，这会不会太可笑了呢？我自己把你那只‘虫子’里的毒剂去掉，再来冤枉你？”

“不不！我不是这个意思……”

“不必解释了，Kevin！其实这样不是更好？我不是早说过吗？年轻人本来就该有自己的主见，这样世界才会进步！前两天，我去你的公寓转了转，哈哈！就像你小时候我去你房间，看看你的功课做得如何。哈哈，你不会在意吧？我想看看你最近有没有在好好做功课，然后，我就发现了一些医学资料。真是令我意外，没想到你在学习心脏外科！我可不相信你会想去做外科医生，那样你起码还得再读好多年的书。不过，有些事情是用不着外科医生执照的，比如编个干扰心脏起搏器的小应用软件，用 Anphone 发出去。你真的太有天赋了，知道吗？起搏器被 Anphone 干扰的小道新闻我也曾看到过，什么遥控起搏器在短时间内连续发出超高起搏信号，导致心力迅速衰竭。我还以为这只是谣传！”

“不不不！布兰克先生！我发誓我没有！”Kevin 竭力辩解，冷汗已在额头出现。布兰克说得没错，布兰克从来不会出错！ Kevin 其实无以辩解，心中忐忑正渐渐变成不祥预感。

“Kevin，你紧张什么？就像我说的，这又没什么不妥。其实这很高明啊！既能达到目的，又不需要一辈子做通缉犯。而且，你也不希望让那位露小姐受牵连吧？不，Kevin，不要打断我。你所做的我都能理解。如果我是你，说不定也会这么做！为什么不呢？如果是我遇上一个可能是安第斯遗产继承人的女人，善良，漂亮……天哪，你说我哪里还需要费这么多年的事？哈哈……”

布兰克再次仰面大笑。笑声令 Kevin 全身汗毛倒竖，肌肉瞬间绷紧，冷汗浸润脊背的伤痕，顿时一阵钻心之痛。疼痛却让他冷静。他已意识到将要发生什么，大脑开始运转，心脏也跳得更疯狂，口中却依然喃喃着：“我发誓我从来没想过要背叛您！从来没有！您看，Anphone 我一直带在身边，就是让您时刻知道我的位置！我一直都在努力找到 Z 的设计和安第斯的后人，并把他们带回来交给您！”

“Kevin，你不必解释的，我没怪你有主见呀？更没怪你翅膀硬了要自己飞呀？可你在需要帮助的时候，为什么总也想不到你的布兰克叔叔呢？你要查安第斯公司的邮件记录，告诉布兰克叔叔嘛！你要查翟教授的住址，也可以让布兰克叔叔帮你啊？为什么要去找路易斯小姐呢？她知道你和我的秘密吗？当然不知道，不然的话，她怎么会帮你？你看，你帮布兰克叔叔把这个宝贝都找回来了，布兰克叔叔又怎么会不愿帮助你呢？”

布兰克边说边掏出黑色 U 盘晃了晃，随即又塞回裤兜。Kevin 木然看着，大脑正飞速运转，构造一个大胆的想法。车里除了他和布兰克，就只有跟随布兰克多年的老司机马克。Kevin 年轻体壮，一直接受专业搏击和散打训练，而布兰克毕竟已开始衰老。逼急的狗还要咬人！

布兰克还在继续说着，嘴角依然带笑，眼中却有寒光凝聚：“而且，你还帮我解决了安第斯真正的后代！董事会里再不会有人投反对票了，哈哈！这都要感谢你！再过一会儿，安第斯公司的记者招待会就要开始了，董事会的决议就会向全世界公布了，那将是个令人振奋的场面。不过，对不起，亲爱的Kevin……”

布兰克突然止声，嘴角笑意依旧，右手正暗暗伸向风衣内襟。Kevin浑身肌肉都暗暗绷紧了，双眼不放过任何细节。他知道布兰克的风衣里藏着什么，他太了解布兰克的习惯了。布兰克很喜欢枪，把枪藏在许多地方，比如腰间，公司办公室的桌子下面，还有家中书房抽屉的夹层里。动手！不然就再无机会了！0.1秒之间，Kevin的右手已锁住布兰克咽喉。布兰克忙抓Kevin手腕，Kevin的左手却已趁机伸入布兰克的风衣，瞬间枪已到手。Kevin放开布兰克的脖子，双手握枪顶住布兰克的太阳穴。布兰克顿时面色阴沉，身体僵硬，嘴角的笑容彻底消失了。汽车剧烈晃动，猛刹在原地。Kevin双腿用力，把自己定在座椅上，双手握枪，高声吼道：“让马克继续开车！通知后面的车不要跟着！”

“唉！”布兰克叹气道，“Kevin，为何要这样做呢？你太让布兰克叔叔失望了！”

“闭嘴！我只是你的一颗棋子！你从来没有为我考虑过！照我说的做！快！不然别怪我不客气！”

布兰克却突然全身放松，靠进座椅里，任随枪口顶着头，嘴角再次扬起笑意：“你已经够不客气了，Kevin！唉！马克，你就这样看着他对我不客气吗？”

布兰克正说着，司机马克转过身来，用枪指向Kevin。Kevin一惊，条件反射地掉转枪口向着马克扣动扳机，却只听见“啪”的一声轻响。布兰克仰头笑道：“哈哈！年轻人！你果真还是个年轻人！布兰克叔叔怎么会那么傻，在枪里给你留好子弹？”

Kevin顿然醒悟，一切都完了。

“到站了，你该下车了。”布兰克话音未落，Kevin一侧的车门已被人打开，两个保镖站在门外。加上司机马克手里的，一共三把手枪对着Kevin。布兰克笑道：“亲爱的Kevin，他们会照顾你的。”

Kevin丢下手枪，默然下车。不需要再说什么。金色的斜阳被山林分隔成许多碎块，妩媚而绚烂。Kevin闭上眼，眼前依然一片光明。风中挟带着海的气息，他莫名地想起海边的灯塔，独行狼一般的童年。上帝竟然如此公平。有人在背后狠狠推搡，他向前跌了一步，身后有车门关闭和发动引擎的声音。

布兰克靠回后座上，跷起二郎腿，眯着眼自言自语：“笨蛋！我怎么会舍得弄脏自己的车呢？”

小玉醒过来，看见一大片被夕阳涂抹的天空，分外美丽妖娆，令她以为这就是天堂。

既然在天堂却又为何如此难受？肺里火烧火燎，嗓子和胸部都似乎塞满乱棉絮。终于一股水从鼻子和嘴里喷出来，紧接着一阵剧烈咳嗽，更多的水从嘴里一股股冒出来，黏稠而苦涩，令她一阵阵作呕。一阵痉挛之后，身体终于平静下来。天空再度出现了，阳光很温和，浑身却很湿冷。这不是天堂，她也许并没资格去天堂的。

“小姐，快把湿衣服换掉吧！不然会感冒的。”

小玉听到成年男人的声音，南方口音的中国话。小玉挣扎着坐起身，发现自己正在一艘极小的橡皮艇上，四米多长，不到两米宽。除了小玉，船上还有一个五六十岁的亚裔男人，身材矮胖，秃顶，细眉细眼的，笑盈盈坐在船尾。在小玉身边不远处有一条干浴巾，浴巾旁是一摞未拆封的新衣。小玉忙低头看自己，正裹着一条浴巾，浴巾下是一身湿衣。男人哈哈一笑，转身背向小玉坐着，去看远处的风景。橡皮艇正漂浮在海面上，一侧是绵延的山峦，另一侧是浩瀚无边的海面。

小玉翻一翻那摞新衣，黑色外套，白色衬衫，修身西裤，黑色半高跟的皮鞋。丝袜、内衣也一应俱全。小玉心中诧异，身上却又实在湿冷难耐，索性用最快的速度擦拭换衣。内外衣居然都很合适，只是样式略显怪异，好像酒店大堂的服务员。这个中年男人到底是谁？及时相救还带来合身衣裤？小玉轻声谢过，问道：“您是……”

“叫我老杨吧！”中年男人转回头，笑意似更浓些，一双细眼眯成了月牙儿：“今天天气好，本想出来钓鱼，结果钓上来一条美人鱼。呵呵！”

男人的笑声中气十足。小玉双颊发热，心中疑惑颇多，却一时问不出口，只说：“谢谢您救了我！”

“嗨！客气什么！谁让我正好经过这里呢？呵呵！”男人嘿嘿一

笑，小玉很清楚这绝非偶遇。但对方显然不想多说，追问也是没用。茫茫大海，孤舟寡人，反正死都死过了，还有什么可担心的？只听对方问道：“小姐，你打算去哪里？”

“我……”

小玉心中茫然，全然不知如何作答。那人笑道：“原来又是个无处可去的！旧金山无家可归的人最多了，无处可去也不能跳海啊！是不是？哈哈！”

小玉暗暗纳闷，不知他是当真还是玩笑，不过还是解释道：“我不是自杀，我是……不小心掉下悬崖的。”

“哈哈！”男人大笑两声，“小姐！我经常到这里钓鱼，这里可不是每天都有人不小心掉进海里的。”

小玉索性不再辩解，她越发确认对方只是说笑，她已厌倦了被人玩弄于股掌之间。那人却收起笑容，一本正经道：“我可不想让你再‘一不小心’掉进海里。这样吧！既然你无处可去，就跟我去上班吧？”

“跟您去上班？”

“是啊！我上班的地方有吃有喝。你一定饿了吧？吃饱再说喽？”

“谢谢！”

小玉不知这男人葫芦里卖的什么药，不过什么药都无关紧要。她身无分文，肚子又的确饿了。谋杀，逃遁，欺骗，背叛，死亡。短短一周她都经历了，还能发生什么更糟糕的事情呢？

老杨手拉引擎，轰的一声巨响，橡皮艇猛然加速，在船尾掀起巨大的水花。小玉回头看那绵延的山林，在夕阳下竟显得那么美好安逸，谁又会想到，谢安娜的生命刚刚在那里结束，而骆驼则吉凶未卜？人心竟然如此莫测，背叛她的是Kevin，紧要关头挺身保护她的却是骆驼。回想起来也算多亏了骆驼，使她侥幸躲过一劫。否则即便不落崖，在布兰克手里也必然凶多吉少。可谁又知道她现在是不是安全的？小玉越发茫然无助，完全不知何去何从。细看那渐远的山林，已不知哪一处是她落水的地方。哪里都无妨，这一落，若能洗去一切就好了。

就在小玉目光所及的那一片山林里，一辆黑色越野车正停在一棵大树后。这林子树木茂密，崎岖狭窄的林间路被落叶覆盖，虽然分外偏僻幽静，却也并非从来无人光顾。特别是在这夕阳西下的和悦黄昏，在隐蔽处停有空车并不罕见。常有恋人在这样的时刻开车到海边的山林之中，找一处僻静之地，搭个帐篷或铺一块帆布，在余晖中温存亲热。

但这辆越野车的情况不同。它的主人洁茜小姐独自驾车而来，把车藏在这里，自己却沿山中小径飞奔。她天未亮就开车出门，悄然来到她昨夜曾光顾的汽车旅馆。在晨曦中她看见 Kevin 的身影，带着另外两女一男，搭乘一辆出租车。这几人她昨夜已经见过，只是那时太黑并没看清样貌。清晨再看，虽然隔着一段距离，却也一目了然。她并不在意别人，留意的只是那身材小巧的中国女孩，身材瘦小，充满东方韵味，并不算太性感，但远比报上的模糊照片美丽。Kevin 就是带着这女孩一路逃亡的。

Kevin 并没细述内情，只说："洁茜，请相信我，我是无辜的！"洁茜无条件地相信他的无辜，完成他的指令：查阅快递单据，调查翟教授地址，深夜开车到密林中接他，带着他留在她家的内外衣。Kevin 其实早就不再经常光顾她的公寓，尽管他有大门的钥匙。他不是传统的东方男人，洁茜也不是放荡的西方女孩。然而他们之间并没有任何约定，她同时还和另外一个已婚男人交往，比她大 20 岁，是附近医院的主治医生。医生送给她礼物，邀请她出国旅游。医生曾经提出为了她离婚，反对的是她。反正她还年轻，自由比爱情更重要。洁茜崇尚爱情，也知道一生中的爱情不止一次，婚姻和爱情不该混为一谈。其实 Kevin 对她已经成为过去时，或者压根儿就不曾是一回事。只不过有些琐事偶然还会让她想起他，比如每天中午在公司附近的小餐馆共进午餐，深夜加班后在咖啡厅里并肩而坐，还有在她小房间里寥寥几个缠绵之夜。她本以为他们就该如此，匆匆分离，使彼此成为转瞬的风景。她年轻而充满活力，一路上还将有很多风景。然而 Kevin 陷入了谋杀危机，她突然接到 Kevin 的求助，竟然感到了责任，产生了义无反顾的冲动。她早知 Kevin 在和布兰克周旋，曾经因此对 Kevin 心生敬意，却并不知竟能发展到如此危急的境地，她更不知当 Kevin 置身险境时，她竟会跟着忐忑不安；而接到 Kevin 求助时，竟又如此心潮澎湃。她想为 Kevin 提供更多帮助，Kevin 却严词拒绝了，不留一丝余地。她不清楚那是因为担心还是因为不信任。两种感情相互交融，让她无法安心待在家里。她向来大胆任性，自作主张时并不顾忌太多。所以她违背了 Kevin 的意思，一路悄然尾随，直到远远看那出租车冲下山谷。她心中焦急万分，同时又感到无比激动。把车找个僻静处停了，徒步钻越山林，却又一时没了方向，直到听见清脆的枪声，浑身顿时一凉，双腿发软，鼓足勇气循着枪声拼命跑去。林间荆棘丛生，地势陡峭，她的膝盖和臂肘都被划破了，热辣疼痛，她心中却突然升起一个念头：只要他活着，她就嫁给他，生一群孩子。这种冲动令她兴奋不已，四肢产生巨大能量，灌木陡坡都不在话下，不知徒步奔跑了多久，终于赶到了，却只遥见 Kevin 和布兰克钻进一辆黑色轿车。她猜到 Kevin 是被布兰克胁迫的，所以再披荆斩棘地赶回越野车，开车猛追，满山遍野，也不知人家开向何处，更不知果真追上了又能如何。如此在山上绕了许久，突然一辆黑色轿车迎面而过，洁茜瞬间看到车内后座上的人似是 Kevin，前后都有打手模样的人就座，布兰克倒是没见。洁茜顿时心脏狂跳，想都没想就刹车掉头，紧踩油门追上前车，不顾山路崎岖，佯装超车并肩而行。她果然看清了，车后座上就是 Kevin！ Kevin 也发现了黑色越野车，目光仿若死灰复燃。洁茜冲他用力点点头，再不多想，猛打方向盘，向黑车撞去……

18 点 55 分，安第斯公司的新闻发布会五分钟后开始。安第斯大厦灯火通明，门口车流如织。大厦一楼的大会议厅早被来自世界各地的媒体挤满了。一周前的安第斯世界大会取消，老安第斯先生遇害，各媒体留守旧金山，随时关注事态发展。今晚的发布会是事发后安第斯董事会首次集体公开亮相，媒体的兴致比当初参与安第斯大会时更高，早早就把会议大厅挤得水泄不通，人群中有服务员穿插着送饮料和小吃，步履格外艰难。唯有二层贵宾包厢里还有空余的位置，那是留给董事和高管的。主角尚未登场，尽管观众已等待多时了。

安第斯大厦 20 层的总裁办公室里，安第斯夫人黑衣黑帽，端坐在办公桌后，透过帽纱注视着缓缓开启的金属门：“亲爱的，你迟到了，记者们都已经等在楼下的会议厅里了。”

布兰克见到安第斯夫人，微微吃了一惊，不禁仰头看了看房顶隐藏的摄像头。待总裁办公室的金属自动门徐徐关闭，安第斯夫人笑道：“胆小鬼！我来之前就把监控和对讲都关了。”

“亲爱的，你怎么会在这儿？”布兰克微笑着走上前来，心中却是一片阴沉。这个女人，不该此时在这办公室里出现。成功在即，更不能因小失大。可她并非鲁莽草率之人，为何偏要在此时冒险？布兰克恍然大悟。这是威胁，在他得到一切之前。无论她说什么，他必须忍耐。

“我为什么不能在这儿呢？到现在为止，这还是我丈夫的办公室。尽管再过一会儿就变成你的了。”布兰克夫人浅笑着回答。

“它变成我的之后，你还是随时可以来。”布兰克绕到写字台后，探头亲吻她的面颊。她却向后一躲：“布兰克，我都不知道能不能相信你。你一向喜欢花言巧语，我丈夫就是这样上当的。”

“亲爱的，别这么说，你知道我们之间一直都彼此信任。”

“真的吗？”安第斯夫人扬起眉毛，“信任我，还要派人来监视我？”

“我派人监视你？”布兰克睁大眼睛，一脸懵懂。

“布兰克，我又不是小孩子！何塞，我的园丁，你不会没听说过他吧？”

布兰克手指捏着下巴：“何塞？好像我真的没听说……”

“哈哈！”安第斯夫人仰面而笑，她早知这男人狡猾透顶，“得了吧！你的管家介绍来的，你忘了？”

“桔恩小姐介绍的？她怎么没告诉我？”布兰克皱起眉头。

“我本来也以为她没告诉过你。可有一天晚上，何塞溜进老家伙的书房……”安第斯夫人把眼眯起来，“别告诉我，那个墨西哥白痴自己会对书房抽屉里的文件感兴趣！”

布兰克佯装吃惊，睁大眼睛：“真的吗？看来他来头不小呢！后来呢？何塞怎样了？”

安第斯夫人冷笑了一声，白了布兰克一眼：“哼，你知道他怎样了！”

“可怜的何塞。”布兰克耸耸肩，“你也太不给我面子了。”

“哦？要我给你面子？”安第斯夫人从皮椅上站起来，双手在胸前交叉，腰身越发妩媚，“那你打算给我什么？老家伙的公司归了你，可老家伙的财产并没有归我。我眼看就要去街上流浪了！”

“哈哈！”布兰克报之一笑，摊开双手，“美丽的旧金山，连乞丐都是这样的光彩照人！”

安第斯夫人瞪了布兰克一眼，布兰克笑意更浓，柔声道："宝贝，你不是还签了合同吗？九成的遗产？"

"可你不是刚刚把她除掉了？"

布兰克耸耸肩："难道，你想让她把我们俩都除掉？"

安第斯夫人噘起嘴："反正无论如何，我还是一无所有。这下财产都变成善款了！而且，那个慈善基金的秘书长，好像最近有传闻要离职吧？你会不会出任下一任秘书长？听说你很有爱心呢！要在非洲盖一万座小学？干吗不盖在俄罗斯？"

安第斯夫人嘴角浮现一丝鄙夷的笑容，布兰克眼中怒光一闪，却并未发作，依然保持着温和的笑容："我最近也听说，那秘书长正趁着下台前的时间，抓紧聘用一家建筑公司承建非洲小学的工程。我还没来得及反对呢！亲爱的，你最近也开始做生意了？投资建筑公司了？嘿嘿！小机灵，那个建筑公司的老板可是老头儿多年的朋友。他是何时拜倒在你脚下的？你打算到时候分他多少？"

安第斯夫人哼了一声："何塞的用处不小啊！建筑公司的那一点点佣金，又怎能和偌大一个安第斯公司相提并论？"

布兰克的语气更加柔软，仿佛一只温顺的小猫："亲爱的，连我都是你的，何况一家公司……"

布兰克把手伸向安第斯夫人妩媚的腰身，安第斯夫人并没躲闪，在这场游戏中，她深知如何攻守进退。她靠进布兰克怀里，浑身酥软如一条酒缸里捞出的鳗鱼，嘴却还硬着："你是我的？你是我的什么人呢？丈夫吗？你老婆怎么办？我们一直在演的这场戏，又怎么收场？"

"Emmmm，"布兰克把鼻子顶在安第斯夫人脖颈上，闭眼吮吸一会儿，在她耳根小声道："有了安第斯公司，我们就有了一切！等过些日子，我们离开这里，去加勒比买下整座岛，我为你建一栋宫殿。好不好？"

安第斯夫人却猛然挣脱了布兰克的怀抱，瞪眼道："你想甩开我？你想把我扔到什么破岛上去？我明白了，我对你没用了，从一开始你就只是想要利用我吧？怪不得你的计划从来不会对我有什么好处！"

"亲爱的，你在说些什么？"布兰克再次摊开双手，一脸的无辜。

"我在说当初老头儿安排中国的继承人来美国，你就瞒着我！"

"那女孩儿本来就不是真正的继承人。"布兰克打断安第斯夫人。

“当时你可没那么确定！你其实根本就不在乎她会不会从我手里夺走老头儿的财产！你骗我说你安排好了一切，其实你的安排，只不过是借那女孩儿的手杀了老头儿，以便拿走他保险柜里的东西！”

“亲爱的，别说得这么难听。这么久以来，你每天给老头儿吃的那些药是干什么用的？你难道不想他死？有人来替我们做这件事，又有什么不好？”布兰克朝着安第斯夫人做了个鬼脸。

“你说得没错！我就是要他死！我恨不得他立刻就死，是你不让我下手。那些药本来也是你找来的，你说得慢慢来，神不知鬼不觉！其实你只不过是想拖延时间，找到你想要的。你怕直到老头儿死了，你还弄不清楚新 Anphone 的设计在哪儿。你让我天天陪着这样一具木乃伊过日子，你心里根本没考虑过我的感受！要不是老头子把继承人都弄到美国来了，你也不会着急采取行动的！”

“亲爱的，拿到那设计，对我们都有好处。”

“是对你有好处！对我有什么好处？老家伙的遗嘱也是你的杰作吧？都留给中国的后代，限期一个月？老头儿压根儿就不是那种人！就连他亲妈都对他一钱不值，更别提一个从未谋面的私生女了！他也绝不会主动为慈善捐一分钱！”

“这次你可真是冤枉我了！那份遗嘱，我真的一个字都没动过！”布兰克脸上的笑容没了，耐心正在渐渐消失。手机却偏巧在此时响起来。手机那端的亚瑟毕恭毕敬地先道歉，因为打扰了布兰克先生，之后才解释：大会已经开始了，嘉宾和媒体们都在等待布兰克先生，总裁办公室的对讲机被关闭了，所以只能通过手机联系……

布兰克挂断电话，对安第斯夫人强作笑脸道：“亲爱的，你别这么神经质。你不喜欢加勒比，我们就不到那里去。你想去哪儿我们就去哪儿！”

“我哪儿都不去！我就要留在旧金山！我要你名正言顺地娶我！”安第斯夫人半娇半怒，杏眼圆睁。她知道这是不可能的，她也无须下一个婚姻陷阱。但她明白，既要做交易，就要先喊出个天价。

布兰克却笑脸相迎：“好啊！我最亲爱的莱恩小姐！你说怎样就怎样！别让记者等太久了，好吗？”

安第斯夫人突然间无计可施了。他叫她娘家的姓，莱恩是她娘家的姓。他把她和安第斯划清界限，可他并没给她任何承诺。这个狡猾而无耻的男人，突然令她感到厌恶。布兰克和老安第斯无异，两者都是骗子和滑头。她的父亲死在安第斯手上，她不能再输给布兰克。必须从长计议，此刻却不能意气用事。安第斯夫人噘了噘嘴：“你先下去吧，我过五分钟再去。”

布兰克哈哈一笑，快步上前短暂相拥，将嘴唇贴在她耳边：“我就知道，你是个非常、非常、非常聪明的女人。”

“别演了。在你眼里，我就是个大傻瓜。”安第斯夫人又白了布兰克一眼，小声问：“你找的替罪羊，现在怎么样了？”

布兰克顽皮地眨眨眼：“都安静了，永远地安静了。”

小玉跟随老杨在码头下了船，登上老杨的轿车。一辆半旧的福特，挂着加州牌照。老杨让小玉坐在后座，自己从后备厢里取包离开，过了几分钟又回来，已换好一身招待生的制服。老杨嘻嘻笑道：“这是我的工作服，和你的般配吧？”

小玉低头看看自己的衣服，颜色和质地都和老杨的类似。如此煞费心思绝非只是为了一顿饭。她心中疑问颇多，想问却又觉没有必要。需要她知道的自然会告诉她，不需要的，问也问不出。反正腹中饥饿难耐，能填饱肚子也好。

老杨开动福特车，小玉靠在后座上闭目养神。夕阳只剩余晖，在眼皮上涂抹一层温柔的橘色，车身轻轻晃动，轮胎和地面柔声摩擦。小玉顿觉万分疲惫，眼睛再也睁不开，耳边的沙沙声始终都在，只是渐渐地又多了些声音，不明来处，也听不清内容。小玉心中疑惑，不知自己是梦是醒，努力睁开眼睛，眼前却变作漆黑一片，耳边的声音倒是越发清晰，忽远忽近，异常缥缈，仿佛是老妇人的低声呻吟。小玉心中一凛：莫非是谢安娜的亡魂来找她？她竭力竖起耳朵，却听到：“门儿！门儿！卞家的门儿？”

小玉大惊，难道又回到布兰克家中？很想起身细看，四肢却又似失去知觉，奋力一挣，突然醒过来，发现自己正从汽车座椅上挺身而起。只见福特车已经停稳，老杨回头说：“到了！下车吧！”

小玉看看窗外，天色尚未黑透，福特车正停在一个偌大而拥挤的停车场边缘，停车场已停满车辆，密不透风，一望无际。一座玻璃大厦正远远树立于停车场中央。小玉心中一惊：这不是安第斯大厦？背后不禁一阵寒意，脱口问道："您在这里工作？"

老杨摇头道："我？哈哈！我可没那么聪明！我只是餐饮公司的服务员，今晚这里有会议活动，我是来端盘子的。给！"

老杨递给小玉一个名牌，让她别在胸前，他胸前已然别着同样的一个。名牌上一行小字：某某餐饮公司，安第斯公司新闻发布会。小玉备感犹豫，不愿佩戴名牌。这岂不是刚出虎穴又入狼窝？老杨笑道："怕什么？小姐？难道这大厦里有鬼会吃人？"

老杨看上去只是说笑，眼中却流露狡黠之光。这里必定还有故事，只不过老杨似乎并非布兰克的手下。他又是哪路人马？事已至此，小玉早已丧失自己掌控命运的能力。冥冥之中，仿佛一切都早有安排。这是一场演出，她只是个小配角，但还轮不到她下场。小玉心中突然一阵好奇，生死之间走了一遭，她反倒有点期待着看到这幕剧的结尾了。

小玉随老杨顺利通过安检，进入安第斯大厦。大厦内人流喧嚣，热闹非凡，和小玉上次所见截然不同，那些冰冷的金属墙壁也似乎跟着热闹起来，不停滚动着文字和图示，把来客引向大会议厅。那会议厅好像环形剧场，上下分为两层，一层大厅已挤着数百人和各种新闻器材，弯月般围绕着高立的舞台。二楼则是一间间包厢式看台，厢内灯光很昏暗，座椅深藏于阴影之中，端坐着不少西服革履之人，却看不清面容。小玉猜想那都是安第斯公司的经理，连忙低头侧身，生怕被布兰克或是其他见过她的安第斯员工看见。老杨拿了一托盘蛋糕递到小玉手中。小玉托着盘子装模作样，却站在角落里并不走进人群，伺机自己偷吃，不久便清光了托盘。正想找地方放下托盘，会厅的扬声器突然宣布会议开始了。

原本嘈杂的会场渐渐安静，安第斯的董事和高管们鱼贯登上主席台。布兰克最后一个登台，坐在最中央的位置，身上的西服都没换，面容却格外沉稳安详，仿佛根本没到过海边的丛林里杀人。

大会司仪提议为安第斯先生默哀一分钟，全场顿时鸦雀无声。小玉不禁偷眼扫视，没看见 Kevin，却看到安第斯夫人，在二楼正中包厢的头一排出现，仍是一身黑衣，正襟危坐，面无表情。小玉忙低下头。其实楼下大厅里拥挤不堪，人头攒动，楼上和台上之人未必能注意到角落里的小玉。

司仪并无多少赘述，快速进入主题，宣布董事会决议：全票通过任命布兰克先生为总裁。此决议并无悬念。人群中有人带头鼓掌，掌声迅速扩大，响彻大厅。待掌声稍弱，有记者抢先提问："所谓全票通过，包括安第斯先生的继承人吗？"

发言人答："安第斯先生的合法继承人尚未出现，因此只好以缺席来处理。"小玉听罢不禁黯然。那胆小的谢安娜，再也无法出席任何会议了。布兰克这个刽子手，居然就如此坦然地坐在主席台上。

又有记者追问："安第斯夫人的态度如何？"

司仪显然早有准备："安第斯夫人并非董事会成员，因此未被邀请上台，大会结束后您可以直接去采访她。"

司仪并未眺望二层包厢，众媒体却早已发现目标，镜头不约而同转向二楼，安第斯夫人默然端坐，面无表情，仿佛正冷眼旁观一场闹剧。小玉暗暗佩服安第斯夫人的演技，进而联想到 Kevin 的演技也绝不逊色，不禁又悲又怒，怪自己心软，不仅被人玩弄于手心，还主动回美国自投罗网。想到此处，小玉顿生乡愁，中国的一切似乎都值得无限留恋，但最为留恋的，却还是可赋。此时他应该还躺在医院里。分别不过两日，小玉却已无数次想起那几条短信和站台上的最后一面。可赋的目光终于说出两年都不曾说出的感情。小玉却又拿不准，那感情到底是不是真的。毕竟在医院里，有另一个女子在照顾可赋。

又有记者点名布兰克发问，把小玉的思想强行拉回会场："按照安第斯先生的遗嘱，他的继承人在他去世后一个月内找到，都还来得及继承他的一切遗产。但现在刚过一周，你们就急着表决，是不是担心继承人出现了，董事会决议的结果会有所不同？这个问题，请布兰克先生回答！"

大会司仪回头去看布兰克。布兰克微微点头，稍事斟酌，缓缓开口："其实，自安第斯先生去世，我就在承担临时总裁的职责，但工作时仍有诸多不便。董事会认为，长期如此会严重影响公司的运营，因此才决定早日召开董事会。商场如战场，需争分夺秒。当然，我很期待见到安第斯先生的继承人。只要他及时出现，而且对我的工作不满，随时可以行使大股东权力，提议董事会更换总经理。"

司仪接过话题，高声宣布再接受一个提问就结束大会。记者们纷纷举手抢着发问，会场顿时乱作一团。司仪只好稍稍让步，改成最后两个问题，请大家遵守秩序。小玉耳边突然有人低语："小姐，还等什么？举手啊！”

小玉吓了一跳，扭头一看，老杨正朝着台上努嘴。小玉备感疑惑，不知此人到底是何用意，只是越发肯定他来历不凡。小玉低声问老杨：“我又不是记者，举手说什么？”

“哈哈！别装了，其实我早就认出你来了！”老杨竟然瞪圆小眼，一脸亢奋，之前的悠然之态一扫而光，俨然判若两人：“你就是电视上说的那个从中国到美国来参加安第斯大会的谋杀嫌疑犯！”

小玉早知老杨高深莫测，乍闻此话还是感到惊慌失措，突然产生逃跑的冲动，怎奈大厅拥挤不堪，无路可逃。只听老杨又说：“你这个小姑娘面善得很，我不相信你能是杀人犯！我倒是觉得，安第斯不远万里把你弄到美国来，这里面一定有文章！你难道不是安第斯的孙女吗？快举手吧！难得有这么多记者在！”

“我……”小玉正要开口，老杨却不容辩解，抢着举起手。台上司仪正在挑选最后一个发问的人，只听老杨用英语高声叫道：“安第斯的继承人在此！”

小玉大惊，要拦却已迟了。老杨的声音洪亮如钟，大厅里立刻安静下来，众人纷纷转身翘首而望。老杨高举双臂，又大声重复一遍：“大家注意了！这位露小姐就是安第斯先生的继承人！”

大厅里一阵骚动，记者们恍然醒悟，闪光灯霎时闪作一团，晃得小玉睁不开眼。人群在两人面前自动闪出一条通道，老杨拉起小玉快速往前走。小玉从未遇到过此种场面，劈头盖脸的闪光灯令她手足无措，大脑空然一片，双腿不由自己指挥，转眼间已被老杨拉上台来。愕然遇到布兰克讶异的目光，瞬间又恢复了淡然，眉宇间竟流露出一些轻蔑和讥讽。这目光反而激怒了小玉，却也帮她冷静下来，索性昂起头，正面台下的闪光灯。虽然她并非真正的继承人，但她亲眼目睹布兰克的罪恶。索性当众说出她所知道的一切，尽管也许没人会相信她。

布兰克却主动起身来到小玉身边：“露小姐，很高兴再次见到你！你怎么没有早点告诉我，您就是安第斯先生的后代？不过，您不会是他的女儿吧？也太年轻了一些？”

小玉挺直脊背，朗声答道：“不，我不是安第斯先生的女儿！他的女儿不是刚刚被你杀害了？”

台下一阵惊呼，布兰克却仰面大笑：“哈哈！我的老天！这是多么可怕的指控呢？我杀害了安第斯先生的女儿？这是不是很可笑？露小姐，你为什么不告诉大家，几天前，在你离开安第斯先生办公室的时候，他有没有觉得不舒服？或者那时他已经说不出话了？因为他已经去世了！而且保险柜里的东西也没了！”布兰克越说越快，声音也越来越响，越来越严厉，“你混进安第斯公司，将安第斯先生谋害，偷走他保险柜里的东西，居然还有胆量来到这里！你到底想要达到什么目的呢？”

露小玉深吸了一口气说：“我就是想告诉大家，安第斯先生不是我谋杀的。你才是真正的杀人犯！”

全场再度哗然。布兰克睁大眼睛，做出吃惊之色，随即仰头大笑：“哈哈！我的上帝！这可实在是太可笑了！一个小偷的话，会有多少人相信呢？你难道不知道，自己是警察正在通缉的凶手？你忘了你把什么带进办公室里，让它在安第斯先生面前释放了某种气体？你要是不记得，这里的每一位都能提醒你。因为无论电视还是报纸都说得很清楚！”

“对不起！布兰克先生……”人群中居然又有人举起手来。众人纷纷循声而望，有个高大臃肿的男人正挤到台边，正是弗莱德探长，“……布兰克先生！对不起，我需要更正一点，警方已经取消对这位露小姐的通缉了。因为我们确认那个昆虫机器人并没有携带致命的毒气，而安第斯先生也并非是被毒死的。我记得我好像跟您说过这些？”

“弗莱德探长！”布兰克吃了一惊，但很快又镇定自若，“真高兴您今天也能有时间来参加这个记者会。不过，我不记得您跟我说过，警方已经停止寻找这位姑娘了？”

“哦，对不起，也许我没说清楚。警方的确还在寻找这位小姐，毕竟，我们还有个案子没破。”

探长耸耸肩，他身后人群越拥越紧，闪光灯在头顶及每个缝隙闪个不停。对任何媒体而言，此等良机都百年难遇。探长眼看就再没有容身之地，索性一步跨上台。虽然身材臃肿，腿脚倒是格外灵敏。

布兰克微微一笑。那是他面部最常规的动作，掩饰一切心理活动。探长的突然出现是今晚的第二个意外，这两个意外皆让他感到紧张，但他并不惊慌，至少并没表现出丝毫的惊慌来。他从未留下任何蛛丝马迹。不论是女孩还是警方，都不可能掌握任何证据。他坦然道：“没关系！探长先生，总之并没人给安第斯先生放毒，是吗？”

探长却连连摇头：“哦！不不不，安第斯先生的确中毒了！”

“哦？是不是我的理解力太差呢？这下我就糊涂了。你不是刚刚还说，安第斯先生并非中毒而死的？”

“是的，安第斯先生并非中毒而亡。但是，我刚刚接到一个电话，法医告诉我，安第斯先生似乎有长期慢性中毒的迹象！”

台下又是一阵躁动。布兰克脑中闪过的第一个念头：这不可能！药是精挑细选的，纯天然配方，每次摄入微量，对某些脏器造成轻微却不可逆的损害。此种损害需日积月累方可引发器官衰竭，毒素本身在身体中微乎其微。而且老安第斯服用此药才仅仅一年，远未达到致命程度，毒素在身体中积累得更少，难以检验，加之此药是最新研发成果，昂贵至极，也秘密至极，全美也未必有几家警局会想到对此进行检查。这其中或许有诈。布兰克皱起眉头，一脸诧异：“真的吗？安第斯先生在公司受到严格的保护，在家应该也会受到无微不至的照顾。探长先生，我们都非常关心这个案子的进展，我也非常希望您能早日弄清楚一切！”

“当然！我们也想，”探长耸耸肩，“可这个案子不好破啊！”

“探长先生，你眼前这位露小姐，恐怕就能给你提供不少重要线索！比如她为何要冒充安第斯的后代来到美国，又为什么要偷走安第斯先生保险柜里的东西逃跑。不过我想，你可能不希望在这里开始审讯吧？我也不想把记者朋友们拖得太久！既然这位露小姐并非安第斯先生的后代，那么就请您把她带回警察局细问吧，我们的发布会马上就要结束了！”

布兰克微微颔首。探长连连点头：“当然！当然！抱歉打扰了……”

“等等！”台下突然又有人高声叫，“安第斯的女儿在这里呢！”这回是个女人声音，高亢尖厉，纯熟的英语中隐含些微东方口音。小玉有几分耳熟，却又全然想不起在哪里听过。台下又是一阵剧烈骚动，布兰克这次着实皱了皱眉，随即耸起双肩，笑道：“这是在干什么？狼来了？”

台下众人哄笑，却依然翘首四处张望寻找，终于在人群深处慢慢挤出一个瘦高的身影，看不清面容，只能看到满头银丝。小玉心脏猛然一跳，定睛细看，果然是个女人，正昂首阔步走向主席台，身穿同样的侍者制服，胸口别着同样的名牌。她的面容渐渐清晰。尽管她步履轻盈，神清气爽，坦荡大方，与先前那个胆小的东北村妇截然不同，小玉还是完全确认：谢安娜！她怎么死而复生了？她的英语竟然如此流利？

夜幕垂落海面，太平洋似乎也变成了夜空的一部分。偶尔有轮船经过，光点在远方缓缓移动，仿如太空中按固有轨迹行进的星。

Kevin 探身轻吻洁茜的面颊，不是嘴唇，因为他们已不再是那种关系。下车，轻轻关闭车门。车身上有一道巨大凹痕，是刚才撞击造成的。撞击为他带来了机会，借着车身剧烈晃动，他夺过手枪，用枪背击昏了身边的打手，用枪口顶住司机的后脑，动作纯熟连贯。这次他原本没有逃生机会。洁茜是天降的护身符，着实出乎他的意料。洁茜独立而性感，同时周旋于几个男人之间，只做爱不谈爱。她曾是他见过的最酷的女郎，他和她保持亲昵，以此感到骄傲。某些男人具备狩猎的原始本性，把征服女人的肉体作为骄傲的资本，却并不在意对方的精神。一旦发现精神也一并到了手，反而感到惊慌失措。Kevin 在惊喜和感激之余，微微感到了压力。他是彻底的前途未卜，必须轻装上阵。他在下车前握住她的手臂，力道用得恰到好处。他说："我不能让你继续为我冒险。"

洁茜点点头，微微一笑，并不多言。亢奋之后是冷静，她和他从来不曾生活在同一个世界。她并不需要感激，她所做的一切都只为了她自己。善待一个人，因为善待使她得到了满足。她从他的目光中读出了一切。她会按照他需要的，安静地离开。

Kevin 转身沿公路前行。身后是引擎发动的声音，车灯光在他脚边划一个弧，随即消失了。他渐渐放缓脚步，心中升起一个想法：如果再回到那悬崖边，是否能找到至少一点什么？大脑随即发出警报：自己何时变得愚蠢无能？境况如此紧迫，竟有时间和心情去做这些毫无价值的事情？价值。这个概念突然刺痛了他。他到底还有什么价值？或许还有。至少布兰克还要四处找他，他的存在就是威胁。若想一直存在下去，首先要消灭存在的痕迹。Kevin 从口袋中摸出手机，打算将它丢向大海。Anphone 的秘密之一就是不可拆卸的电池，手机中永远有电流在运转，向外发出信号，报知自己的位置。在必要时，美国中情局可获取这世界上任何一个 Anphone 使用者的位置。安第斯公司也一样。这是布兰克的强大武器。Kevin 早就心知肚明，当初扔掉 SIM 卡只是演戏。Joy 单纯而善良，并没有多少高科技常识。Kevin 突然感到了歉意，鲜明而强烈，心中一阵隐痛。这歉意不只是对于 Joy 的，还对于另一个人。

Kevin 正要挥舞的胳膊变得迟疑。如果这世界上还剩一件真正未完成之事……他突然想起 20 年前，当他还是一匹干瘦的小狼，在圣诞前夜，把从超市偷来的老花镜藏进祖母的衣兜里。她常在深夜灯下为他缝补衣服，看上去很吃力的样子。他犹豫了片刻，收回手臂，在电话上按下一串号码。

"嬷嬷，是我，文文。"

他突然使用儿时的称呼，与成熟浑厚的声音格格不入。电话里的对方格外惊讶，声音万分迫切。他们已很久没有听到彼此的声音。他的双眼立刻湿润了："不，我不在美国！您放心。我暂时不会回来！"

对方的声音温和下来。她已年近八旬，早该享受天伦之乐，那是她这一生都无法体验的。他年富力强，才华出众，但他什么也给不了她，所以他更不能让她担心，她只是个善良懵懂的老太太。她曾迫切希望他能加入安第斯公司，成为布兰克的臂膀。她曾把安第斯公司看作是天堂，把布兰克看成未来的保障。直到此刻，她还在说："你对布兰克叔叔忠心耿耿，他一定会让你安全回到美国，洗清罪名的！"

Kevin 只能听着，没办法多加解释。慈祥而固执的嬷嬷决不会相信，她的"恩人"已对她唯一的亲孙子下了毒手。Kevin 挂断了电话，抹一把脸，把手机狠狠扔向大海。

桔恩小姐缓缓放下电话，好像那是一件很沉重的东西。她走出书房，小心翼翼地关门，不发出任何声音。走廊里虽空无一人，灯光却非常明亮，她的步伐突然变得沉重，好像力不从心，曾经隐瞒了多年的年龄突然就隐瞒不住了，疲惫之感从脚趾直达双目，胖胖的圆脸上突然老态龙钟。

楼道里突然响起雄伟的脚步声，墨西哥姑娘走路总是要用那么大力气。桔恩小姐竭力试图恢复通常的轻松表情，却并未成功。脸部的肌肉不由大脑控制，如心脏一般僵硬冰冷。她伸手狠狠揉搓双眼。转眼间，玛丽亚娜已惊慌失措地站在眼前："桔恩小姐！您快去看看吧！

电视里正在播布兰克先生！太太快要昏过去了！”

安第斯大厦一楼的大会议厅里鸦雀无声，仿如暴风雨将来之前的沉寂。

谢安娜登上台，经过老杨身边时两人交换了一个眼神。小玉心中一动：他们原本认识？老杨又矮又胖，又是个60多岁的秃顶，莫非，他就是谢安娜所说的那个由老安第斯派去找过她的私人侦探？原来他姓杨不姓阎？莫非，也是他救了谢安娜？但都已经被子弹打中了，怎能起死回生？

小玉正纳闷，谢安娜已在她身边站好，脊背挺得笔直，下巴微微抬着，一脸鄙夷地看着布兰克，仿佛突然换了一个人似的。

“真遗憾啊，布兰克先生，这么快您就不记得我了？您的助手枪法真的很好！不过，不知您听说过防弹衣没有。”谢安娜边说边敞开衣襟，露出贴身的黑色背心，胸口处还卡着一枚亮闪闪的子弹，“您不会连您自己的子弹都不认识？”

会场顿时一片哗然。小玉恍然大悟，心中却越发糊涂：谢安娜一直穿着防弹衣！怪不得在安宅的地下室里死活也不愿脱下毛衣！她真是安第斯的女儿吗？她到底是谁？

布兰克的笑容顿失，脸色变得铁青，却发出更夸张的笑声：“哈哈！这实在是太可笑了！这是多么神奇的故事呢？这位露小姐说我是杀人犯，你再上来展示子弹，顺便说自己是安第斯先生的女儿？你们当我们大家都是傻子吗？”

“我是有证据的，这是我母亲寄给安第斯先生的亲笔信，”谢安娜不慌不忙从衣兜里掏出一封信，“寄信时间是1983年，信封和邮票都能证明这封信的年代。”

“安第斯先生成就卓著，每天都会收到世界各地仰慕者的来信。谁能证明这封信不是你母亲自作多情，或者发神经呢？”

谢安娜说：“你不记得了？昨天在安第斯家，你把我父亲亲手写给我母亲的字条从我这里搜走了？连同安第斯夫人和我签的合同？”

众人仰头去看包厢，安第斯夫人却不知何时已消失了。布兰克笑道："哈哈，我在安第斯家？撒谎也不能这么不着边际。也许你不清楚，安第斯夫人是不会邀请我去她家的！不过，安第斯夫人真的和你签过合约吗？这就更有意思了！我倒是很好奇，你们之间达成了哪些共识？"

布兰克睁大眼睛，故作诧异。观众里也发出一阵低声浅笑。谢安娜泰然回答："她让我把遗产的九成都分给她。你难道还没过目吗？昨天看你们的亲密样子，我还以为你们什么都要商量着行事呢！你们把合同收回了，我是不是就不必履行了？"

"你撒谎！"安第斯夫人突然从台后绕出来。就在两分钟前，她刚刚接到确凿情报：这女继承人也是冒牌的！布兰克是个笨蛋！他谁也没能除掉，尽管她们都是冒牌货！安第斯夫人在楼上再也坐不住，局势眼看就要失控，她必须马上登台，亲自出演对她最有利的角色——揭穿冒牌货，还要与布兰克撇清关系。布兰克原本就不值得信赖。

台下又是一阵骚动，闪光灯又一阵暴风骤雨。安第斯夫人双手抱胸，傲然屹立在台中央，好像广场中心的艺术雕塑一般。布兰克眉头微微一皱，来不及开口，安第斯夫人已打响了连珠炮："我怎么会让布兰克这样卑鄙的人到我家来？我更不会让你这样一个莫名其妙的女人来我家！我根本就没见过你！我不相信你是安第斯的女儿。你只不过是想来骗取遗产而已！"

谢安娜不甘示弱："你怎知我不是安第斯的女儿？"

"你叫什么？哪年出生？"

"谢安娜！1949年出生！"

"Shit Anna？"安第斯夫人仰头大笑，"Shit？'安第斯'在中文里是这样翻译的？"

"我随我母亲的姓！"

"我说呢！你母亲是谁？她是哪里人？她为什么不来？"

"我母亲叫谢以璐，在上海出生。她已经去世多年了！"

安第斯夫人翻翻眼皮，一脸不屑道："我跟安第斯先生生活了十几年，从没听他提起过你母亲！"

谢安娜立刻反驳："他不说，不等于不存在！"

安第斯夫人猛地瞪圆了眼睛："你以前来过美国？"

"没有，这是第一次！"

“你怎么证明你的身份，有护照吗？”

“我的护照不是被你们抢走了？”

“哈哈！真可笑！我要问你为什么英语这么流利，你也说是我教你的？”

“全世界又不是只有你才能教我英语……”

布兰克的眉头越皱越紧。两个女人也越说越快，唇枪舌剑，根本不给别人插嘴之机。谢安娜话音未落，安第斯夫人已然开口：“一个在中国土生土长从没来过美国的女人，能讲如此流利的英语，果然是天才！”

“中国有很多像我这样的天才！”

安第斯夫人眯起眼说：“旧金山的中国城里也一样吧？”

“我昨天一到美国，就直接去你家了，然后就挨了布兰克先生一枪，还没机会去旅游观光呢！”

安第斯夫人扬了扬眉毛，问道：“真的？中国城的都板街555号你没去过？”

谢安娜一愣。安第斯夫人立刻乘胜追击，决不给对方喘息之机：“都板街555号三楼的Nana（娜娜）小姐你也没听说过？”

安第斯夫人逼视谢安娜双眼，面露得意之色。布兰克的脸色却更加阴沉了：这个愚蠢的女人！

谢安娜沉默了片刻，脸上突然绽放出笑容。她朗声说：“是的！我就是Nana！我一直都住在旧金山。我的公司就在都板街555号三楼，那是一家私人侦探所。不过，安第斯夫人，”谢安娜微微一顿，“既然你不认识我也从没见过我，又怎会把我了解得一清二楚？”

安第斯夫人一时语塞。谢安娜则笑意更浓，向着安第斯夫人竖起大拇指：“你的效率可真高！从昨天到今天，不过才一天的时间，已经把我调查得一清二楚了？哦！我想起来了！老天！我是不是在你的合同上写下了我自己办公室的电话？你看我有多笨？还是你更称职做私人侦探！”

台下的人群再度躁动。安第斯夫人恼羞成怒，歇斯底里地喊道：“反正你不是安第斯的女儿！你们都是骗子！一分钱也别想拿走！”

谢安娜却并不着急，心平气和地说：“我的确不是安第斯的后代。不过……她是！”谢安娜的指尖在空中画了一个圈，最终停在小玉鼻尖。台下众人一阵嘘声。

安第斯夫人放肆地狂笑："哈哈！你是不是当我们是傻瓜？"小玉也心中一慌，低声用中文说："不是我！我只是拿了你的申请表……"

谢安娜向小玉挤了挤眼："申请表，是我故意给你的。"

"可我姥爷还活着，好好地在东北……"小玉正继续低声解释，谢安娜却不等她说完，一把拉住她的手，朗声用英语说："这个女孩的确是安第斯先生的外孙女！几年前，我和我先生接了一个 case（案子），客户是我先生的一位多年老友，他聘请我们去中国帮助他寻找女儿。你们一定都猜到了，这位客户正是安第斯先生！他告诉我们，他 1949 年离开中国之前，在上海有一个情人，并且怀有身孕。他曾计划带她一起离开中国，那位情人却因为某种原因未能如约。安第斯先生寻找了多年，却始终没有情人和孩子的音讯。后来，他收到一封来自台湾的信件，这才知道他的情人和孩子一直生活在中国大陆。那情人的姐姐在台湾定居，通过电视发现了安第斯先生。安第斯先生秘密聘用了我们，让我们回中国去帮他寻找家人。我先生去了台湾和内地，但令人遗憾的是，安第斯先生的情人和女儿都已经去世了，家中只剩他的外孙女——也就是这位露小姐。我先生没敢打扰露小姐就直接返回美国，因为他发现有人在跟踪他。"谢安娜把头转向布兰克和安第斯夫人，"安第斯夫人和布兰克先生，跟踪我先生的人，大概就是你们派的吧？"

"你撒谎！"安第斯夫人高声尖叫。布兰克忍无可忍，一声怒吼："闭嘴！"安第斯夫人浑身一震，顿时没了声音。

布兰克竭力控制住情绪，眯眼看着谢安娜说："这位女士，你不觉得你的话前后矛盾吗？既然安第斯先生亲自秘密地雇佣你们，又怎能让我知道他的计划？"

"你说得没错，安第斯先生的确不想让你知道。但是，你安插在安第斯先生身边的眼线，难道还少吗？"

布兰克耸耸肩，一脸无辜道："谁是我的眼线？"

谢安娜反问："谁不是你们的眼线？司机？用人？还有那位私人助理，Kevin。你把他藏在哪儿了？"谢安娜瞥了小玉一眼。小玉顿时两颊滚烫，悲愤交加。布兰克却仰头笑道："哈哈！这也太可笑了！你以为安第斯先生是小孩子吗？他能让我这么容易就控制他？"

"你自己当然是困难的，可你还有安第斯夫人里应外合呢？你们给他安排的食谱和营养药到底是预防中风的还是加速中风的？鼻炎癌的手术为何要切除声带？他的言行全都在你们的控制之中。安第斯先生虽然年过八旬，生命力却比你们想象的更顽强。为了加速他的衰竭，你们继续给他服用微量毒素。所以安第斯先生不得不冒险再次找到我们，让我们设法赶在他彻底衰竭之前，让露小姐到美国来接手财产和公司！你们的眼线无处不在，我们只好想出通过真人秀让露小姐来美的计策，但你的内线，也就是 Kevin，还是把这计划告诉你了。我们只好改变了计划：我先去中国，然后由我先生把你的人引到我这里，由我来扮演安第斯的女儿，吸引你的注意力，再装作路人把申请表塞给露小姐，好让她顺利登机赴美。”

小玉顿时一阵眩晕，心脏剧烈跳动起来：她真的是安第斯的外孙女？这一切都是事先安排好的？谢安娜，Kevin，布兰克，老杨，还有骆驼！他们早都各有打算，只有她被蒙在鼓里？布兰克的笑容已经彻底消失了，他狠狠地说：“呵！这真是越来越滑稽了！参加选秀的人，机票和酒店都是要提前预订的，我怎会不知道上飞机的是谁？”

“可你弄不清我和她到底谁才是真正的继承人，对吧？你弄不清这场调包到底是真是假！所以你决定铤而走险——借用露小姐的手来谋杀安第斯先生，再让 Kevin 把露小姐带走！你是打算悄无声息地让我和露小姐都在地球上消失，对不对？可是很遗憾，我没那么容易让你的人找到，而你的 Kevin 又没那么听话。他突然觉得，在保护安第斯财产继承人的时候应该更尽职一些。”

布兰克正要继续反击，安第斯夫人突然又歇斯底里地尖叫起来。事已至此，她必须自保：“胡说！撒谎！我根本没和布兰克勾结！我怎么会和这样一个无耻的恶棍勾结？布兰克！你这个忘恩负义的家伙！我早就看出你要霸占我丈夫的公司！真的是你谋害了他？是你……”安第斯夫人扭头扫视一番，抬手指向小玉，“是你指使这个女人一起谋杀了我的丈夫！还有那个该死的 Kevin！你们一起谋杀了我的丈夫！”

“住口！我的外孙女不是凶手！”

会议厅的扬声器里突然响起一个苍老的声音。阴森沙哑，仿佛从地底下冒出的。安第斯夫人和布兰克不约而同地周身一抖，脸色瞬间煞白。众人不禁同时屏住呼吸，整个会议厅立刻鸦雀无声。突然，不知是谁一声高喊：“安第斯先生？！”

会议厅即刻沸腾了。转眼间，一架轮椅已在会场大门出现。人群再次主动让出一条通道，闪光灯把通道勾勒成了一条耀眼的光带。轮椅沿光带缓缓而行，之上端坐的正是安第斯先生。弗莱德探长紧跟其后。轮椅由台边的残疾人通道驶上主席台。布兰克故作镇定，却怎么也迈不开脚，双腿在不住地打颤。他强作着笑脸开口，嗓音变得干涩："安第斯先生，您没有死？这简直……太好了！"

"对不起啊布兰克，让你失望了！"

安第斯先生冷笑一声，声音虽苍老沙哑，底气却比之前雄厚。正如面容身材依然苍老瘦弱，但精神却非常矍铄，好像新的灵魂已注入躯体。小玉心中一震：难道他真是我的亲姥爷？

"安第斯先生！您在说些什么呀！看见您我真的是太高兴了！"

布兰克终于迈动了腿，向前一步，向安第斯伸出手。安第斯夫人却突然发疯般地冲向布兰克："不要碰我丈夫！你这个杀人犯！"

安第斯夫人一巴掌掴在布兰克脸上，随即转身扑向安第斯先生，却一把被弗莱德探长揪住："小心些，夫人。安第斯先生没那么结实！"

安第斯夫人尖声号道："亲爱的！你还活着，这太好了，亲爱的！"

"别装了，你该多给我吃些这个！"安第斯面无表情地把一个小塑料袋扔到地上。安第斯夫人看了一眼，浑身猛然一抖："这是什么？这是什么？"

弗莱德探长回答："这是你最后一次给安第斯先生准备的药。他没吃，偷偷带到办公室了。本来有两粒的，另一粒在联邦调查局的化验室里。"

"亲爱的！这……我从没给你吃过这些！这一定是布兰克这个恶棍，他买通用人干的！你不在的这些日子，我一直在跟他对抗，是我在拼死维护公司的利益啊！你可以去看看那些电视新闻、报纸，还有网络的报道！都可以的，它们都会为我作证的。他……他早就对总裁的位置垂涎三尺，全世界都知道他的野心！"安第斯夫人仿佛突然间又充满力量，浑身痉挛般地伸直手臂点向布兰克。

"住口！你这条母狗！"布兰克怒目圆睁，向着安第斯夫人咆哮了一声，随即转向老安第斯，声音颤抖地说："她在诬陷我！你们都在诬陷我，你们空口无凭！是的，我想当总裁！那是因为我为这公司尽心尽力，我付出了一切！这公司的成就都是我用血汗换来的，可我没有谋害你！你们没有证据，这是在美国，法庭也需要证据的！谁看见这些药片是我弄来的？谁能证明我谋害你了？你根本就没有被谋害！

你只不过是在办公室里装死！”布兰克已是歇斯底里，声嘶力竭。

老安第斯却不慌不忙道：“哦？是吗？布兰克？我知道你一向绝顶聪明，绝不给人留下把柄的。从好多好多年前，你把证明莱恩先生贪污的那些合约交给我的那一刻，我就知道你很聪明，只不过没想到你会聪明成现在这个样子！”

老安第斯顿了顿，故意瞟了一眼安第斯夫人。安第斯夫人本来正哭哭啼啼，听见安第斯的话，骤然打了个激灵，浑身似乎都僵硬了。她脖颈青筋暴露，眼球鼓出眼眶。她仿佛看到了自己的父亲的最后一刻，苍老而猥琐，囚服上布满唾液和鼻涕的痕迹。她看到自己躺在床上，裸露的双乳高耸着，被不同的男人抚摸，亲吻。她喉咙里咕噜了两声，终于发出声音来：“布兰克，我要杀了你！”

安第斯夫人周身剧烈地颤抖，仿佛癫痫发作。探长用力把她拉住，她身体一软，昏厥于地。

安第斯先生不屑地耸耸肩，继续对布兰克说：“唉！可惜，你的手下跟你一样喜欢要小聪明！用 Anphone 干扰起搏器？这样的传闻难道只有你才知道？难道我不会用 Anphone 控制我的起搏器？还要等到他来干扰？谁能万无一失？是不是，弗莱德探长？让大家看看你带来了什么？”

探长点点头，掏出手机在空中挥了挥：“各位，今天下午，我收到了几段音频。”探长说罢，把手机凑近台上支起的麦克风：扬声器里突然传出 Kevin 的声音：“布兰克先生，这些年多亏你的关照和提携，我才会有今天！所以我一直很认真地执行您给我的每个任务，从不敢自以为是！”然后是布兰克的：“真的？真的？那你的‘虫子’里，为什么……哈哈，你让我怎么说呢？里面什么也没有？”Kevin：“这……这不可能！我亲自配置的毒剂，亲自装进‘虫子’里的。除非……”布兰克：“……有些事情是用不着外科医生执照的，比如编个干扰心脏起搏器的小应用软件，用 Anphone 发出去。你真的太有天赋了，知道吗？起搏器被 Anphone 干扰的小道新闻我曾看到过……我还以为这只是谣传！”Kevin：“不不不！布兰克先生！我发誓我没有！”布兰克：“Kevin，你紧张什么？就像我说的，这又没什么不妥。其实这很高明啊！既能达到目的，又不需要一辈子做通缉犯……”

弗莱德探长按动手机按钮，扬声器里突然又传出安第斯夫人的尖声：“你骗我说你安排好了一切，其实你的安排，只不过是借她的手杀了老头儿，以便拿走他保险柜里的东西！”布兰克：“亲爱的，别说得这么难听。这么久以来，你每天给老头儿吃的那些药是干什么用的？你难道不想他死？有人来替我们做这件事，又有什么不好？”安第斯夫人：“你说得没错！我就是要他死！我恨不得他立刻就死，是你不让我下手。那些药本来也是你找来的，你说得慢慢来，神不知鬼不觉！其实你只不过是想拖延时间，找到你想要的。你怕直到老头儿死了，你还弄不清楚新 Anphone 的设计在哪儿。你让我天天陪着这样一具木乃伊过日子，你心里根本没考虑过我的感受！要不是老头子把继承人都弄到美国来了，你也不会着急采取行动的！”布兰克：“亲爱的，拿到那设计，对我们都有好处。”安第斯夫人：“你找的替罪羊，现在怎么样了？”布兰克：“都安静了，永远安静了。”

会场顿时沸腾了。身着制服的警察们从各个大门涌入，直奔中心高台而来。安第斯夫人早已委顿在地，昏死过去。布兰克则声嘶力竭地大叫：“这不可能！这是你们做出来的！制作音频简直太容易了！你们故意做了这些陷害我！”

弗莱德探长不动声色，轻轻按动手机按钮。突然间，大厅的扬声器播放出布兰克刚刚说的话：“这不可能！这是你们做出来的！制作音频简直太容易了！你们故意做了这些陷害我！”

“这是怎么回事？这？这是怎么回事？”布兰克惊慌失措，自言自语。扬声器里也跟着回放：“这是怎么回事？这？这是怎么回事？”

“为什么？为什么？”布兰克惊恐万分，低头在自己身上乱翻，扩音器里也重复着：“为什么？为什么？”同时还夹杂着碎乱的杂音。布兰克终于从西服口袋中掏出一样什么，举到眼前。正是安第斯保险柜里的 U 盘。布兰克疑惑道：“难道是这个？”扬声器里立刻更嘹亮地回放：“难道是这个？”

布兰克慌忙撒手，好像手中所握的是烧红的烙铁。他一脚踩向那 U 盘，扬声器里立刻响起一声刺耳尖鸣。弗莱德探长摇摇头，弯腰捡起被踩碎的 U 盘，小心翼翼地放进一个塑料袋里：“你当众毁坏了证据。不过我们早做了备份。而且这小东西的芯有个钛合金的壳，内存里的东西是很容易恢复的。是不是？ Nana 女士？”

谢安娜立刻回答：“当然了探长先生，非常简单！”

探长点点头：“那就好！布兰克先生，你兴师动众的，就为了找个录音笔？”谢安娜在一旁笑道：“探长先生，我需要跟你解释多少次？

这可不是一支普通的录音笔。它能把记录的音频通过卫星发射出去！还能通过卫星定位，记录录音的精确时间和地点。用作证据再好不过了！”

布兰克一下子瘫倒在地，再也站不起来。安第斯先生冷冷道：“布兰克，这就是我保险柜里的秘密——一支能够用网络传输数据的录音笔。你和那个女人一直软禁着我，我就靠着它和外界取得联系。当然，现在也靠着它让你原形毕露。”

布兰克抬头仰视老安第斯，脸上已经没有任何的表情，眼睛里却满是掩饰不住的绝望。他狠狠地呻吟：“Anphone Z……”

“你猜对了！”老安第斯得意地俯视着布兰克说，“超级智能动态思维系统？三维立体成像？我可怜的傻孩子！那玩意儿还没被研发出来呢！”

布兰克痛苦地把眼睛闭上。恍然间，他仿佛又看到列宁格勒工学院的大理石雕塑上的一抹烟灰，好像死蚊子在墙壁上留下的干血。

旧金山·复仇

1

费尔蒙酒店是旧金山最豪华的酒店之一，地处 CBD 核心，被繁密的灯火和霓虹所包围。露小玉入住酒店顶层的豪华总统套房。两手空空，孑然一身。来美国时携带的背包和山寨手机都没了。好在套房里早为她备好一切。除了豪华酒店所必备的设施，还有整整一柜高档时装。那壁柜大小堪比小玉在北京的卧室，柜内分为两侧，一侧挂满各式服装，另一侧是立体鞋柜，摆得好像名品店的柜台。服装和鞋都是小玉的尺码，该是连夜从联合广场的顶级名店里采购的，这一柜的衣物，恐怕是小玉数年薪水的总和。另有一抽屉名贵首饰，价值更是超乎想象。若在一周之前，这里的每一样都会让她受宠若惊。但此刻，她却懒得多看一眼。

小玉一直坐在窗边，目光越过城市繁密的灯火，辽阔海湾尽收眼底。彼岸的点点灯光，勾勒出起伏的山峦。夜景背后有一张朦胧面孔，苍白憔悴，疲惫不堪。记者会结束许久，小玉依然困惑迷茫。这一切到底是不是真的？可她的手背上确似仍有几分残留的热度，也留着被硬茧摩擦的感觉。那是老安第斯的手留下的。

一个小时之前，老安第斯曾在会场上握住小玉双手，温柔目光中含有些许酸楚，对四周的闪光灯视若无睹：“我的孩子，让你受惊了！请原谅你的外公！我没有别的办法！”老安第斯使用了中文，带有委婉的江南口音。他的声音不再经过会议室的扬声器，而是从他座椅扶手边的一只新安装的小喇叭上发出的。他的声音再也不会被别人监听和过滤了。

谢安娜手搭小玉肩头：“你外公实在是处境危急，必须利用你来美国的机会让敌人露出马脚。不过，他雇了最棒的人一路保护你！”谢安娜说罢，抬头向大厅尽头咧嘴一笑。小玉随之望去，见到两个立于门边的身影，一个是老杨，另一个则身材瘦小，摇摆不定，远看好像一只穿着衣服的猴子，果然正是骆驼，看来他也早已从布兰克手中逃脱。两人正谈笑风生。

小玉感觉到手上的颤抖，再看眼前的老人，一双婆娑泪眼。老安第斯嘶哑的声音已开始哽咽："对不起，我的孩子！我对不起你，我也对不起你的外婆！过了这么多年，我没有一天不在想念她！还有你的母亲！我更对不起你的母亲！我还没有见过她……"

小玉心中并没有多少母亲的印象，对外婆更是一无所知，此时却也不禁潸然泪下。会场突然响起广播，宣布记者会结束，请各位离场。老安第斯立刻恢复平静，催促谢安娜陪小玉从后门先走。记者们今夜异常兴奋，被他们缠住就再难脱身了。

小玉由谢安娜陪同，从后门匆匆钻出大厦，早有高级轿车在等候。冷风迎面而来，记者大会结束，老安第斯胜利收复失地。小玉摇身变作金凤凰，她整个人却还麻木着，并没感到多少兴奋和快乐。她的大脑混沌着，心里仿佛存有千百个问题，却不知从何开始发问，愈发惴惴不安。

谢安娜和小玉同车前往费尔蒙酒店，骆驼和老杨搭乘另一辆车尾随。谢安娜仿佛看出小玉的迷茫，一路在耳边轻声细语，讲述事情的真实经过。小玉思绪渐渐清晰，问题接踵而来："所以你在北京讲的故事都是假的？"

谢安娜嘻嘻一笑："那也未必，有关你外婆的部分基本属实。"

"可那张便笺不可能是我母亲在半年前找到的。"

谢安娜点头："那当然。你还没出生的时候，你外婆就把它寄到美国，用来证实自己的身份。"

"我外婆的身份？"

谢安娜轻叹一口气，缓缓道来。小玉的外婆原名谢以璐，年轻时和老安第斯相爱，怀上安第斯的孩子。安第斯花重金买来船票，谢以璐却错过了开船时间，没能和安第斯一同逃离上海。解放后全家被镇压，谢以璐携女儿远嫁吉林。改革开放之后，和台湾的妹妹取得了联系。妹妹在电视上偶然见到安第斯年轻时的照片，方才得知他就是外甥女的生父，于是和安第斯取得了联系。安第斯收到谢以璐寄来的国际饭店的便笺，这才雇佣私人侦探——也就是年轻时的老杨——去中国寻找谢以璐，验证其身份之后，代表安第斯邀请她携女赴美团聚。谢安娜停住不语。小玉问道："可我外婆没答应？"谢安娜摇摇头："你外婆当时已年过半百，又再婚多年，女儿也嫁了人，所以后来并没答应。老杨把安第斯先生托他带的一些现金转交给你外婆，就独自回美国了。你一点都不知道外婆的事情吗？”

小玉摇摇头：“不。姥爷从来没提，我也没问过。这么多年了，我一点儿都没听说过！后来安第斯先生就再没联系过我们？”

“后来就再没联系，直到大概半年前，你外公发现自己完全被布兰克和那个女人控制，身体也极速衰弱，这才又通过保险柜里藏的‘U盘’和老杨取得联系。他让老杨去中国寻找你外婆一家的下落，好为自己及时找到继承人。同时又对外透露说自己多年前就秘密在国外找人研发高级智能系统，以此诱惑和误导布兰克，给自己争取时间。”

“老杨半年前去过朝原？”

“是的。只不过没直接去你家，因为他知道布兰克的人在跟踪他，而且布兰克大概已经猜到老安第斯的继承人应该就住在长春附近，因为老杨一直在那附近转悠。老杨找机会跟你家周围的邻里悄悄打听，得知你外婆和母亲都已经去世了，只剩你一个，在北京工作生活。他去朝原当地的派出所核实了这些信息，但没敢直接跟你联系就回美国了。”

小玉半信半疑。有关姥姥和父母，她的记忆里一片空白。姥爷再婚，和她本来也不怎么亲近。不知不觉中，汽车已经停在路边，想必是已距离酒店不远。车窗外灯红酒绿，该是市中心最热闹的街区。司机是个老外，大概听不懂中文，却也不急不躁，任由两人继续在后座上慢声细语。谢安娜也没有下车的意思，继续讲述后来发生的事情：老安第斯深知自己危在旦夕，与外界的唯一联络仅剩一只传输声音的U盘，只好和老杨设计，通过安第斯公司的真人秀活动安排你来美。继承人来美，布兰克一定不会无动于衷的。老安第斯对Kevin早有怀疑，故意让Kevin秘密送出活动计划，就是为了逼迫布兰克采取行动。越急着出牌，越容易留下漏洞。

小玉似懂非懂：“可安第斯先生既然能通过U盘和老杨联系，干吗不让老杨直接找警察报案，把他从布兰克手里救出去？”

“哈哈！”谢安娜笑道，“哪有那么简单呢？谁会相信老杨的一面之词呢？布兰克和安第斯夫人都是德高望重有权有势的人，警察到底是相信他多年的同事和老婆呢，还是相信一个看上去跟他没什么关系的陌生人？再说安第斯先生已经这么大年纪了，脑子不清楚或者性格发生偏执也是有可能的。就算他亲口跟警察说自己的副手和老婆要谋杀自己，他又没任何证据，警察也未必能相信他。要是把布兰克惹急了，说不定干脆说老人精神不正常，硬把他囚禁了也不是不可能。那样不就彻底没希望了？”

小玉恍然大悟。布兰克绝非等闲之辈，大权在握，手段高超，安第斯年老体弱，行动和语言都被控制，和他斗争谈何容易？

谢安娜继续说：“为了增加胜算，也为了保护你，老杨和安第斯先生又多设一计，让我先回中国，再让老杨返回中国佯装秘密接洽我，给布兰克以错觉，我才是安第斯先生的后代。然后由我找机会偷偷把选秀申请表塞给你，诱惑你去参加。”

“可你们怎么知道我一定会填写申请表，一定会愿意参加真人秀？”

“这只是计划之一。如果你就是不接受申请表，或者不愿意来美国参加真人秀，我们还有别的计划。”谢安娜冲小玉挤挤眼：“我们对你做足功课的！我们猜想，你不会不愿意来美国参加真人秀的。”

小玉心中一动：莫非他们早知她和可赋的关系？而且知道可赋很喜欢 Anphone 这样的电子产品？小玉不禁双颊发热，心中隐隐一丝酸楚，却又感到快慰——以后送可赋几部 Anphone 恐怕不是难事了。

“可安第斯先生到底怎么了？在办公室里？我真以为……”这也是小玉最大的疑惑。谢安娜神秘一笑：“假死。听说过吗？有一种印度的古药方，瑜伽高手能在服药之后，让自己连续几个小时处于假死状态，没有呼吸和心跳。我们的科学家又把配方改良了一下，让普通人吃了也能深度昏迷，心跳呼吸都微弱到难以测查，但程度还达不到真正的假死。好在我们要骗的也不是医生，只不过是 Kevin 和布兰克。”

“可你们怎么知道，Kevin 要在起搏器上做文章？”

“老杨回到美国后就一直暗中跟踪 Kevin，发现他曾去过大学图书馆查阅有关心脏起搏器的资料，所以猜他会在起搏器上做文章。可我们并没猜到，布兰克本来是打算用 Kevin 的‘机器虫子’释放毒气毒死安第斯先生的。幸亏 Kevin 自作主张，不然安第斯先生可真的危险了。”

小玉听到此处，不禁也后怕起来。谢安娜又说：“安第斯先生也并没料到‘机器虫子’的问题，他只是事先把起搏器关掉，吃了我们设法交给他的药，药力发作，出现假死症状了。后被警察抬走，这才算是从布兰克的手心暂时逃出来。警察没有发现任何谋杀安第斯先生的证据，本来不愿意配合的。我们把安第斯先生偷偷留下的两片早餐应该服用的营养药交给警察，但旧金山警察局的实验室里也还是没查出药片里有什么毒素，只发现药片上打的商标是假的，这样弗莱德探长才勉强答应先让安第斯先生‘死’一段时间，并且把那药片送到更先进的实验室去检查，但一时拿不回结果。要不是安第斯先生算是全美最有影响力的企业家，弗莱德探长也绝不敢配合他来演这样一出戏。如果真的找不到布兰克的罪证，安第斯先生也不能永远藏在警察局里，倒是假死这件事一旦曝光，警察局乃至旧金山市政府都会很被动。所以骆驼只好带着你跑到台湾和大陆，我们又从北京一起回到美国，为的就是找机会拿到布兰克的罪证，但这件事还挺难的，因为Kevin 也跟着我们，我们既不能跟你挑明，也不能控制你们的行动，只能一路见机行事。”

谢安娜一口气讲了许多。小玉回想几日来的奔波，从旧金山、台北、香港、北京、旧金山，似梦似真，海岸的灯塔，北京站的站台，香港深夜的码头，还有台北老旧的街道，简直就像是做了一场梦。她突然又想起一事：“那台湾的翟教授一家？”

谢安娜解释说，翟教授虽然是安第斯的老朋友，却对 Anphone 的设计一无所知。骆驼发现 Kevin 找到了翟教授的行踪，预感布兰克也会得知，所以提前赶到高雄，安全转移了翟教授一家。布兰克的人马随后赶到却扑了个空。Kevin 和你则是最后赶到的。骆驼早在你去美国的飞机上，就在你包里放了跟踪器，而且台北的出租车司机原本也是骆驼安排的，故意拖延了时间。

聊到此处，小玉一时再也想不出其他问题，心中的疑惑又并没完全化解。车子已在路边停了多时，谢安娜让司机把车开进酒店，送小玉下车。骆驼也从后车下来，小玉这才意识到，骆驼和老杨的车一直尾随着。

谢安娜把小玉送入总统套房，把自己的手机号码留给小玉，随即微笑着告别：“好好睡上一觉！然后让他带你出去玩两天，散散心！”

骆驼在一旁嘻嘻笑道：“人家可讨厌我了，哪能让我一直在眼前晃悠？”

谢安娜骂道：“你一张臭嘴，我都讨厌你！反正今晚你老老实实在门外好好待着别偷懒！露小姐要是有什么问题，我可饶不了你！”

小玉方才明白，骆驼是要整夜守在套房门外，连忙推辞。骆驼立刻笑着说："哈哈！你看！我说什么来着？我在门外人家都不舒服！你还是让我也找地儿眯一觉去吧？"

谢安娜瞪了骆驼一眼，对小玉说："虽然布兰克被抓了，他的爪牙还没都落网呢。"

小玉闻言后背一凉。骆驼其实本事很大，但深藏不露，直到今天上午在出租车里方见分晓，可见在北京时不论Kevin如何暴打他，骆驼只不过是在忍气吞声。进而联想到下午在悬崖之上，骆驼为了让她脱身，也曾狠狠挨了布兰克几下，不由心生愧疚。看这套间硕大无比，索性说："既然要他留下，就干脆睡客厅里吧，起码有沙发。"

谢安娜有点为难，骆驼却欢呼着跳上沙发，口中滔滔地谢着小玉。谢安娜虽摇头叹气，也只好不再阻拦，叮嘱小玉有事就打她手机，房间的电话是开通了本地服务的，说罢告辞离开。

小玉把自己反锁在卧室里，和骆驼独处一室还是有点别扭。洗过了热水澡，披上柔滑如丝的浴袍，小玉浑身格外松软。她在窗前坐下来，看夜幕下的城市和海湾，还有自己隐约的影子。安第斯的外孙女？真的是她？那个独自在朝原郊外的小山上疯跑的野丫头？那个住在廉价出租公寓里的小北漂？她将拥有亿万家产？以后她将如何生活？她将学习些什么？高雅？华贵？强势？做作？虚伪？她对中国的有钱人生活尚且完全不了解，更何况是美国呢？她并不喜欢有钱人，也不太想成为像他们那样的人。她一下子想不出钱能带给她什么宝贵的东西。在她看来，宝贵的东西未必是用钱能买到的。比如那五条连发的短信。

可现在，她突然有了很多钱。而且来得太急，堵在胸口，难以消化。她忍不住一遍一遍问自己：难道这果然是真的？为何年少的记忆中，一点蛛丝马迹都没有？生平第一次，小玉努力回忆自己的童年。回忆父母的样子，脑子里却一无所有。她一阵冲动，拿起床头的电话。虽然很久不拨，朝原家中的号码却从未忘记。

电话录音却告诉她：您的房间是预付费的，并未开通国际长途电话服务，如需开通请持信用卡联系前台。无须联系前台，因为她没钱也没有信用卡。她不能把衣柜里的博柏利风衣或蒂芙妮项链拿去抵电话费。一只关在金色鸟笼里的鸟，难道未来就是如此？小玉在大床上躺下，闭上眼。倦意很浓，睡意却又悄悄地消散了。她再半坐起身，斜倚着床架，从床头柜上拿起电视遥控器。午夜新闻时段，几个频道都在报道安第斯记者会的事件。她还是这辈子第一次从电视中清晰地看到自己。苍白，憔悴，忧郁。她是如此平凡，如秋日林间一片落叶，与千万落叶一起飞舞着，却不记得自己是从哪棵树上落下来的。老安第斯却与她截然不同，即便是一根朽木，也高高在上，发出慑人光芒。电视里的老安第斯正被记者团团围住，该是小玉离开会场后的录像。今夜全球主流媒体都将彻夜亢奋。美国的几家大电视台都现场直播了安第斯记者会的实况，许多别的节目都被临时改期。记者会结束之后，还在纷纷播出录像片断，由各界人士点评分析。此刻正是午夜新闻时段，安第斯的新闻再次霸占头条位置。

在连续不断的耀眼闪光灯之下，老安第斯无比沉着泰然，如被众臣包围的皇帝。他的声音苍老沙哑却不容置疑："已经很晚了！会议也结束了，我相信各位今天已经得到够多新闻了。"记者们却并不满足，纷纷争相发问，顿时吵作一团。老安第斯清了清嗓子，人群立刻安静下来。"我需要一些时间，对公司的管理层做一些调整。到时我自然会再召开记者会。"有记者抢先发问："您会不会安排您的外孙女进入安第斯公司？"

老安第斯的表情却突然沮丧，缓缓摇头道："不。她对管理公司不感兴趣！她也不想留在美国。她只想回中国去过她的简单生活。"

电视机前的小玉不禁连连点头：果然是自己的姥爷，竟然无须交流便心意相通。一股暖意油然而生，却又莫名地有些失落。电视里的记者们兴致再增，展开新一轮抢问，老安第斯并不一一作答，只深叹了一口气，记者们立刻又安静下来。老安第斯沉默片刻，自顾自地说下去："唉！我真的感觉非常难过！这么多年，我一直梦想着能见到自己的后代！我多希望 Joy 能留下来陪我！可我不能勉强她。她是成年人，有她自己做决定的权利！"

小玉心中诧异：她还尚未决定呢，而且压根儿就没人问过她。小玉不禁立直了脊背，全神贯注盯着电视。有记者抢问："安第斯先生！那您的外孙女以后会不会继承您的财产呢？"

"不。"安第斯再度摇头和轻叹，"唉！她不想要！她说她更希望那些非洲的小学能建起来！"记者们一阵低声惊呼，小玉也越发诧异。这是从何而来？记者群中发出零散的掌声，更多人则是争相追问："她亲口告诉您她不想继承遗产了？她现在在哪儿？"老安第斯回答："是她刚刚通过陪同她的人打电话告诉我的。她已经回酒店休息了，请你们不要去打扰她！”

小玉再也坐不住，从床上一跃而起，抓起电话机，拨通谢安娜的号码。她从没做过发财梦，非洲的小学也与她无关。可关键在于，她什么都还没说过！

谢安娜显然还没睡，声音格外冷静：“Joy，你是不是看午夜新闻了？”

看来谢安娜早有准备，心中透彻如镜。她沉吟片刻，说：“我正和安第斯先生在一起。等我一会儿！我这就过去找你！”

小玉挂断了电话，内心更加疑惑：谢安娜一向演技高超，她心里到底打的什么主意？小玉在床头坐了片刻，左思右想不得要领，内心的激荡倒是渐渐平复。再一转念：又有何妨？她原本一无所有，除了一部 Anphone 并无他求。莫名卷入一场谋杀和逃亡，早已令她身心疲惫。现在她既不是小偷，也不再是杀人嫌疑犯，犹如噩梦初醒，早该万分开心才是。谢安娜只是安第斯先生雇的私人侦探，不至于从中作梗，大概是安第斯根本不愿把财产交给她。她只不过是个工具。她从来都只是工具，不是目的。这对她来说早就习惯了。更何况，她内心还尚未把安第斯当成姥爷。她可以就此安静地回国，忘掉这场闹剧。但她只有一个要求——一部崭新的 Anphone。她为此而来，必须要把它带回去。别的——这房间里的一切高级服装和珠宝——她都不想要。只不过，她已经连续一周无故旷工，回国后恐怕要再找工作了。

突然，卧室门外一阵窸窣。好像是套房大门开了，有人进屋低语，听不清音色和内容。莫非是谢安娜到了？否则还能是谁？骆驼不是一直守在客厅？来不及多想，卧室门上响起轻敲之声：“Joy？睡了吗？”骆驼隔着门轻声发问。

小玉应了一声，急忙穿好衣裤，把电视调成静音，打开卧室门。却只有骆驼站在门外，穿着外套，周身一股凉气，像是刚从外面回来。骆驼一向神出鬼没，不知他何时离开的。骆驼嬉皮笑脸，肘撑门框，身体扭成 S 状。想必谢安娜不在附近，不然他也不敢做出这副懒散的痞子样：“别怪我大半夜的吵你！我实在是没辙了！那家伙快把我逼疯了！嘻嘻！”

“谁把你逼疯了？”

骆驼却又卖起关子来，摇头晃脑地说：“这位仁兄啊，看来对你是一往情深！好不容易躲开一劫，就急着忙着要见你！还能一路跟到酒店来，也不怕让警察逮着！可他进不来啊，总统套房这一层可不是谁都能上来的，再说酒店门口都是狗仔队——哈哈！你现在可是当红炸子鸡啊！正巧我下楼买包烟，让他瞅见了。嘿嘿……”骆驼又嘿嘿一笑，“死求活求的，你说我可多为难？老板都发话了：虽然布兰克被抓了，他的爪牙还没都落网呢！重点提防的对象啊！可看在这几天也算一路同甘共苦了，我到底让不让这位‘爪牙’进来见你？”

骆驼说到一半时，小玉的心已经悬起来。等骆驼都说完了，小玉彻底确认骆驼所说的到底是谁。但他在哪儿呢？小玉向骆驼身后张望，并没见人影。骆驼用胳膊撑牢门框，小玉看不到客厅的角落。骆驼一笑：“嘿嘿，我就知道，你已经知道他是谁了。这小子也够浑的！你恨他，我完全理解，就听你一句话！谁让您现在是安第斯小姐呢！你见，我就让他进来。你不见，嘿嘿……我就把他打出这座楼去，或者我报警，让警察把丫抓走！都成，哈哈！”

“让他进来。”小玉低声回答。她暗暗深吸一口气，努力压抑狂烈的心跳。骆驼一侧身，一个高大身影从旁边闪出来，几乎把卧室房门都充满了。他还穿着袖口磨损的外衣，头上多了一顶棒球帽，帽檐狠狠压下。他用浑厚的男低音说：“Joy，对不起！”

山林中的安第斯大宅，在深夜里尤显阴森空旷。

大宅漆黑一片，唯有安第斯先生的书房亮着灯。用人们都已早早入睡，即便在梦中依稀听见电梯升降的细微声音，也只猜测是迟归的女主人。安第斯夫人脾气古怪，用人们平日是不得不见，此刻夜深人静，更不会主动送上门去。完全没人想到，女主人再也回不来了。那深夜悄然而至的，是已经“遇害”的安第斯先生。今晚大宅的电话线和有线电视都被暂时切断，Wi-Fi 关闭，无线电话信号也被干扰。家中十几个用人及管家都和外界暂时失去了联系。大宅深藏山林之中，用人们不会散步到可以收看新闻的地方。这是安第斯先生的命令。今晚的动荡也是他的家事，需由他自己解决。用人里必有敌人心腹，不能让他们事先得到消息。

安第斯拧亮书桌上的台灯。跟公司办公室里的类似，那也是很小的一盏，萤火虫般的一点光。他知道，这些小灯是在期待他的灭亡。可他偏巧不会立刻灭亡。越是黑暗就越能让他积蓄生存的力量。80多年的风雨，岂是几个小毛孩子所能领会的？

他缓缓移动轮椅，驶向书房墙壁。一周的工夫，这房间变得空空如也，东西都被搬走，只剩一张光秃秃的巨大写字台。但这房间里最珍贵的东西，应该还在。安第斯轻轻抚摸书房墙壁，紧接着一阵嘤嘤细声，墙壁上突然开启一扇小窗。这次却并非是保险柜，只是一只黑色灵位，寂然竖立在小窗之内。灵牌之前有一朵丝绒玫瑰，灵牌上从上到下漆着四个金色小字：爱妻之位。

这黑色木牌上的人才是他的妻子，尽管他们从未完婚。他已和这木牌相伴多年，心中从未再容纳任何人。63年前，他用八根金条换来两张船票，在码头等到开船的最后一刻。他没有再见到她，她食言了。这辈子的第一次，也是最后一次。前一夜，在海格路那一间他们常去的小酒吧门外，她曾说过：明早一定不会迟到。她用她最通常也是最可爱的声音向他保证，然后告别，面带微笑。那微笑对他曾富有月亮般神奇的力量。他目送她跳上电车，他真的不该让她走的，应该整夜留在酒吧里，或者坐在外滩的石阶上。原本已经是夏天了。她的破旧行李又有什么重要？他现在什么都有了，能买下整条海格路——如果那条路还在的话。可那又有什么用？已无人跟他分享了。老安第斯泪如雨下。

多少年了，每当想起那一晚的最后别离，他的心脏依然会撕裂般地疼。老安第斯缓缓抬手，抚摸黑色牌位。那木片被他抚摸了多年，在昏暗中反射出幽幽之光。老安第斯再度开口，声音沙哑颤抖。唯有此时，他才展现常人的柔软和脆弱：

“谢谢你，我亲爱的。这次一定是你在冥冥中帮了我。其实，我死了可能也挺好，也许死了，就能再见到你。我只是担心，过了这么多年，你已经，不再等我了。”老安第斯微微哽咽，缓缓抬手抹去泪水，“对不起……我应该早些去那个世界找你的。请你不要怪我。哦，还有，不要怪我今晚说过的话。我是逼不得已的！你知道，我的心里只有你。我一分钟也没有喜欢过别的人！请你相信我，我绝不会把财产留给她的孩子！一分钱也不会的！你放心！”

老安第斯胸中隐隐一丝针刺之痛，很轻很细却格外清晰。起搏器已被关闭，为了防止别人再打坏心思，他并不打算再度开启它。所以他不宜过于激动。他闭目养了会儿神，再睁开眼来，苦笑着说："亲爱的，一定要相信我。我不会做让你失望的事情，不然的话，死了怎么去见你……"

老安第斯的双目再度模糊，他用最温柔的目光注视那灵牌，那是在他眼中极少见到的目光，唯有在这黯然的房间里才会出现。他用越发苍老和沙哑的声音，轻声道："求求你，亲爱的。到时候，让我再见到你。"

"我知道其实我没脸再来见你。"Kevin 站在房间中央，双臂垂着，低头缓缓地说着。其实他也说不清为何一定要费尽周折再见到 Joy，他本该远走高飞的，旧金山已无他的容身之地。但是，他在快餐店里收看了安第斯记者会的电视直播，只看到一半就再也坐不住，心中只有一个念头：她还活着，我得见到她！

费尔蒙酒店地处繁华街区，又被狗仔队层层包围。他乘坐着出租车尾随了一路。他早知骆驼等人都在小玉身边。骆驼是老安第斯雇的私人侦探，为何要帮他见到 Joy？但凭借对骆驼的直觉，他有三成的把握——骆驼鬼怪精灵，对谁都未必死心塌地；以骆驼的性格，就算是为了看个热闹，至少也会等到 Kevin 和 Joy 谈完再报警。但是，到底该谈些什么？ Kevin 从来不做目标不明的事情。唯有这一次令他自己都难以理解。制造诸多借口，只为了再见一面？

Kevin 低垂了目光："其实，不管怎样解释，都会令我显得更加无耻。"

小玉木然地站在 Kevin 对面，面无表情。两人都不坐，只有骆驼斜躺在床边的小沙发里，饶有兴致地欣赏两人的对话。小玉并无敌意，只是备感难堪。她记得悬崖上 Kevin 的呼喊，那呼喊毫无疑问是发自肺腑的。Kevin 只不过是在完成自己的工作，布兰克是他的老板。但他对小玉的确过分体贴的。因此小玉并不恨他。只是经历此般周折，突然又相互面对，让她无所适从。不知骆驼为何会突然把 Kevin 带进房间里？以今晚的场面推断，骆驼该把他扭送进警察局才是。

Kevin 见小玉无语，表情越发尴尬，不知如何继续往下说。倒是骆驼在一旁插嘴道："你大晚上的非要上来，就是为了冲着她光张嘴不说话？你到底干吗来的？有什么要说的快说啊？说完了，我还等着睡觉呢！"

Kevin被骆驼所鼓舞，硬着头皮开口："虽然，我知道我很无耻，可我……我现在，却更加无耻地来请求你，帮我一个忙……"

骆驼立刻大声冷笑道："哈哈！这可真够无耻的！"

小玉也不禁诧异道："帮什么忙？"

"求你让我把一些事情讲清楚了。我并不奢求你的原谅，我只想有个机会，当面告诉你一些事。然后，就算去坐牢，我也会更安心一些！"Kevin说得很艰难。骆驼却在一边仰头笑道："哈哈！可真会说话！明明又要花言巧语，还求你帮忙什么的！"

小玉不等骆驼说完，抢着说："先坐下吧，慢慢说。"说罢自己后退一步，坐在床头，挺直脊背，双手放在膝头，表情认真严肃，全神贯注地看着Kevin。她并不准备全部相信他所说的，但她做好认真听他说的准备。这是对他的尊重，看在他一路关照的分儿上。她猜那并非全是为了欺骗。

Kevin低声谢过，缓缓坐进另一张小沙发，同样正襟危坐着，表情比小玉更严肃。他沉吟了片刻，开口说："曾经跟你说过的。从记事开始，我就不知道自己的父母是谁，嬷嬷一直是我唯一的亲人。以前我们生活非常艰苦。我们是非法移民，嬷嬷在外面偷偷打零工，后来去安第斯公司做清洁工，同时再做几份工，没日没夜，收入却仅够糊口，只能租住简陋的地下室，没有任何保险，生病也不能去医院。我只能去贫民窟里的公立学校上学，因为那里无须提供任何身份证明。后来，嬷嬷离开了安第斯公司，带着我搬到安第斯的一个工程师家里做保姆。从此，我们终于住到了地面上，尽管我们的房间比壁柜大不了多少。但我们能吃饱肚子，嬷嬷也不必再去外面兼职。那工程师每到圣诞节还会送我小礼物。我小时候，嬷嬷常对我说，我们多亏了这位工程师才能活下来。所以我们一定要感激他，要报答他。嬷嬷还曾经让我叫他爸爸，可我实在叫不出口，嬷嬷就让我叫他叔叔。所以，我叫他……"Kevin稍稍迟疑，"我叫他布兰克叔叔，叫了20年。"

尽管早有准备，小玉还是备感意外："你嬷嬷……难道就是……桔恩小姐？"那坛子般的圆实身子和一头红发下圆胖堆笑的脸突然在小玉脑海闪现。Kevin竟然承载着她的基因？

Kevin 点头:“是，她喜欢别人叫她小姐。可她眼看就 80 岁了。每天强打着精神给布兰克卖命，其实就是为了让布兰克对我更好一点。”

Kevin 微微语塞。小玉心中感慨：桔恩小姐天生一副喜兴样子，没想到竟也含辛茹苦。

骆驼插话道:“啧啧！原来是个伪富二代！为干爹卖力呢！嘿嘿！”

Kevin 却立刻摇头:“不！我不是为了他！我早知道他是什么样的人。他狡猾凶狠，不相信这世界上的任何人，我只是他的工具！我做这些，都是为了我嬷嬷！她一直把布兰克当成恩人，在她心中，布兰克的话就是圣旨！布兰克建议我学电子，我就绝不能去学化工；布兰克建议我去安第斯公司工作，我就绝不能再找别的工作。她决不容许我丝毫违背布兰克的意思，即便是布兰克让我去做 spy（奸细），她也坚信那是信任我，锻炼我，为了我好！我不想让嬷嬷失望和难过，安第斯公司也的确是个很好的平台，所以我一直为布兰克效忠。但他居然命令我去借你的手毒死安第斯先生！我不能告诉嬷嬷，因为她决不会相信布兰克会要杀人。而且，她说不定会去问布兰克，那样布兰克一定饶不了我！可我不想替布兰克去坐牢！”

骆驼插嘴道:“所以你就带着她一起逃跑了？等于还能带着个证人？”

“不！”Kevin 再度摇头，“这也是布兰克的计划。不然的话，我们怎能轻易就逃出那座高科技的大厦？布兰克并不想让警察找到 Joy，失踪是最好的结果。”

骆驼拍手道:“嘿嘿！我就说嘛！那么高科技的大厦呢！早知道就让你们自己跑，反正也能跑掉，还让我开着车瞎折腾！”

小玉心中一震，她原本是应该被灭口的。这个身高七尺的健壮男人，头脑敏捷身手不凡，他曾有太多机会动手的，可他从来不曾有过这样的打算。这一点小玉很确定。小玉柔声问道:“你跟嬷嬷联系过吗？”

Kevin 低头沉默了片刻，小声说:“我匆匆打了个电话，听了听她的声音。然后……”Kevin 一时语塞，竟微微哽咽。他深吸一口气，抬头注视小玉，双目已充满泪意，“Joy！现在布兰克落网了！我想我也不会有好下场的。嬷嬷为我吃过那么多的苦，我这一生，是无法报答了……”

Kevin 再次哽咽，这回泪水是止不住了。他从小学习伪装和冷血，并不知道自己竟然也能如此感情用事。在刚才初提嬷嬷之时，他或许还只是找个继续话题的借口，但此刻却真的痛彻心扉。他亏欠嬷嬷太多，却已没机会偿还："所以，Joy，我知道，我是绝对没有任何资格请求你的帮助的。但是，我……我找不到其他人！嬷嬷马上就要80岁了！我恳求你能不能帮我照顾她，以你现在的身家，这应该是轻而易举的！Joy，不，露小姐，对不起！我真的不该向你提这样的要求！可我怕等我从监狱里出来，就再也没有机会了……"

"喊！想得还挺美的！"骆驼一声怪笑，一脸不屑。Kevin愤愤地瞪了骆驼一眼。小玉知道Kevin会错了意。他大概没看过午夜新闻。骆驼却又嬉皮笑脸道："我是说，原来这才是他需要帮的忙儿！绕这么大个圈儿！就说这小子会花言巧语吧？Joy，不，露小姐，不！安第斯小姐！嘿嘿，是不是又心软了？"

骆驼一语中的，小玉眼睁睁看着Kevin的泪水滚落。七尺男儿，身强体壮，竟无助得像个孩子，低声下气地恳求。她愿意答应他，真心实意的，但她不知能否做得到。午夜新闻的画面历历在目，老安第斯既能筹划如此严密的自救计划，出言必定深思熟虑。一粒棋子！小玉莫名地升起一个念头：莫非她其实并非真的继承人？她终归还只是一粒棋子。

Kevin见小玉面露难色，目光黯淡下来，低头道："没关系。你不答应，我也完全理解。"

突然间，门铃"叮咚"一声脆响。三人同时愕然抬头。骆驼自言自语道："是谁？这大半夜的？"

"谢安娜！"小玉脱口而出，"刚才她在电话里说她会过来！"

Kevin吃了一惊，骆驼也脸色发白："妈呀！老板要是见到这位，那肯定得炒了我呀！Joy，不！安第斯小姐！"骆驼双手作揖，"求求您，能不能让他先在您屋里躲一躲？"

小玉迅速扫视卧房，抬手指向衣柜："到那里面去！"

"露小姐，我非常遗憾。"

谢安娜双手交叉，表情严肃地站在客厅里。她虽然口中说着遗憾，脸上却并无歉意。表情也很冷漠，与一个多小时前判若两人。连她身后的骆驼也小心翼翼起来，不苟言笑，靠墙默立着一动不动。小玉虽然早料到此事必有蹊跷，却仍然倍感意外，默然站在谢安娜对面，静静等待下文。

“非常抱歉，一直把您蒙在鼓里。”谢安娜突然改用“您”，显然是在拉远距离：“但我想，您有权知道事实真相。”

小玉不禁感觉厌倦：今晚还有多少事实真相？短短几天，她已听到太多并非真相的真相。事实早就变成一只萎缩干结的苞米，层层剥开，藏在下面的永远是另一层皮。而她早已麻木了，对所谓的“事实”丧失了兴趣。

谢安娜继续说道：“其实，您并非安第斯先生的外孙女。就像您刚才跟我说的，您的记忆里，完全没有任何有关自己身世的记忆。这就对了，因为您的外祖父根本就不是安第斯先生。他还健在，正和他的太太在东北的老家生活。您的外婆也从未在上海生活过，更不认识安第斯先生。”

果然不出所料。小玉不置可否，不知如何应答，心中只觉疲惫不堪。依然弄不清此中缘由，她却突然连弄清的欲望都没了。谢安娜看小玉默然不语，以为她备感失望，继续解释道：“我们选中了您，是因为您很想得到一部 Anphone，而且，您的身世和安第斯先生真正的后代有相似之处。”

小玉哑然而笑，这才合情合理。安第斯先生当然不会让自己的后代冒险。看来，还有个和她经历相似的东北女孩，眼看就要成为亿万富翁了！

谢安娜继续说：“安第斯先生非常感激你的帮助……”

小玉耸耸肩，开口想要尽快结束这场无聊的谈话。谢安娜却抢着继续说下去：“露小姐，你听我说完。为了感谢你的帮助，安第斯先生决定付给您 250 万美金的答谢费。不过呢，这笔钱不能立刻都给您。我们将安排一个托管账户，第一年每个月向您支付 1000 美金，第二年每月 2000，第三年每月 3000，如此递加，直到第 20 年付清。”

小玉虽然不能马上算清细节，却大概明白意思：反正不能一笔付清，20 年为期，支付金额逐年递增，因为她泄密反悔的风险逐年降低。不记得听谁说过，犹太人是非常精明的。小玉既不觉得开心，也不觉得受到了侮辱。美国人把什么都看成交易，这是中国人也在努力学习的。250 万美金，貌似公平合理。只是交易之前从未有人询问过她是否同意。

谢安娜继续说："露小姐，你大可相信安第斯先生的诚意，当然我们也相信您不会在未来追索您作为继承人的权益。我只是需要提醒您，虽然安第斯先生曾经当众承认你是继承人，但也能随时推翻这一点。方法其实很简单，做个亲子鉴定就好。当然我很信任您的为人，所以我相信未来不会有麻烦，现在也就不必费事做鉴定了，免得大家都难堪。"

小玉心中一堵，这次真的感觉受到了侮辱。她抬头正视着谢安娜说："既然安第斯先生开口了，那我也有我的条件。我不需要 250 万美元，我只要 150 万美元，但必须明天就给我。现金或银行支票都可以。我相信安第斯先生的诚意，也请你们相信我的诚信！"

谢安娜面露意外之色，沉思片刻说："我需要征得安第斯先生的同意，你等我消息。"说罢转身，向骆驼招手，"你跟我来。"

骆驼连忙小跑着跟上，两人走出套房。小玉紧跟着反锁了房门，走进卧室，Kevin 已然站在卧室中央。小玉把卧室门也反锁了，低声说："我已经猜到了。"

Kevin 却满脸疑色："安第斯直接跟你提过吗？"

小玉摇头："没有。不过，刚才在午夜新闻里，他跟记者说，我不会留在美国接管他的事业，也不打算继承他的财产。我本来还在纳闷儿呢。"

Kevin 皱眉沉思道："不，你不了解安第斯，他也非常的狡猾！也许，你就是他的外孙女，只不过，他只是要利用你除掉布兰克，而并不想把财产留给你！我了解他，他是做得出这种事的。"

小玉黯然一笑："随他吧，我无所谓。100 万，够你祖母用的吗？"Kevin 一愣，随即醒悟，一把抱住小玉双肩，激动得说不出话来。小玉轻轻挣脱出来，低头说："我要留 50 万。"

她要留 50 万美金。从今以后，不论什么牌子的手机，只要可赋喜欢，就能买给他。Kevin 却再次抓住小玉肩膀，轻声道："Joy！既然该是你的，为什么不要？"

小玉仰头看着 Kevin："他不愿意给我，我怎么要？"

"他已经向全世界承认了你是他外孙女，也说过想把财产都交给你，怎么好意思改口呢？"

“可我未必是他的外孙女！”小玉不耐烦起来。Kevin 则提高音量：“我猜你就是！我有我的理由！”

小玉哑然看着 Kevin。Kevin 开口解释道：“从很久以前，我就在试图破解一些人的电子邮箱和 Anphone，其中包括安第斯、布兰克，和布兰克的助理亚瑟的。Anphone 为用户提供一种叫作‘云端’的服务，把每个用户的所有信息都上传到一个统一的服务器中加以保留，这个叫作‘云端’的服务器就在安第斯公司的地下室里，那里有 2000 个机架，几十万台服务器，不停收集全世界所有 Anphone 用户手机中的信息，甚至包括那些被删除的信息。我试图破解的人都使用了最高级的安全措施，而且时常更换密码，所以我只能偶尔截取只言片语，但大约半年前，我曾经截获了几条信息，是发到亚瑟手机上的。因为内容很重要，所以我一直熟记在心里。那几条信息该是布兰克的人从中国发出的，因为信息的内容都是围绕一个人在中国的行踪，我猜应该是安第斯先生派去中国寻找继承人的私人侦探。按照那几条信息判断，安第斯的继承人应该和东北一个叫朝原的地方有关，而且又在北京生活。在你来美国之前，布兰克就已经调查过你的背景，你在北京工作，你的身份证正是朝原发的。这不是跟你都完全吻合？”

“为什么得出这样的结论？那几条信息具体说了什么？”

“第一条短信，说他跟着目标人——也就是安第斯派的密探——到达了朝原。第二条短信，说他已跟踪了三天，目标人一直留在朝原，却并未发现他主动和谁取得过联系。下面再一条短信，说目标人突然去了长春，并经长春回到北京；再下面一条短信，是说目标人在北京逗留了两天，每天四处游走，依然不和任何人联系；最后一条短信，是说目标人已经离开了中国，但最后在北京的三天里，虽然四处游走，却去过一座白色写字楼好几次，观察写字楼出入的人流。因此发信息的人判断，安第斯的继承人应该来自朝原或长春，却居住在北京，而且最后三天都曾到过那片写字楼。但发信息的人无法找出继承人到底是谁，因为目标人没和任何人接触，出入写字楼的人又很多。”

一座白色写字楼——几个字令小玉心中一动，问道：“你知道那座写字楼在哪儿？”

Kevin 努力想了想说：“我记得，好像是叫什么村……”

“中关村！”

“好像是的！你的确常去？”

小玉点点头，她的确常去。以前，她常去那里陪可赋加班的。Kevin 再次握住小玉肩膀："继承人一定就是你！给你东北的姥爷打电话！问问他到底是怎么回事！"

"没开通国际长途。"小玉看一眼床头的电话机。

"这好办！" Kevin 从衣兜里掏出钱包，打开并抽出一张信用卡。小玉心想，这大概也是昨夜那驾车人带给他的："算了吧，只要他同意给我 150 万……"

"Joy！打吧！" Kevin 把信用卡塞进小玉手中。

电话只通了五分钟。姥爷从午睡中被电话吵醒，半醉半怒着用东北话骂人："你姥爷还喘着气儿呢！你当我死了也成，咋还非得给我戴绿帽子？" 姥爷的回答干脆利索，不留余地。小玉的母亲、外婆、外婆的外婆都是东北农民，跟上海从来没有过任何关系。谢安娜的确没说错，小玉根本就不是安第斯的后代。

姥爷却仍喋喋不休，在电话里抱怨说："多些日子了，你连个屁都没有，冷不丁打个电话就扯这些气我！你老妹儿眼看要嫁人了，你好歹也是我的亲外孙女儿，也算是个当姐的！咋的也得表示点儿吧？"

这些年来，姥爷对小玉一向客客气气，难得如此粗鲁直接。"老妹儿"说的该是那后姥姥家最小的孙女儿。姥爷从来不跟小玉提起那一家人，因为小玉一向和他们格格不入。这次肯定是喝了酒，所以把多年的牢骚发了出来。原来姥爷对她始终有所期待，只是不好意思提。小玉不禁心生愧意。多年不曾回家看看，本该赶在老妹儿成婚之时，去朝原给姥爷做个脸。其实多个妹妹有何不好？刚刚逃过一劫，一切细小平凡都显得弥足珍贵。"老妹儿"这样久违的家乡词汇，突然在耳边响起，竟然格外的亲切。

然而，除了亲切之外，又有一些怪异。仿佛某种特殊符号，代表某种隐晦含义，隐藏在记忆深处，一时找不出来。小玉闭目努力地思考，却无论如何想不起在哪儿听过。

Kevin 并不知小玉的心思，在一旁自言自语着："这就怪了！真的不是你吗？还能有谁来自朝原，在北京生活，还经常光顾那座写字楼？朝原的人口多吗？有很多朝原人在北京吗？"

小玉正在专心思考，无意间听见 Kevin 的只言片语，心中却仿佛突然一道闪电。谢安娜的话又在耳边："你的身世和安第斯先生真正的后代有相似之处。"

相似之处！同样来自朝原，同样在北京工作，同样地出入中关村的白楼！难道真正的继承人，是他？小玉一时激动得喘不过气。她对着 Kevin 急道："快！我还得用一用你的信用卡！"

下午的阳光穿过病房的窗户，在窗台上涂抹了一层亮白。夏可赋斜靠在枕头上，凝视窗外一株落叶飘零的杨树。右腿依然被石膏包裹，却已不如昨天那么疼。其实已经可以出院了，但不知为何得到了医生的特别照顾，不但没被赶出医院，反而被转至高层的单人病房，不但整洁舒适，还带独立卫生间。他甚至曾经怀疑，自己除了腿伤，也许还有更严重的绝症？朋友和医护人员都在向他保密。果真如此的话，他还能有多长时间？小玉知道吗？

小玉呢？她还好吗？那些持枪的人和她有什么关系？这些问题让夏可赋彻夜难眠，心中似有一团乱麻，隐隐一阵阵刺痛。他本以为这些日子两人关系渐渐冷淡，他已经不会这么把她放在心上了，可没承想，小玉真的出了事情，又让他如此牵肠挂肚的。露小玉这样一个普普通通的女孩子，背后竟然也隐藏着巨大的秘密。他不禁又有些担心，自己也被卷进这"秘密"里来。然而，在医院躺了几天，除了最早有警察做过笔录，之后也没人过多跟他打听车站的事情。当然，他本来也不知道什么，跟他打听也是白费。他并不想弄清楚到底发生了什么，他也不该弄清楚什么。他本该更果断地和小玉分开的。他和她之间有一条鸿沟，是永远无法逾越的。可他实在无法忘记小玉，一心盼着小玉能平安无事。他想起小玉曾经说过的：她就是一滴露水，在夜晚凝聚，在清晨消失。可赋凝望窗外的斜阳。说好的是一滴露水，说好的会在傍晚出现。傍晚就要来了，她又在哪儿呢？

手机像是跟他心有灵犀似的，偏在这时响起来。手机屏幕上显示着来自异国的号码。夏可赋艰难地抓起手机，动作过猛而引发腿部一阵剧痛。他强忍着疼痛，按下接听键，几秒钟的沉默之后，他听到那再熟悉不过的声音："可赋？"

泪水突然就涌出眼眶，让他毫无准备。他问："你还好吗？"声音干涩嘶哑。一句极普通的常常被用来敷衍的问候，此时却饱含着难以言喻的感情。

“我一切都好。”小玉的回答很简单。这原本也常是敷衍的回答，可赋却能听出真实的含意。他心中顿时宽慰了些，眼眶再度湿润了。

小玉又沉默了半天，像是有千言万语似的，却也只问出一句：“你也还好？”

可赋苦笑着回答：“好，只伤了点儿皮。”

小玉又沉默了。其实在听到声音的一刻，也就放心了一半，但听到一个“伤”字，心疼却是难免的。她强迫自己用冷静的声音问道：“我有些问题要问你，这些问题很重要，你一定要如实回答。我一会儿会向你详细解释的。”

可赋的心再次悬了起来，却又有些隐隐的快意。因为不论她在经历什么，似乎都与他有关。他忍受着腿痛，又坐起来一些，把手机用力贴住脸颊，机身热热的，像是贴着一个光滑的面颊。

小玉的问题有关可赋的童年和家庭。他不知道她为什么问这些，但她问得很认真，他只能也认认真真地作答。可赋出生在朝原，母亲是当地国营工厂的职工，父亲则是附近的村民。母亲嫁给父亲，是公认的下嫁。父亲是进城的倒插门女婿，没有铁饭碗，只能做些小生意，原本就被老婆家的人看不上的，自然也不给看孩子。女婿只好把自己的爹妈从乡下接进城里来看孩子。后来，可赋的母亲下了岗，父亲用小生意的一点积蓄学会了开车，加上母亲下岗赔偿金，购买了一辆二手面包车，做起小巴生意。母亲充当售票员和会计。在可赋七岁那年，一个风雨交加的夜晚，父亲因为着急回家出了事故，父母双亡，连同一车十几名乘客。说到此处，可赋一带而过。心却疼痛难当。好在小玉并没追问事故的细节，她更关心的，是可赋的祖辈。

父母双亡后，可赋家中只剩爷爷一个人，身残体衰，自顾不暇。可赋只得到舅舅家生活。但舅舅有个条件，就是必须过继了给他当儿子，因为实在不想联想到他那人人厌恶的父亲。即便如此，姥爷失去了女儿，加倍憎恶女婿，常常迁怒于可赋。可赋在舅舅家过得不快活，也曾偷偷跑回自己家向爷爷哭诉。爷爷却冷言道：你爸本来也不是个好东西！可赋不明白为什么连爷爷都讨厌父亲，偷偷向继母也就是舅妈打听，这才得知，自己的生父并不是爷爷亲生的。爷爷不但有残疾，而且从来不能生育。奶奶从上海远嫁此地，该是委曲求全，求一处安身之地。父亲是奶奶从上海带来的。

可赋讲到此处，小玉早已兴奋不已，迫不及待地说："就是你！原来留在中国的，并不是安第斯的女儿和外孙女，是儿子和孙子！"

可赋听得一头雾水，问小玉到底在说些什么。她却并没立刻回答，继续迫不及待地问："你奶奶呢？她后来怎么样了？"

"早去世了。很久之前，跟我哥前后脚儿。"

"你还有个哥哥？怎么从没听你提起？"

"是，有个哥哥。不到两岁就没了。他和我奶奶都在我没出生时就不在了。"可赋回答得很简单。其实这只是父母、爷爷在他幼年时告诉他的版本。然而在漫长的成长岁月中，他又从别人口中听到过其他的版本，支离破碎，无凭无据的，一两句话也说不明白。而且小玉并没给他机会继续说下去。她的声音突然变得焦虑不安："我必须马上挂了！有点不方便！你好好保重！我以后跟你详细解释！"

电话立刻就被挂断了，都没给他说再见的机会。他立刻又担心起来。到底发生了什么？和自己有什么关系？他仿佛隐约看到一条细线，把他和小玉连在一起。这既让他感到不安，又有点安慰。

难道，他们真的是分不开的？

6

小玉听见套房大门打开的声音，迅速挂断了电话。转眼间卧室门已开了一条缝，骆驼的小脑袋塞进来："哟！俩人还聊着呢？我没打扰什么好事儿吧？"

套房的大门锁不住骆驼，没什么锁得住骆驼。是他倒无所谓。既然他是谢安娜的手下，想必已早知道一切。小玉默然不语，极力掩饰内心的兴奋。真正的继承人应该就是可赋，怪不得她这样一个局外人会被选作棋子。条件吻合，而且无关痛痒，就算半路真的出了岔子，死了伤了都没什么损失。其实如果早点儿告诉她，她说不定会把这场戏演得更好。小玉心中一阵愉悦。这些日子她吃的苦，好像都是有意义的。她救了可赋的爷爷，帮他夺回公司和财产。这一切都是值得的。

骆驼嘻嘻笑着退回客厅，四仰八叉地往沙发里一坐，拿起遥控器打开客厅墙壁上的电视："你们继续！继续！我看我的电视！看看咱是不是也上镜了……”骆驼一句话没说完，却突然惊声叫道：“哎哟！快看电视快看电视！敢情今晚还没完事儿呢？老头儿家又冒出个不速之客？嘿嘿！电视台又开始直播了嘿！最近的新闻比好莱坞大片儿还好看！”

小玉和 Kevin 不禁侧目看向卧室墙壁上的电视。电视画面上出现的人脸狠狠吸住两人目光。Kevin 不禁失声惊叫：“嬷嬷？”

电视原本被静了音，骆驼忙把声音打开了，放出一片喧闹声。电视屏幕上那个黑衣黑帽的胖妇人正缓步前行，平稳如装了轮子的椭圆形容器，匀速走向林间那庄严宏伟的豪宅。电视镜头紧跟其侧，拍摄到她那过于饱满的侧脸。正是桔恩小姐，身穿紧身黑色礼服，头戴黑色宽檐礼帽，帽檐和胸口别着两朵硕大的白色菊花，俨如肃穆庄重的贵妇，与小玉印象中的开心小老太太判若两人。

电视屏幕突然切换成新闻主播，兴冲冲地说：“我们已经确认，画面上这位女士，就是安第斯公司副总裁布兰克的管家桔恩小姐！据说，桔恩小姐在布兰克家服务了许多年，非常的忠心耿耿。她这么晚到访安第斯宅，是不是要找安第斯先生为布兰克求情呢？广告之后，让我们继续关注事态的发展！”

电视台插播广告。今晚发生的事件，是电视台千载难逢的商机。桔恩小姐的面容依然留在小玉脑海里，挥之不去。今晚她的面色异常严峻，这是在她脸上难得见到的表情。不过，就在几天之前，在安第斯家里，小玉也曾在她脸上见到过类似的凝重表情——当小玉告诉她自己听到了：“下家的门儿！”

小玉心中猛然一震！这个疑问似乎突然找到了线索——刚才姥爷在电话里说到的“老妹儿”正是提醒了她。她在布兰克家那一夜所听到的奇怪声音，是不是也和“老妹儿”有关？

小玉低声问 Kevin：“布兰克家里，是不是会闹鬼？”

Kevin 原本被电视吸引，突然听到小玉的问题，一脸莫名其妙。小玉又说：“你在布兰克家住过那么久，知不知道布兰克家有没有闹过鬼？”

Kevin 连连摇头：“没有啊！从来都没有！”

“可我在的那一夜，在一楼走廊的卫生间里上厕所的时候，就听到了奇怪的声音！后来桔恩小姐——也就是你的嬷嬷——送我回房间，她似乎是要暗示我，那房子里有不干净的东西！”

“奇怪的声音？在楼下的卫生间里听到的？”Kevin努力回忆着，“那房间隔壁是个储物室，不过和房子内部并不相通，门是直接开在车库里的，以前常有用人在里面偷情。我上小学的时候发现过的。为了听得更清楚，我还在墙上偷偷钻了个洞。后来被嬷嬷发现了，狠狠揍了我一顿，又找了一幅画把洞挡起来，没让其他人知道。所以，你听见的声音，有可能是储藏室里发出来的。也许是储藏室里有人？”

小玉回忆着说：“一开始，的确好像有两个人在……在干你说的那种事情。可后来，客厅里有个花瓶不知被谁打碎了。那两个人就跑了。然后我就听见另一种声音，有气无力虚虚实实的，像人又像鬼，好像是在说：‘下家的门儿！’”

“夏家的妹儿！”Kevin立刻重复一遍。他的中文原本带着海外口音，这一句却说成了地道的东北话。小玉连忙点头：“就是就是！你知道什么意思？”

Kevin却越发疑惑不解：“嬷嬷为什么要说这个？夏家的妹儿？”

小玉惊道：“难道是桔恩小姐说的？！这句话到底什么意思？”

Kevin点头：“一定是她说的！我小的时候，大概五六岁吧，发高烧一直不退，哭闹个不停，嬷嬷没钱带我去医院，就背着我在屋子里一圈一圈地走，一边走一边唱：‘夏家的妹儿啊你别闹，夏家的妹儿啊快睡觉！’后来我上学了，再生病的时候，吵着让她唱她也不唱了。她说你是小子，以后不能管你叫妹儿了。我问她以前为什么这么叫，她说我妈在世时想要女儿，所以把我当成闺女养，这样唱着哄我睡觉，我听习惯了，所以一唱就管用！”

“你的意思是说，桔恩小姐说的不是‘下家的门儿’，而是‘夏家的妹儿’?！你老家也在东北？你也姓夏？”小玉瞪大眼睛，心中突然升起一种奇怪的感觉。

Kevin点点头：“是啊！我姓夏。夏可文是我的中文名字，所以英文名叫Kevin。”小玉心中猛地一震。Kevin？夏可文？可文、可赋，这是怎么回事？

骆驼就像是一只嗅觉灵敏的警犬，突然把头伸进卧室，惊异地睁大了眼睛说：“哎哟喂！看来，这里面还有点意思？”

电视里突然一阵嘈杂，镜头又转回安第斯家门外。骆驼一步窜进卧室，三人齐齐盯住电视屏幕。跟在桔恩小姐身边的记者正在发问：“桔恩女士，您打算和安第斯先生说些什么呢？”桔恩小姐停下脚步，转身迎着电视镜头。摄像机投射的灯光打在她那光洁饱满的圆脸上，面色严峻僵硬，一双小眼睛却炯炯有神，声音沉稳有力：

“我希望他会出来见我。至于我将要跟他说什么，等我见到他，你们就都知道了！”

40 分钟之前，布兰克家。

虽然已过午夜，可全家上下无人入眠。客厅里的电视仍在兀自聒噪。但是，自安第斯记者会的直播结束后，就再没人看它一眼，除了桔恩小姐。

布兰克太太晕过去又醒过来，醒过来再晕过去，如此来来回回好几遍，早被扶回卧房里，这会儿独自躺在那里，也不知是晕着还是醒着。两个墨西哥女佣和意大利厨子则在收拾行李，顺便把能装进箱子里的东西都装进去。他们可不想等到警察来了再跑，尽管警察对他们未必感兴趣。唯有桔恩小姐一直坐在客厅的大沙发中央，直瞪着电视一语不发，不论播出的是新闻还是广告，也不知是在观看还是发呆。

午夜新闻过后，她终于起身，走向二楼布兰克的书房。书房抽屉的夹层里，有一件她必须借用的东西。反正布兰克一时半会儿也回不来了。她缓缓走上楼梯，双眼仍大睁着，木然凝视前方，仿佛眼前并非是早就熟悉不过的大宅子，而是一场精彩绝伦的大戏，令她目不转睛，终生难忘。

那场风花雪月的戏，开始于 64 年前。店铺林立的霞飞路，高耸入云的国际饭店，大光明，百乐门。那是一座完完全全的国际大都市。她则是一根花苗，成长于中西交界的阴影中。她的父亲并非地道的老古董，虽然在乡下有良田万顷，却乐于上海的灯红酒绿。年轻时败掉一小半家产，成年后虽渐渐变得谨小慎微固执保守，却已离不开上海滩的生活方式，对女儿的要求则是新派的严格：上女子学校，穿校服，看电影，这些可以；和洋人谈恋爱，绝对不可以。洋人再有钱也是野蛮的。父亲为她选定的是年轻有为的军官。乱世之中，军人才是老大。

她其实并没想过要违背父意。军官虽不算一表人才，却也算得上知书达理，这在军人里已属难得。那年头儿的上海，街上常能见到洋人，远不及电影里的好，直到一个黑发深眼窝的年轻人出现在她父亲的客厅里。他身材瘦高，面色苍白，脸型和五官以最完美的方式搭配，侧分的短发服帖而光滑，深深眼窝中荡漾着朦胧的光色，马甲的阴影和皮鞋的光泽皆像生了魔力。他讲一口流利的中文，举手投足不卑不亢，充满绅士风度又不失东方礼仪。声音深沉浑厚，清晰传至客厅的每个角落里。在她看来，他并不是来销售美国油田股票的商人，而是走下银幕的电影主角。父亲嗜赌，却并不相信洋人，尽管这个年轻洋人熟练的中文可以加分。年轻人一连拜访三次。第一次，她从客厅门外匆匆而过。第二次，她在门外偷听了很久。第三次，她故意在家门外和他邂逅。她偷偷穿了由母亲的旧旗袍改成的新式女装，用时髦的大檐女帽藏起学生头。烫头发亦在父亲禁止的范围。她的身材过于瘦小，指望着通过服饰增长自己的年龄。她迈下洋车，高跟皮鞋在脚下扭转，她失声惊叫，年轻人扶住她的手臂。她其实并不是故意的。她第一次偷穿高跟鞋，那鞋是贴身女佣不知从何处弄来的。尺码有点大，需要塞棉花。她毕竟只有 17 岁，那年轻人其实也不过刚 20，但在她眼中，他已是成熟温润的男人。

他常邀她喝咖啡，看电影，租来汽车带她兜风。她继续偷穿高跟鞋和成年女人的艳丽服饰，一路由贴身女佣陪伴。女佣随身携带正常服饰，待她回家前换上，再把换下来的时髦衣服藏进自己怀中。女佣比她大三岁，体态高大丰盈，身上藏一件旗袍并不困难。他得以第四次登门，带来西洋美酒和鸦片送给她的父亲。这些都是她出的主意。第五次上门，则把父亲请上黄浦江的游艇，还有洋女人陪酒。父亲不准她同去，她在家发了一阵子愁，愕然意识到他这等出色的人身边必定围绕着上流社会的西洋女人。她这般过于瘦小的东方女子并无容身之地。她伤心倍增，写了短小的分手信托女佣偷偷送出。女佣出门之后她又懊悔不已。当天晚上，女佣送来他的回信，只有四个字：璐，我爱你。

当晚，她找借口跑出家门，在街角的梧桐树后和那年轻人拥抱。他在她耳边轻念：“以璐，你是上天送我的礼物。你是我圣洁的女王。”她知道她的名字和‘以禄’同音——犹太日历中的圣月。但父亲给她起名以璐，给妹妹起名以丽，是借‘得以利禄’之意，与犹太日历无关。她从此把犹太的圣月铭刻在心。以禄月便是 6 月。桔恩。她早知道这个单词，却偏要他教会她。6月就是她的圣月，他才是她的王主。至高无上，完美无瑕。生平第一次接吻，她并不觉得美好，只觉紧张得要发心脏病。他身上散发淡淡烟味，她还在他马甲的隐蔽处发现一个烟洞。她以前并不喜欢香烟，但他身上的香烟气息令她神魂颠倒。她匆匆回家，连夜写好长信，再命女佣偷偷跑去交给他。女佣返回时已是午夜时分，她坚持不睡，等待阅读他的回信。此种通信夜夜延续，女佣承担黑夜信使的职能。他们每周也能见上一两次，之间的日子是无尽煎熬。

上海物价飞涨，战争比季节变化更加迅猛。南京被攻克，上海城里人心惶惶。父亲终于拿出五万大洋，托他购买去香港的船票，剩下的投资美国股票。五万并非全部家当，但也绝非小数。父亲收不到船票，整日追讨，令他不敢再轻易出现，与她的约会也暂时停止了。她连续几周见不到他，心中焦虑无以复加。两人的通信倒是没断，依然靠女佣在深夜传送。他解释并没想欺诈她家的钱财，投资股票是真，但船票也是真的难买。父亲却从别人口中听说他是个穷光蛋，不名一文。她突然想起他马甲上的烟洞，再也坐不住，让女佣深夜带她偷偷跑到他的住处。那是法租界里最破旧的石库门房子，原来他的境况和外表的确有着天壤之别。她跑上摇摇晃晃的阁楼，看见穿着睡衣抽烟的他。他见到她并不怎么惊讶，不容她开口便是一阵热吻，他的舌头和手充满攻击性，生平第一次也是最后一次让她感受到男人的邪恶力量。那一夜风雨大作。她在拂晓冷静下来，感到私处的隐痛。她突然感到一种前所未有的恐惧，随即啜泣起来。他把她抱入怀中，承诺一定带她一起逃离上海。五万大洋，能让他俩在美国衣食无忧。真正的恐惧却在几个礼拜之后，当她发现她的厌食并非全部来自思念。她写信告诉他自己已有身孕，他回信安慰她，第二夜又让女佣带回便笺：7∶00, You know where. 她当然知道在哪儿。她正狂喜着，父亲却突然冲进房间里——多事的大夫把她厌食的实因告诉了父亲。

父亲把女佣绑在门厅的柱子上，把她关在二楼的房间，任凭她如何哭闹。天亮之后，精疲力竭的她终于撬开窗户，从二楼跳下去，居然腿脚无恙。她奋力奔跑，在6点59分赶到码头。码头却并无船影。她向船工打听，方知轮船早在6点就起锚了。她顿觉一阵天旋地转，紧接着腹部一阵剧痛，倒地不起。

从此便是无边苦海。父亲是远近闻名的大地主，妹妹又替她嫁给军官逃去台湾。这样的一家人，断然成为了人民的公敌。全家被镇压，她是唯一幸免的一个。女佣竭力为她辩护，把那次跳楼逃跑说成是对封建家庭的反抗。上海终究是待不下去了，她只能远嫁东北。从天堂到地狱。她忍受了 30 年，所以她想尽办法来到美国。非法移民，社会底层，再忍耐 30 年。现在算是熬到头了。今晚，她要去做她此生必做之事。那一幕她是如此期待，已在脑海中幻想过万遍了。

桔恩小姐离开布兰克的房间，下楼回到地下室自己的小房间，把手中之物放进皮包里。她换上最好的套装，去花园里剪来两朵最大的白色雏菊别在帽檐和胸前，在镜子前细心地为自己化好妆。此刻的打扮和平日截然不同。她再不是用人，她已为自己恢复了上等人的身份。她拿起电话，拨通某电视台的号码："我是桔恩小姐，布兰克的管家。我现在要去安第斯家一趟。有些事情，我要当面跟那个老东西讲。我想，也许你们会对我们谈话的内容很感兴趣。"

桔恩小姐挂断电话，挎起崭新的皮包，再次在镜子前整理衣领和帽子。直至满意之后，缓缓走下楼梯，无声无息地穿过客厅，走出大门，没发出一点儿声音，也没引起任何人的注意。门外停着出租车，是她早就叫好的。她优雅地拉开车门，小心翼翼地坐进去，万分留意她那完美的礼服，还有胸前巨大的白色菊花。

8

电视再次进入广告。趁着这个千载难得的机会，电视台巴不得多加几个广告。

在此之前，桔恩小姐还站在安第斯大门前，仿佛镁光灯下等待开演的主角。更多的媒体赶到现场，架起各式照明工具，把大宅门前照得仿若白昼。大门已开过两次，出来的都是安第斯的管家。第一次管家请桔恩小姐明早再来，她则表示见不到安第斯先生就不离开。第二次请她进屋去谈，她再次拒绝。她说："就在这里见吧！我这样的人，不配走进他的大宅！"

骆驼用遥控器换台。许多台都在转播大宅门外的近况。骆驼意犹未尽地说："哎哟！真是有意思啊！夏可文，夏可赋！这到底是怎么回子事儿呢？"

“还有你不知道的？”小玉斜一眼骆驼。

“当然！当然！我不知道的多着呢！”骆驼连连点头，可还是目不转睛盯着电视。

“你不知道真正的继承人是谁？”小玉又问。骆驼又嘿嘿一笑：“哎呀，那算啥秘密啊！不对！你可别套我话啊，我不知道！嘿嘿，知道也不能说，不然老板饶不了我！”

Kevin 急道：“你们知道什么？到底谁是继承人？”

骆驼眼珠一转，斜眼看看 Kevin，扭头对小玉说：“你可真是聪明！既然你什么都知道了，那就跟我说说看，这可文可赋又是怎么回事？”

“谁是可赋？”Kevin 又问。小玉沉思了片刻，下定了决心。事已至此，也没什么好隐瞒的了：“就是你在北京火车站见到的那个男的。他叫夏可赋。也是朝原人，他的祖母以前在上海居住，中国解放后带着他的父亲嫁到朝原。他也曾在中关村的白楼里上班，我去那里就是找他的。”

“所以，他才是安第斯真正的继承人？安第斯的情人生的不是女儿，是儿子？他的继承人也不是外孙女，而是孙子？”Kevin 渐渐明白过来。

小玉点头：“我猜是的。”

骆驼在一旁插嘴：“哈哈！这可是你们自己猜出来的，可不是我说的！”

Kevin 目光黯然，低声问：“可他跟你，是什么关系？”

小玉踌躇了片刻，回答说：“我们的关系并不重要。重要的是，他跟你有什么关系。”

Kevin 一愣：“我跟他？有什么关系？”

“他叫夏可赋，你叫夏可文。”小玉说罢，暗暗打量 Kevin。他魁梧壮硕，可赋却文弱清秀，但除去身形差别，两人又的确个头相仿，眉眼也仿佛有几分相似。不知是不是突生的心理暗示，为何以前从没发觉？

骆驼兴奋道：“嘿嘿！有点儿意思哈！这名字可真像哥俩？”

Kevin 连连摇头，一脸惶恐道：“这绝不可能！只是巧合吧？”

小玉皱眉道：“这我也说不清楚。可赋的确告诉我，他有个哥哥，不过，那个哥哥早就去世了。他说他父母也去世了。”

Kevin如释重负道："那不就是了。我们肯定没有关系！而且，我嬷嬷也不姓谢。嬷嬷姓夏。'XIA'，她的美国护照上都是这么写的。"

"嘿嘿！那可就更靠谱了！"骆驼兴奋地一拍大腿，把小眼儿瞪成了两粒黑豆，"夏可赋也姓夏不姓谢！他东北的后爷爷也不姓夏！他可是跟的奶奶的姓！我老板早想到这个问题了，谢以璐是上海人，上海话里就把谢读成'夏'，兴许是老太太刚到东北还说不清楚北方话，自己报户口的时候警察写错了。也说不定是她故意改的，反正她也不想让人知道自己的身世！"

"这不可能！"Kevin厉声反驳，目光越发焦虑，"如果嬷嬷是安第斯的情人，她干吗在安第斯公司里默默当了那么多年的清洁工却不让安第斯知道她是谁？就算安第斯再自私再精明，不愿意公开这件事，他也不可能不把我们安置得舒舒服服的！可我们却吃了那么多年的苦！再说嬷嬷早知道布兰克一直在和安第斯作对，也知道布兰克把我安插在安第斯身边当眼线，为什么不但不反对，还让我一心一意给布兰克效力？这不可能！"

Kevin越说越激动，紧紧握住双拳。他怎能是安第斯的亲孙子？他曾试图亲手谋杀他！

"那谁知道呢？所以啊！看好戏吧！看看你嬷嬷到底要跟老头儿说啥！"骆驼向电视屏幕努努嘴，跷起二郎腿，饶有兴致地看着屏幕。广告已经结束了，屏幕上又换作安第斯大宅门外，人比刚才又多了许多，各种灯光和采访设备也多了许多，把安第斯宅的大门点缀得好像奥斯卡颁奖典礼的入口。

"她只不过是去为布兰克求情的！"Kevin把握十足。嬷嬷对布兰克夫妇忠心耿耿。她虽然年近八旬，却依然天真烂漫，这样的事情是绝对做得出的。

骆驼却不以为然："我看未必！"

话音未落，电视里一阵嘈杂。人群突然向内围拢，闪光灯发出一阵节日礼花般的耀眼光芒。电视镜头随即切换，越过桔恩小姐的肩头，对准正在徐徐开启的宅门。一架轮椅，正停在门内一两米的地方。老安第斯正襟危坐着，眯眼看着面前那身材圆胖服装怪异的女人。

"您就是布兰克的管家，桔恩小姐？"老安第斯嘴唇微动，沙哑苍老的声音，从轮椅扶手处的小扬声器里发出来。

"是的。"桔恩小姐点点头，"我不但是他的管家，我也曾经为你工作。”

老安第斯微微皱眉，细细打量桔恩小姐，片刻之后，若有所悟：“好像是有些面熟。您以前是不是做过保洁员？”

桔恩小姐点头：“是的，安第斯先生，你的记性真不错！ 20 年前见过的脸也还能记得！尽管我在安第斯工作时，你从来没跟我交谈过。当然，你也不会需要跟一个清洁工交谈的。不过今晚，我必须谢谢你，给我这个跟你交谈的机会！”

桔恩小姐口中说着谢谢，脸上却毫无笑意。她笔直站立，纹丝不动，好像是房门前放置的石礅，只是错摆在碍事的位置。老安第斯的表情倒是很放松也很随意，扬起眉毛说：“我真遗憾，您离开安第斯公司之后，怎么想到去给布兰克这个小丑效力了呢？那得是 20 年前了吧？那时他还是什么？工程师？”

“不，是助理工程师。不过，很快就变成了工程师，然后是高级工程师，总工程师，运营部总监，高级总监……”桔恩小姐滔滔不绝，老安第斯不耐烦地打断她：“够了，他有他的手腕。”

“是的，他的手腕不错。他不但取得了你的信任，还把其他你信任的人都干掉了。记得吗？莱恩先生？您的 CTO ？他因为出卖商业情报被抓了；还有鲍尔先生，他被杰姆斯一枪打死了，就在他自己的办公室里，因为他发现他的太太上了鲍尔先生的床，然后杰姆斯也去坐牢了；还有米歇尔女士，还有……”

“桔恩女士！”老安第斯渐显尴尬，再次打断桔恩小姐，“这些事情大家早就都知道了，你不是专门来找我说这些的吧？”

“哦，那好吧，我说点大家都不知道的。比如，莱恩先生办公桌底下有个垃圾桶，那垃圾桶里有个夹层，有时候里面藏着光碟或 U 盘；还有鲍尔先生的抽屉锁不够结实，可他偏偏喜欢把杰姆斯太太写给他的情书藏在那个抽屉的最底层；还有很多其他类似的事情，说到天亮也说不完。”

老安第斯的表情彻底僵硬：“你告诉我这些，到底是什么意思？”

桔恩小姐微微抬起圆下巴，眯起小细眼：“我就是想告诉你，布兰克到底是怎样在你的公司里越爬越高，高到有一天能从你手里夺走一切的。当然，这件事他是主角，不过他也需要配角，比如一个退休的老清洁工，一个知道很多别人并不知道的小秘密的老太太，一个愿意帮助他从你手里夺走一切的人！”

“你！”老安第斯再也难以抑制怒意，“你为什么要这么做？”

桔恩小姐的胖脸上却洋溢得意之色，突然改用上海话，“侬格记性原来老不灵呃，侬再仔细窥窥，侬还认得吾哦？”

老安第斯一惊，他开动轮椅，又往前凑近一米，双手努力撑住扶手，身体向前微探，圆睁的眼睛鱼眼一般鼓出来，喉咙里则好像卡了鱼刺，半天才说出几个中国字：“你……是……以璐？！”

“哈哈！”桔恩小姐仰天而笑，笑声尖厉刺耳，“不像了哦？侬认不得了哦？已经过去60多年了！伊个辰光吾还是个小姑娘，多少苗条？多少可爱？伊个辰光侬有多少甜言蜜语？我呸！侬格老不死个混账东西！我一辈子被侬通通弄坏忒了！”

桔恩小姐说罢，猛然瞪圆双目，全被拉入电视特写镜头。那双小豆眼中，隐隐露出凶意，令人毛骨悚然。坐在总统套房卧室里的Kevin此刻早已脸色煞白，焦虑万分。他听不懂嬷嬷讲的上海话，也从没见过她如此打扮，可他明白那眼神！她绝不是去给布兰克求情的！莫非她和老安第斯之间果然有瓜葛，而且还是很深的瓜葛？难道自己果然是老安第斯的后代？难道自己曾经试图谋害的，果真是自己的亲祖父？要是如此，嬷嬷为什么要隐藏自己？为什么要向所有人隐瞒这一切，也包括她最疼爱的Kevin？老安第斯虽然自私阴险，却极在意面子，既不会把旧情人和私生孙子公之于众，也不会让他们流落街头的。起码能保证衣食无忧。她为什么要让自己吃那么多年的苦？为什么要让他从小也跟着一起吃苦？为什么要让他去为布兰克卖命？莫非，她与安第斯有刻骨深仇？莫非当年，她是被安第斯抛弃的？莫非，她没能借布兰克之手斗败安第斯，所以……Kevin浑身一激灵，从沙发上一跃而起：“不行！我必须马上去！再不去就来不及了！”

“警察会抓住你的！”小玉也跟着站起来，高声呼喊。Kevin一愣，驻足回望。小玉的目光清澈如泉。她是个可爱的女孩，非常善良而且缺乏原则。一个中国女孩。他仿佛瞬间明白了，他对她的留恋从何而来的，心中变得无比释怀：“顾不了那么多了。他们两个，都是我的亲人！”

小玉点点头，双眼突然湿润了：“小心！”

Kevin心中一暖，再无顾忌，用力点点头：“嗯！”扭头要走，脚步又一迟疑：“Joy！谢谢你。”

Kevin不等小玉回应，飞身走出卧室。骆驼却突然叫道：“等等！

这大夜里的，你跑步去？上次你们坐过的甲壳虫，就停在左手路边儿！接着！”话音未落，车钥匙飞过客厅，在空中划了一道弧。骆驼冲小玉嘿嘿一笑：“嘿嘿，这小子，还挺孝顺的！就是不知道得判几年！要是判得少，你就跟了他得了？”

“以璐，是上帝把你带到我面前的吗？”老安第斯继续讲着中国话，声音突然变得柔和平稳。他极力控制住情绪，使自己恢复常态。之前一句“布兰克的管家”让他轻了敌。这个女人有备而来，他绝不能轻举妄动。虽然她面目全非，但音色并未大变。原来她并没有死，而且一直在美国，隐藏在自己不远处！在今夜突然冒出来，可谓处心积虑。是想借助媒体博取更大的利益？但她选择直接面对他，这该是她的失策。老安第斯心中冷冷一笑：既然如此，就试试看吧！他一生经历过多少威逼利诱、讨价还价，哪次不比这次难对付？

桔恩小姐用国语回答：“托你的福，我还没见到过上帝！我只是偷偷离开了朝原，来了美国！看来你儿子和你儿媳妇也跟你一样恨我，他们一定跟所有的人都说我死了！不然，你派的侦探也不会告诉你我已经死了！”

“用我给你的那笔钱来的美国？”

老安第斯表情平静，声音不痛不痒，仿佛只是随口一说。当初早有约定，此刻突然冒出来，实乃背信弃义。自他离开后，中国发生翻天覆地的变化，也让他和那里断绝了一切联系。但是30多年前，他突然接到台湾那边的来信，撩起心中波澜。一连三夜，他梦到海格路的咖啡馆。只要她还活着，他一定要设法把她接到美国，不论多么辗转。他随即雇佣旧金山最出色的私人侦探，暗访中国，得到的消息却令他心灰意冷：人早就没了，就在他离开后不到一年。该活着的已经死了，剩下的都根本无关紧要。多年后凭空冒出来，只能徒添烦恼。那时他正在为事业忙碌，无心纠缠私人恩怨，写了一张五万美元的支票寄往台湾，换来永不联络的承诺。没想到这五万美元却为自己留下了后患。这样也好，彼此都曾背信弃义，谈判桌上无须再拿道义做幌子了。

“是啊，用你给我的五万美元，先去台北投奔我妹妹，然后再偷渡来了美国！我妹妹一家在台北住着洋房开着汽车，可我却什么都没有！如果不是因为你，在台北住洋房开汽车的就是我！”桔恩小姐朗声而答，并且改用英语。看来，她想让全世界都知道这五万美金。这样正好。30 年前不比现在，那时他才刚刚起步，身家都是负数。老安第斯也坦然地改用英语说：“我记得在 30 多年前的中国，五万美金也绝不算小数字吧？”

“30 年前的中国？”桔恩小姐猛地抬高了音量，“你为何不干脆说说64 年前的中国？那时候，五万块大洋是多少？我们全家的船票呢？美国石油股票呢？没有那五万块，你今天能发得了家？”

老安第斯仰头笑道：“哈哈！要是谁都能靠五万块发家，那美国不知要有多少安第斯公司了！”

老安第斯心中也在冷笑。这真是妇人之见，和 60 年前无异。再说有关这五万大洋，他对她实无亏欠。中国巨变之后，她家的财产一分也不剩。若不是这五万大洋，她在 30 年后也得不到那五万美金。

桔恩小姐则冷笑道：“也不是谁都能不知廉耻地骗到五万块的！”

这倒没错，不是谁都有这样的本事。但何谓廉耻？何谓欺骗？人贵在自知之明，这是大户小姐一向欠缺的。老安第斯再度细细打量面前的女人，身材粗短，面貌丑陋，仿佛从 16 岁就再没长高。当年倒是年轻苗条，却犹如未发育的小鸡雏，虽竭力将自己打扮得妖艳，却更显得滑稽可笑，加之天性无知幼稚，被骗也是迟早的事。看她今天的着装风格，依然不着边际，看来本性仍然偏执，或许该像对待孩子般对待她，设法让她进屋细谈，只要没有媒体，他总有办法让她服帖的。

老安第斯柔声说道：“以璐，你还像以前那么喜欢菊花。”

桔恩小姐用鼻子哼了一声，冷冷道：“谢谢你还记得。今晚你不是和你外孙女团聚吗？我当然要穿得整整齐齐地来给你庆祝了！”

老安第斯心中渐渐明了。原来如此。她一定是看过今晚的记者会直播，知道寻亲故事有假，所以趁机跑来敲诈的。又或许，她是摸不清真假，想来见见自己的骨肉？按照私人侦探从朝原当地带回的消息，户籍上显示她在 30 多年前就去世了。即便她是离家出走而非死亡，也该是 30 多年前的事了。那时逃至台湾，想必是和大陆家人彻底断绝了联系，否则也不会在户籍上按死亡来登记。既是如此，她未必知道自己的儿子后来是否又生过孩子。女人向来重视亲情，对自己的骨肉不能视若无睹。

老安第斯试探着说："她不但是我的外孙女，也是你的外孙女。以璐，你来得正好！今晚就留在我这里！明早我让司机去把Joy接来，我们一家团聚！"老安第斯说罢，目光中竟然流露出柔和之意。

桔恩小姐却朗声笑道："哈哈！一家团聚？简直太好笑了！还在睁着眼睛说瞎话呢！那个女孩和你没一点关系！"

老安第斯暗暗一惊，反问道："你怎么知道呢？她出生的时候你已经离开中国了。"

"我当然知道了！她到美国的第一夜，住在布兰克家里。我已经试探过她了！她根本不是你儿子的孩子！你真是个好演员，我现在站在你面前，你还在表演！可惜我太明白你的心思了！你只不过是想弄个假继承人当幌子，这样就没别人再来打你财产的主意！你是个无情无义的冷血动物！"

老安第斯又是一惊。多年不见，这女人竟能看穿了他。是真的看穿了，还是蒙的？老安第斯并不急着开口，默然和桔恩小姐对视，细细品味她的目光。那里除了仇恨并无其他。这个女人，十六七岁是分水岭。之前拥有一切，之后失去一切。财富，爱情，家人，和尊严。她已把他当成这一切的根源。尽管这根源只是时代的变革，其实与他无关。老安第斯一生见过各种眼神，仇恨并非最难对付的一种，尤其是女人的仇恨，恨与爱并没有明确的界限，随时能够相互转换。他又增加了一些信心，柔声说道："以璐，你误解我了。这么多年，我没有一天不曾想着你。"

安第斯话一出口，一双老眼中竟浮现泪意。他一生经历过多少风雨，好演员都需经过苦难的磨砺。他曾在手术后渐渐苏醒，惊然发现自己再也说不出话来，一夜之间成为轮椅上的木偶，身边突然被敌人包围。如此险境举不胜举，需要何等意志和心机方能转败为胜？老婆聘用的护士每天逼迫他吃药，他早知道他们期待着他的衰竭。他索性表演得再夸张些，身心投入行尸走肉的角色，从肉体到眼神，滴水不漏，让他们充分感受他的衰竭。这是长期不懈的精湛表演，今晚只是九牛一毛。

"你？想我？"桔恩小姐狠狠冷笑两声，"你想的能是我吗？到现在你还以为我被蒙在鼓里？你想的是阿萍！我的女佣！那个下贱的女人！你逃跑之后，我父亲把你的一切都打听清楚了！修道院也去过了！阿萍来我家之前就和你勾搭上了对吧？就是她把你引到我们家的对吧？你们合起伙来骗我爸的钱对吧？都怪我当时瞎了眼！一心一意迷恋你！每天晚上还让她去给你送信！其实是成全你们俩苟合对吧？你其实就是个身无分文的小瘪三！就只配和下三滥的女佣勾搭！”

听到“阿萍”二字，老安第斯心中狠狠一痛，好像被高压电流击中。谢以璐说得没错，他爱的就是阿萍。他的父亲落魄潦倒，常带他到修道院蹭吃蹭喝，阿萍是修道院收留的孤儿，他们从小一起长大，跑遍法租界的大街小巷。阿萍曾是他在这个世界上唯一的亲人，失去了她，其实就失去了一切。谢以璐的咒骂让老安第斯火冒三丈，心中同时酸楚不堪，泪水这次真的充满眼眶。他勉强压抑心中怒火，用微微颤抖的声音说：“一个死去60多年的人，还去骂她做什么？”

“死去60多年又怎样？我这60多年又是怎么活过来的？她死得活该！她还死得太晚！要不是我爸去修道院的当夜解放军就进城了，我爸一定会把她打死！结果让她翻身做了主人，我们变作罪人！没关系！只要我活着，就决不能让她活着！我总有办法让她死在我手里！所以我对她好！我细心照顾伺候她！比她伺候我的时候尽心一百倍！哈哈！”

桔恩小姐仰头一阵厉声尖笑，声声皆如匕首直刺老安第斯的心脏。她笑罢了，又继续狠狠说下去：“30年后，你派的人在朝原找到我，拐弯抹角地打听阿萍的下落，我就知道，你一直都没忘了她！我当时是有多欣慰啊！我心想多亏我早就弄死了她！不然还让你们俩再续前缘了！你知道吗？当我说出那个贱人已经死了的时候，我就在想象着我对面的人不是私人侦探，而是你自己！你知道当时我心里有多痛快！哈哈哈！”

又是一阵笑声，老安第斯只觉血脉偾张，心脏的疼痛一波紧似一波，喉咙被无名之物梗塞，胸腔几乎要爆裂，他使尽浑身力气，突然吼了出来，这声音不仅来自扶手的扬声器，也来自他的整个胸腔：“你是杀人犯！是一条毒蛇！你说对了！我从来没有喜欢过你！我怎么会喜欢你这样一个又丑又笨的女人？从一开始见到你我就讨厌你！和你做爱是我这辈子做过的最恶心的事！到现在想起来还会觉得恶心！你不是告诉我你怀孕了吗？我每天祈祷你生孩子的时候难产死掉！连同你的孩子一起死掉，去下地狱！你说对了！我的确不想让你的孩子从我这里拿到一分钱！你也一样！我知道你今晚来干吗！你想都别想！一分钱也别想！”

桔恩小姐脸色也发了青，指尖和腮边的肌肉都开始不住颤抖，却硬生生笑出声来：“哈哈！我的孩子？你这个老蠢驴！我的孩子在码头上就流产了！我抚养大的，是你情人的孩子！那个不要脸的女人！没能跟着你跑，肚子却被你搞大了！这就是报应！我本想趁着她怀孕的时候就下手的，可我又一想，干吗不等她生孩子的时候，再给她吃点啥不该吃的，这样谁都会以为她是生孩子生死的！如果她的孩子能够活下来就更好了！我报复不了你，我可以报复你的孩子！可后来，你儿子长大了，又生了孙子，我就有了更好的主意！你这个老东西，你能想到吗？Kevin，你的助手，他就是我从朝原偷偷带去台湾又带到美国的！那时候他才三岁！多可人的孩子？想到他的父母找不见他以后的难受样子我就开心！可我想到以后能看着他亲手毁了你我就更开心！哈哈！你想到了吗？老家伙？藏在你身边的密探，差点就亲手杀了你的人，他是你和那个贱货的亲孙子！他的确拿不到你的一分一厘了！因为他已经从美国逃跑了！他现在是杀人嫌疑犯，他要是敢回来，得先坐牢！哈哈哈哈！”

桔恩小姐说罢，仰天大笑起来，声嘶力竭，歇斯底里，浑身剧烈颤抖，好像一只快要爆炸却仍在充气的气球。老安第斯则瞪圆了双眼，再也说不出话来，只觉心脏的剧痛已连成一片，喉管的阻物坚硬如石，肺中气息已被彻底切断，在胸中剧烈膨胀，把眼球都鼓出了眼眶。

桔恩小姐却突然收住笑声，狠狠瞪着老安第斯，仿佛盯住猎物的饿猫。她把皮包死死抓在胸前，极力控制住双手的颤抖，把右手缓缓伸进皮包：“可他跟你一样的笨！他没能亲手杀了你！这是我此生最大的遗憾！所以今晚，我来……亲自完成这件事！难得你居然还记得我喜欢菊花……你看，我像60多年前一样，为你采了菊花……”桔恩小姐突然哽咽了，双眼瞬间涌满泪水，爱恨果然只在一线之间，她声音颤抖着说，“可这回的不同！你看清楚了！这些菊花是白色的！这是为……为我们的葬礼准备的！”话音未落，皮包落地。桔恩小姐双手抱着一把手枪，黑洞洞的枪口对准轮椅上的安第斯。

“嬷嬷！不要！”突然间，斜地里冲出一个身影，直插入安第斯和桔恩小姐之间，向桔恩小姐猛扑过去。

“砰”的一声巨响。

Kevin 试图环抱着祖母，双腿却渐渐松软，强壮的身体缓缓地滑向地面。桔恩小姐的头和身体渐渐从他身后露出来，脸色煞白，双眼充满惊愕，胸口的菊花已变成鲜红色。Kevin 努力仰起头，双手拉住桔恩小姐的衣襟，想开口说话，大口的鲜血却从口中涌出。

桔恩小姐仿佛从噩梦中惊醒一般，拼命抱住摇摇欲坠的 Kevin，随着那强壮的身体坐倒在地，凄厉地尖声叫道：“文文，文文，你怎么样啊文文！你跑来干什么！你不是不在美国吗文文！我的好文文，好宝贝，不要吓唬嬷嬷啊！”桔恩小姐正说着，肘部一阵温热，忙低头去看，鲜血正顺着她的袖子不断滴落。她随即一阵眩晕，眼前模糊一团，耳中却仿佛突然响起男孩子的哭喊之声：

“嬷嬷！别打了，嬷嬷！就这一次，嬷嬷！今天你过生日，我想让你看见自己黑头发的样子，才去偷了染发水和老花镜！别打了嬷嬷，我以后再也不偷了……”

安第斯大宅里也正混乱起来。管家和用人蜂拥着跑出来。老安第斯头仰在椅背上，两眼翻白，浑身抽搐，嘴唇微微颤动。管家连忙俯身，把耳朵贴在老人嘴边，仿佛依稀听见：“阿萍，我来了。一定让我再见到你……”

管家并不确定自己所听到的，轻声问道：“安第斯先生，您说什么？安第斯先生？”

老安第斯的嘴唇却已僵硬，再无任何反应。管家轻触老人颈下动脉，皱眉摸了许久，终于缓缓地摇头。

突然间，门外一串银铃般的快乐笑声。只见桔恩小姐正坐在地上，小胖胳膊环抱着 Kevin 的头，低头细细端详，脸上绽放小姑娘般的笑容：“呵呵呵呵呵呵，我的宝贝儿啊，你可算睡着啦？你可是闹够了！呵呵呵呵呵呵呵……”

桔恩小姐说着说着，索性轻轻哼唱起来，身体有节律地微微扭摆：“夏家的妹儿啊你别闹，夏家的妹儿啊快睡觉！夏家的妹儿啊你别闹，夏家的妹儿啊快睡觉……”

太平洋·使命

1

电视里枪声响起的一刹那，小玉惊叫着从沙发上一跃而起，骆驼却比她更迅速灵敏，瞬间已堵在卧室门前：“你想去哪儿？你又不是医生！去了也帮不上忙，反而让人误以为你和他是一伙儿的！”

小玉终于停住脚步，泪水却似乎停不住的，跺脚道：“都赖你，就不该让他去的，知道他那么冲动！”

骆驼却嬉皮笑脸道：“嘿嘿，心疼了？北京那个还没疼够呢，又疼这个？甭担心，看看看看，电视里正给特写呢！他没事儿的，子弹没打到要紧的地方！”

小玉立刻看向电视，镜头却已变了，只好半信半疑看向骆驼。骆驼眼皮一翻：“嘿！还不信我？我啥时候骗过你？我这个从来不撒谎的你不信，Kevin 这种把你骗到家的倒让你这么挂心，什么世道啊！哎呀别一张苦脸了，他真没事儿的！连这都看不明白就别干我们这一行了。倒是那老头儿，就这么咽气了。这可真是人算不如天算！不该死的时候谁也杀不死，该死的时候谁也留不住啊！嘿嘿。”骆驼嘻嘻一笑，眼珠突然一转：“哎？不过这样的话，那遗嘱是不是就真该生效了？那遗产……”

小玉也突然道：“是可赋的！财产有他的份儿，得让他到美国来。”

骆驼做个鬼脸，叹了口气：“唉！看来，Kevin 是没戏了，你心里还是只有北京那位！唉！”

小玉瞪了骆驼一眼，心想 Kevin 的确也是继承人。本来还有些怀疑名字只是巧合，刚才看完桔恩小姐这一幕，就确定无误了。难怪当初在台北，Kevin 见到南京东路后面的小巷子会有莫名的亲切感，那便笺本是桔恩小姐通过台北的妹妹寄给老安第斯的。既然信封上的地址是南京东路，她的妹妹就该住在那儿附近。后来她带着 Kevin 去了台北，想必也在妹妹家住过一段时间。那时 Kevin 不过三四岁，难怪只在潜意识里依稀记得。

但即便事实如此，Kevin 和可赋是继承人这件事，到底能否被律师承认？刚才桔恩小姐虽然当众提及 Kevin，但一来她情绪激动，二来老安第斯根本没来得及承认。而且 Kevin 是注定要坐牢的，如何来得及做 DNA 测试？桔恩小姐变得疯疯癫癫的，她的话本来也未必有人当真。可赋也是继承人这件事，想必除了那几个私人侦探，根本再无人知晓。小玉当然可以把这件事告诉可赋，但仅仅告诉可赋又有何用？仅凭自己的微薄之力，恐怕在一个月之内，连赴美的签证都拿不到。骆驼神通广大，这件事情绝对少不了他。小玉忙追问骆驼："到底行不行？帮可赋到美国来，继承遗产？"

骆驼却面露难色："哎呀，这还有点不好办啊！我们可是老头儿雇的，老头儿明确说过，不能让任何人知道真正的继承人是谁。他早知道夏可赋是他孙子，可他根本没打算把财产给他。我猜他谁都没打算给！要不是被布兰克逼到头上，他根本不会让任何人知道在中国有后代这回事的！找你做替身也是为了这个目的。没想到你太聪明，让你一下子把真正的继承人发现了，而且还多发现了一个！ Nana 今晚让我守在这儿，其实就是让我看着你，怕你突然又想出什么奇招儿，楼下可都是狗仔队呢！你说，如果我要是还帮着你把夏可赋弄美国来，那岂不是违反客户的意旨，没有职业道德？我老板还不得劈了我？反正佣金我们也已经拿走了，说了也没好处不是？"

"可是，你刚才没看电视吗？老安第斯不想把遗产给可赋，是因为他以为可赋是那个桔恩小姐的亲外孙！实际上并不是啊，可赋是他深爱的那个女佣人的亲外孙！他一定愿意把遗产给可赋的！"小玉还是不肯罢休。

"哎呀，不行不行。那也不行。我们只能按照客户交代过的办！"骆驼连连摇头道。

小玉沉思了片刻，问道："那谢安娜——也就是你老板 Nana——刚才说过的要给我的那 250 万——或者是 150 万——还算数不算数？"

"那当然算数喽！既然是老家伙答应过的事儿，我们肯定会兑现的。这也是职业道德。"

"那好！那些钱我一分也不要了，都给你！算是雇你帮我把夏可赋带到美国来继承遗产的报酬。你看怎么样？"小玉斩钉截铁，丝毫也不犹豫。骆驼说得没错，她心里就只有可赋。

“这样啊……”骆驼手托下巴，眼珠一转，“这不是受贿吗？岂不是更没职业道德了……”

“得了吧！”小玉不屑道，“你们不就是旧金山中国城里的私人侦探所吗？调查婚外情之类？哪儿有那么多职业道德可讲？好像你们的工作多崇高似的。”

“嘿！”骆驼瞪圆小眼睛，猛然从沙发上蹦起来，“你可别小看我们啊！我们可不是你说的侦探所！我们其实是……”骆驼眼珠一转，把嘴边的话咽回肚子里，“我们其实是一家非常大的跨国公司！是全世界有名的商业调查公司你知道吗？我们才不接你说的那种查婚外恋的呢！我们从不接私人的活儿！只接大公司的秘密尽职调查和反欺诈调查的案子！安第斯公司就是我们的大客户。这是看在大客户的面子上，美西办公室才破例接了安第斯老头儿私人的活儿！中国城的私人侦探所，那只是我们掩人耳目用的！我们全球好多分公司呢！比如伦敦、巴黎、东京、北京、上海……”骆驼却突然若有所悟，仰头思忖了片刻，又说：“哎，说不定这活儿还真能接！我得问问我的头儿！”

“Nana？”小玉纳闷。

“不是！问她哪儿成？她和老杨都是旧金山办公室的！我说的是北京办公室的头儿！其实我就是北京办公室的人，只不过被旧金山办公室借调了来做这个项目！我北京的头儿才厉害呢！她的前老板——也就是北京办公室原来的头儿——是我们公司全球最牛的一个领导，都被她一下子给搬掉啦！”

“北京办公室的负责人，又不负责旧金山的项目，她能管吗？”

“那可说不定！只要项目很重大，哪个办公室的头儿都能插手的！比如那些金额上亿美元的项目，还有客户非常非常重要的，比如联邦调查局或者哪国政府都参与的。唉！你别问了，这是商业秘密！今晚泄的密太多啦！你等着！我这就去给她打个电话！兴许她真愿意接这个活儿！等着啊！哪儿也别去！”

骆驼说罢，着急忙慌地跑出套房，留小玉独自站在卧室里，有点摸不着头脑。国际商业调查公司？上亿的大案？联邦调查局？这些名词都新鲜而刺激，却又令她越发不解：老安第斯是旧金山办公室的重要客户，要忠于客户，所以不能把可赋接到美国来。但北京办公室的领导就可以背叛旧金山办公室的客户吗？多少有些不合情理。这一天发生的事情实在太多，逃命，落海，安第斯记者会，最后又是安第斯宅前的一幕，20个小时连续播放的惊险大片，早已令她疲惫麻木，大脑一团混乱，再也理不出任何头绪，心中却只有一个念头清晰而顽固：可赋是安第斯真正的继承人！她要帮他得到他应有的。

北京时间晚上7点半，病房的晚餐早已送过。夏可赋半倚着枕头，无聊地看着窗外。天早已黑透了，对面的门诊楼灯火通明。他没开电视，兴致索然。未婚妻还没来，刚刚打过电话，遇上堵车，又和人发生了剐蹭。那女孩儿很喜欢他，对方父母也满意，他的继父继母更是热衷，他也就没道理反对，早就定下婚期了。这都在小玉突然失踪之前。他也知道自己是渣男。并不是渣在要和小玉分手，而是渣在一直没勇气和小玉分手。

他让未婚妻不要着急，慢慢处理，来不来都无所谓。时间尚早，并无睡意，想看看书，心情却又并不平和。拿起手机看看，没有未读短信也没有错过的来电。小玉到底怎样？她急急忙忙地挂断电话之后，已过了好几个小时。到底出了什么事？

就在这时，突然传来敲门声。应该不是未婚妻。她从不敲门，而且此时应该在处理交通事故。他轻声说了句请进，走进屋里来的，却是个年轻女郎。身材苗条，皮肤白皙，穿收身的黑色风衣，戴一副黑框眼镜，手拎暗红色的皮包，该是豪华的新款，反正不是他所能辨别的。她走到床头，微笑着从包中掏出名片：

“夏先生，您好！我姓谢。是GRE公司北京办公室的负责人。”

女郎的着装典雅却不失威严，高贵却又并不华丽。气场远远超越年龄。夏可赋试图立直身子，好把名片接得更郑重，大腿却钻心一痛。那女郎忙向前探身，把名片塞进夏可赋手中，歉意地微笑。

名片正面印着简单的英文：

Global Risk Experts

Yan Xie

Managing Director, Head of GRE Beijing

“Global Risk Experts？”夏可赋读出声来。谢燕解释道：“是全球最大的商业调查公司。”

“商业调查？是做什么的？”

“这个说来话长。简单来说，有些像侦探。只不过，我们的调查从不以发掘个人隐私为最终目的。我们要发掘的，是公司和公司老板们的秘密。”

“那您来找我是为了……”夏可赋越发地不解了。谢燕微微一笑：“刚才，你是不是接到一位露小姐的电话？”

夏可赋立刻警觉起来：“她在哪儿？她怎么了？”

“夏先生，您别着急。她很好也很安全。只不过，她来托我把她没说完的事说完。”

“她为什么自己不说？”夏可赋半信半疑。

“因为这件事非同小可，她需要委托我们这样的专业人士来通知您。再说，美国现在已经很晚了，她也该休息了。”

“她在美国？”夏可赋惊道。

谢燕点头道：“是啊！她在美国。而且，你很快也要去美国了。”

“我？去美国？”夏可赋彻底变作丈二和尚，“去那儿干吗？”

“去继承一大笔遗产，很多很多。你难以想象。”谢燕挤挤眼，“我能坐下说吗？”

谢燕并没得到夏可赋的许可，就兀自坐在床边椅子上，把露小玉去美国的事情细细讲来。夏可赋认真听着，先是茫然，然后是惊异，再后来则频频点头。奶奶和哥哥在他心中原本就是谜。谢燕口中的谢以璐和 Kevin 倒是和他道听途说的非常吻合。据可赋所知，哥哥三岁那年，奶奶和哥哥突然失踪。都猜是奶奶把哥哥带走了，却没告诉任何人去了哪里。父母焦虑万分，四处打听，却始终没有任何消息。后来得知奶奶在台湾有个妹妹，又辗转去台湾打听，果然听说奶奶带着哥哥去了台湾，但不久又离开了。而且奶奶的妹妹不久也去世了，所以有关奶奶和哥哥的下落就再也无处可寻。父母知道是奶奶偷走了儿子，心中悲愤不堪，但 20 世纪 80 年代初期，“文革”结束不久，台湾不但遥不可及，还令人望而生畏。父母从此心灰意冷，不愿再提及此事，对外宣称奶奶和哥哥都死了。为了避嫌，还去派出所做了死亡登记。原来奶奶并没有死，只是偷偷带着哥哥去了美国！谢燕所说的一切也许的确都是真的。莫非自己真是亿万家产的继承人？这想法突如其来，令夏可赋一时不知所措。他并没感觉到任何快意，只有惶恐，心中反而生出一丝莫名的失落。

这些，难道都是小玉出生入死换来的？

谢燕叙述完事情的经过，顿了顿，压低了声音说："本来我们不应该违背你祖父的本意，也没打算向你透露这件事情。但露小姐的真诚让我们很感动。她愿意把你祖父支付给她的所有答谢金都作为支付我们的佣金，来聘请我们协助你去美国继承遗产。"

夏可赋心中一震："我祖父支付的答谢金？"

"是的。250 万美元，她分文不留。"谢燕又顿了顿，继续说道，"她回到北京以后，恐怕连现在的工作都没有了。所以……你要记得感谢她。"

顷刻间，夏可赋心中翻江倒海，一个念头猛然而生："谢小姐，你刚才是不是说，老安第斯已经当众承认小玉是他的外孙女了？"

谢燕点头道："是的。就在几个小时前，在安第斯的记者招待会上，已经向全世界直播了。不过，安第斯先生已经暗中命令我们告知露小姐并不是继承人，所以不能继承财产。"

"但这只有你们知道。对吧？"夏可赋瞪大眼睛看着谢燕，"而且，你们也不会去公开对吧？"

"是的，只有我们知道。而且，本来就不能公开，因为签有保密协议。"

"那我就没必要去美国了！"夏可赋如释重负，"既然她已经是安第斯的外孙女了，就让她来继承一切吧！反正我爷爷也不在了。"

谢燕面露惊异："此话当真？那可是很大的一笔财富！很多人梦寐以求的！"

夏可赋却摇摇头："我不要。给她吧。就算都给她，也还不清我欠她的。"

谢燕收起笑容，肃然道："对不起，这个忙我可帮不了。除非你能给我充分的理由。"

夏可赋低头沉吟片刻，仿佛下了决心，才又开口道："你们应该已经调查过我了吧？知道我的父母是怎么死的？"谢燕点点头。夏可赋继续说："他们是在朝原开小巴的。我七岁生日的那天晚上，外面下着大雨，他们买了蛋糕，赶着回来给我过生日……"夏可赋渐渐语塞，需更多力气方可继续，"就在回来的路上，翻车了。一车人……都没了。"夏可赋仰起头，深吸一口气，努力说下去，"为了这个，我姥爷恨死我爸了。有一次他喝醉了，把一份收藏了很久的报纸扔给我看。报纸上有全车遇难者的名字……我一直觉得这些人都是我害死的！包括我的父母，也包括小玉的……"夏可赋终于开始哽咽，但很快又控制住情绪，"因为那些人里，有一个姓露。露水的露。"

谢燕若有所悟，微微点头。夏可赋继续说："我遇到小玉后，也对她偷偷做了调查。你知道，这不是一个常见的姓，而且她又是朝原人……当我知道她的爸妈也在车上，我想，也许，是他们来找我要补偿了。可我……我不知道该怎么做！我想尽办法对她好，甚至做她的男朋友，可慢慢地，我发现，我的补偿，其实只是一个借口。我……我只是很想见到她，我知道这样其实是害她，也是害我自己！因为，我无法向她坦白我父亲就是杀害她父母的凶手！所以，只要我们在一起，我就要承受巨大的煎熬！可我……可我也没有勇气离开她，而且我知道她也离不开我！我们就这样度过了18个月，每天都充满期待，也都充满纠结和煎熬。在一起的时候，总在不停谴责着自己，可不在一起的时候，却又时时刻刻想着她。想她在哪里，在干些什么……"夏可赋再度语塞，泪水在眼眶中打转，"你懂得那种感觉吗？"

夏可赋极力控制自己的情绪，肩膀却依然微微颤抖，他不顾腿部的剧痛，用力直起身体，向前微探着："谢小姐，请你给我一个偿还小玉的机会！"

一万公里之外，在旧金山费尔蒙酒店的总统套房里，小玉睡了两三个小时又醒过来。骆驼还没回来，窗外天色已微明。她再也睡不着，索性起身披上衣服，坐到客厅的沙发里等骆驼。落地大窗之外，整座城市还沉睡着，稠密的路灯光凝聚于山坡之上，好像无数困倦呆滞的眼睛。偶有赶早的车灯穿越寂寞的街道，仿佛迷了路的萤火虫。

但黑夜毕竟即将结束，因为远山的边缘已出现一条白线。这就是旧金山，这就是硅谷。小玉突然想起一周之前，飞机即将在旧金山机场降落的一刻，那时，她还是个请了三天假到美国来占小便宜的小北漂。之后的一周，连她自己都难以分清是梦是真。如今梦醒了，她仍和一周前无异。没钱，没家人，也没爱人。也不能说无异——从公司消失这些天，估计工作是没了。

套间的房门终于开了。骆驼走进来，看见沙发上的小玉，吃惊道："哟！没睡？心里有事睡不着？你俩可真情深似海！真让人羡慕啊！"

小玉双颊发热，心中却有些许不解。这话从何而来？她抱着双臂站起身："你们北京办公室的负责人怎么说？"

骆驼却突然皱起眉头，让小玉心中一沉。骆驼耸耸双肩："唉！我们头儿倒是答应了，也去找夏可赋谈了。可他不干啊！"

小玉深感意外："可赋他不愿意来？为什么？"

"因为他不愿意当继承人。他要你替他当！嘿嘿！你说他对你有多好？"

小玉大吃一惊，难以置信："你不是在开玩笑吧？"

骆驼却突然严肃起来，瞪起小眼，一板一眼道："谁跟你开玩笑了？夏可赋亲口跟我们头儿说的，一定要你代替他继承遗产！"

"这怎么可能？他本来就是继承人！我什么都不是！"

"可老头儿昨晚当众承认你是了。"

"可后来桔恩小姐又当众说过我根本不是了！"

骆驼不耐烦道："嘿！你还挺较真儿！那疯老太太的话能管什么用？老头儿又没否认过你是他的继承人！当然，这件事的确有点小麻烦，毕竟媒体最喜欢找事儿。不过呢，这也不是多大的麻烦，交给我们，不会有问题的！250万美元呢！这点事儿还搞不定？嘿嘿！"骆驼嘻嘻一笑，冲小玉眨眨眼。

"不行！是他的就是他的，我不能把他的东西拿走！不行！绝对不行！"小玉极力坚持，心中突然升起一股怨气。原来，可赋并不领她的情，他在跟自己客气。他把她的灵魂和血肉，当成了客气！他要是不稀罕，她做的一切就都不值一文。

"哎呀你这个傻丫头！怎么这么死心眼儿呢？他腿还吊着，你让他怎么来美国？他不来，你也不认，你们岂不是谁都捞不着？再说了，"骆驼稍稍迟疑，可还是说下去，"医院里的视频我也给你看过了。他有未婚妻了。我也不知道他为什么非要跟个不喜欢的人结婚。不过，如果他真的跟别人结婚了，遗产给他了，他怎么分你？

明白吗？”

小玉的心脏狠狠一痛，但仿佛又突然明白了。骆驼的话点破了天机。也许这就是可赋的一片苦心。小玉了解可赋，他内向而固执，认定的事情从不回头。他说不来美国，没人能把他拉来的。

骆驼趁着小玉愣神的工夫，闪身走进客厅里的卫生间，他的耳朵里有个小耳塞正在微微震动。耳塞小得不能再小，别人就算近在咫尺也难以察觉。他轻轻关闭卫生间的门，用极低的声音说：“特勤科 018 号。计划很顺利。GRE 公司已同意合作，Joy 差不多也答应了……”

三周之后。北京，国贸。

GRE 北京办公室的大门，藏在国贸 A 座 38 层的拐角处。位置隐蔽，门前没有公司 logo，进出须经指纹识别系统。

露小玉准时来到门外，午夜0点，分秒不差。楼道里昏暗而安静。她轻按门铃，内侧的玻璃门应声而开，走出一位年轻漂亮的女郎，身着深褐色套装，穿黑色高跟皮鞋，一头黑发优雅地盘在脑后。她就是 GRE 北京办公室的负责人：谢燕。

谢燕引领小玉进入公司，穿过层层玻璃门，经过一条狭长的走廊。北京负责人的办公室就在走廊的最远端。午夜的公司阴暗宁静，走廊两侧房门紧闭，办公大厅沉浸在黑暗之中，桌椅和电脑的影子张牙舞爪。选定此种时间和地点，谈话内容必然神秘而严肃。

谢燕把小玉带进自己办公室，拧亮了灯，脸上浮现出诚恳的笑意：“Joy，我很欣赏你的准时！谢谢你接受我的邀请，来参观我们公司。特别是在这个时间……”

“没关系，反正有时差。”小玉也微笑着作答，却显得拘束了很多。

“我想，罗拓已经跟你详细介绍过我们的公司了？”

小玉点头：“是的，他说了很多。但我还在努力理解。”

谢燕微微一笑：“罗拓是我们办公室最好的调查师。不过，看来他不是最好的解说员！”

小玉忙说：“没有，他说得很清楚。只不过，是我没读过多少书，理解力不是很强。”

“那现在理解得如何？会考虑加入 GRE 吗？”

小玉沉吟了片刻：“我刚才说了，我什么都不懂。”

“这没关系的。我刚加入这家公司的时候，也什么都不懂。”谢燕善解人意地眨眨眼。

“可……”小玉还是有些犹豫，终于开口道，“我得知道，我是为了什么工作的。”

这问题让谢燕也不得不皱眉思考了几秒钟。她斟酌着回答：“不能说是为了钱，那样就未免太俗了。”谢燕又思考了片刻，仿佛在寻找词汇似的，她说，“这么说吧！其实，对于一个在地产中介公司打工的女孩来说，你的表现，让我们很意外。你别误会，我没有瞧不起地产中介的意思。我想说的是，你其实具备一些潜质，而这些潜质，正是在 GRE 工作最基本的需求。”

小玉皱眉想了想，又说：“好吧，我其实并不知道你说的‘潜质’是些什么。但那也并不重要。我想我更需要知道的，是我加入贵公司之后，将要参加什么样的工作，要为谁服务？”

谢燕点点头，郑重地说：“你加入之后，将会参与一个非常重大的调查项目。在你接受 offer（录用通知）之前，还不是我们公司的员工，因此我不能向你透露更多的细节。但是，我可以向你保证，我们的客户是正义的一方，而且此事有关国家和民族的利益。我不能保证这件事完全没有危险，但请你相信，GRE 是一家专业而严谨的公司，我们绝不会让员工置身于危险之中。”

谢燕稍作停顿，看看小玉，继续解释说：“也许你会说，之前罗拓和 Nana 都曾经置身险境，其实不然，因为每个步骤都是经过严密计划的，我们也都备有多种应急方案。”

“真的严密？”小玉反问，“谢安娜胸口挨的那一枪呢？如果是朝着头上打的怎么办？”

“果然是个厉害姑娘！哈！”谢燕哈哈一笑，却又立刻收起了笑容，“布兰克的助手亚瑟，是出了名的‘胸口一枪’，只打胸口不打头。不过即便如此，风险也还是很大的。旧金山办公室向来比较激进，除了做一些稍显危险的事情，偶尔也做一些不够合法的，比如弄两本假护照之类。”谢燕向小玉眨眨眼，“但你大可放心，我不会容许中国办公室的员工做类似的事情。尽管你将要参加的项目是在美国执行，但项目是我负责的，你也是我的员工。我要求我的员工严格遵守当地法律，我也一向把我的员工看成公司最大的财富。”

“为什么找我？”小玉又想到一个问题。

“因为我们需要在安第斯公司里安置一个人。此人不但要能对安第斯公司有所控制，还能深入硅谷的电子行业。”

谢燕注视着小玉，目光中充满激励。小玉似乎有点儿明白了：谢燕之所以答应帮助小玉协助可赋来美国，其实是为了给下一个项目做准备的。看来这必定是个超级大案，不然 GRE 也不会冒险违背老客户安第斯的意思。当然老安第斯已经不复健在了，知情人不超过十个。除了 GRE 公司的内部人员，就只有小玉、Kevin、可赋和桔恩小姐。桔恩小姐疯了；Kevin 失踪了，大概一时半会儿都不会愿意露头；安排小玉做继承人原本就是可赋的意思。由小玉来做安第斯公司的卧底，的确顺理成章。

“我明白了，这就是为什么你们愿意帮我。我和可赋谁当继承人，你就雇谁。”

谢燕点头：“是的。不过，你比夏可赋更合适。因为你具备一些他所欠缺的特质。”

“比如？”

“比如英语。当然这只是最基础的，还有很多其他的条件，我先不细说。就等你一个答复。只要你点头，我会把一切都告诉你。”

谢燕说罢，安静地凝视着小玉，嘴角扬起一丝笑意，好像鼓舞学生发言的老师。小玉想了想，又问：“如果我不答应，是不是也就做不了继承人了？”

谢燕笑道：“我们可不是黑社会。不会强迫或者威胁你。当然，如果你不接受我们的 offer，我们同样也就不会接受你的 offer。也就是说，我们对你的帮助也就到此为止了。当然，即便你不使用我们的服务，我们也绝不会去故意揭发你的；但我想，有很多媒体正期待着挖掘新闻，某些慈善机构也不太希望遗产被你领走。所以失去了 GRE 公司的专业协助，恐怕你的风险还是不小的。”

“所以，我是骑虎难下了？”

谢燕眨眨眼，再度浮现轻松的表情：“别把它说得这么困难，只是一份工作而已。很多人期待着进入 GRE 公司工作呢！当然，你跟他们不同，你的财富足够他们挣几十辈子的。不过你的花销也大，不是吗？我听说，你打算在北京买一套别墅和一家公关公司？只要遗产一到手，你就立刻付款？”

小玉脸一红，微笑着说：“还有你们不知道的事情吗？”

谢燕也笑道：“所以我说很多人想来这里工作！怎么样？给我个答复？”

小玉耸耸肩：“反正我也失业了。”

谢燕面露喜色：“我可以把这句话当成一个 yes 吗？”

小玉点点头。

谢燕站起身来，隔着办公桌向小玉伸出手：“Joy，谢谢你！希望我们合作愉快！现在，就让咱们进入细节吧！”

早晨 6 点半，小玉走出国贸 A 座的大堂。天基本上还是黑的，只在贴近地面的楼缝里漏出一丝白光，一辆黑色别克轿车已等在大厦门外。小玉径直走过去，她知道车在等她。她本打算坐到副驾驶的位子，大厦的工作人员却抢先替她拉开后车门。小玉上了车。司机打了个哈欠，动作十分夸张，鼻涕眼泪地揉弄半天，这才转回身，朝后座嘻嘻一笑：“嘿嘿！美女，够能聊的啊！通宵啊！我们头儿厉害吧？我猜她就一定能说服你！”

小玉白了骆驼一眼：“本来早就想答应的，考虑到跟你做同事，所以多犹豫了一会儿！”

骆驼佯怒：“嘿！怎么说话呢？一起上刀山下火海，怎么连一点阶级感情都没有？也是！您现在是超级资本家，美国大亨，我就是个小打工的，您的小司机。敢情跟您不是一个阶级的！整个儿一个被剥削被压迫呗？”

小玉皱起眉头，斜眼看着骆驼：“怎么看也不像个被剥的嘛！倒像是……倒像是狐假虎威的狗腿子！”小玉笑出声来，骆驼立刻伸脖子瞪眼。小玉抢在他发作之前说：“哎，别贫了！送我去个地方呗？”

骆驼做个鬼脸：“嘿嘿！想他了？”

“讨厌！”

骆驼却突然严肃起来：“说好了啊，只能远远儿地看一眼！就一眼啊！看得见看不见都一眼！我是看在你下午要飞美国，以后轻易见不着的分儿上，才答应带你去的。这要让老板知道了，还不得立马儿把我炒了？”骆驼向着楼上努努嘴。

“行了行了，快走吧！”小玉说罢，侧目窗外，漆黑寒冷，灯火阑珊。汽车启动，把她的身体推向椅背。她索性把头仰在椅背上，闭上眼，心痛如潮水般汹涌起来。

以后真的再难见面了。

夏可赋天没亮就醒了。

第一晚住大房子，总归有些不适应，说不清道不明的。也许是床太软，卧室太空旷，室温太高，或者别的什么原因，心中有些隐隐不适。他悄悄下床，拄着拐走向客厅。腿上依然打着石膏，但动作已经比之前灵活多了，加之地毯厚重柔软，并无多少响动，他新婚的妻子全然不知。她比他睡得踏实多了。

客厅渗入晨曦，新买的家具被染上一层微光。地毯上堆着大大小小十几个尚未拆封的盒子。Anphone，Anpad，手提电脑，台式电脑，网络电视……安第斯的产品一应俱全，都是以办公用品的名义送来的。这座豪宅的来历也差不多，还有车库里崭新的奔驰 S500。这些都是副总裁的待遇。他所工作的那家小外企一夜之间换了股东，他则一夜之间被提为副总。年薪翻了 30 倍，公司还特意发了一封表扬信，把半个公司的业绩都归他名下。当然这信只是写给家属看的，他的提级在公司其实是个秘密。老婆和岳父母都高兴得像是中了六合彩，把他尊为成就卓著的一家之主。只有他心里最清楚这一切从何而来，美满和失落，暖意和酸涩，皆在他心中秘密交融翻滚，久久难以平复。

夏可赋披上羽绒衣，拉开拉门，走进花园。一股凉意扑面而来。太阳正从地平线上升起。夏可赋放眼望去，透过花园的铁栏杆，整个小区依然沉浸在睡意中。一座座洋房安静排列，被花园和绿地整齐分割，一条笔直的马路，在他面前向远方无限伸展。这是很多人梦寐以求的生活，突然降临在他身上，他却感觉不到快乐。恰恰相反，仿佛丢失了什么最珍贵的，再难复得。他那破旧的轿车还停在门外路边，显得遥远而孤独，与这豪华小区格格不入。老婆让他把车子卖了，他执意不肯。可是留着，他又不能细看。每瞥一眼，心中便会隐痛。

他突然发现，远处有辆黑色轿车，正逆着阳光缓缓驶来。又是一个早起之人。其实并不算早了，7点出头，若在普通的小区，出门上班的车流早已如织。但对于北京的新贵而言，一天常在午后开始，在拂晓结束。

那黑车越驶越慢，最终停在二三百米之外的路边，并不拐进谁家的院子。想必是来接人的。隔不多时，车里走下一个苗条身影，站在原地不动。逆光，阳光过于刺眼。夏可赋心中一震，心中万般后悔，没戴着眼镜，人影很是模糊，但朦胧中却又有几分眼熟。他努力看了几秒，对面人突然抬起右臂，向他缓缓摇动。

夏可赋再不怀疑，拔腿向前猛走，忘记了腋下还夹着拐杖，双拐纷纷落地，腿上一阵剧痛，再也走不动，只能抬起右臂轻轻挥舞，泪水顿然湿透了眼眶。他忙用手背抹去泪水，努力睁大双眼，朝阳无限耀眼，泪水瞬间再度填满眼眶，他连忙再去抹，手忙脚乱，笨拙不堪。他想呼喊，喉咙却似被堵塞，发不出一丝声音。

对面的人影停止挥臂，缓缓将双手放在胸前。夏可赋立刻领会了，心中一阵汹涌澎湃。他也把双手狠狠压在胸口。对面之人向他用力点点头，毅然转身钻进黑色轿车。

引擎仿若轻叹，扬起一阵尘土。公务车在视野中消失良久，夏可赋才终于将视线移开。其实阳光和泪水早就混作一团，移到哪里都是一样的。他精疲力竭，仿佛再也站不住。他慢慢地俯身，将自己缓缓贴近地面。他看见一根枯枝，伴着两片残叶，干枯老涩，叶面却浮着水珠，晶莹剔透。

他低声道:“你是我的露水，请不要急着消失，天还没有大亮呢！”

夏可赋抬头看一眼天，耀眼的阳光却倾泻而下，带着玻璃破碎般的脆响。

小玉强忍泪水，侧目看向车外。茂密的树林正披着金色阳光。公务车加速驶上高速公路，小玉被惯性推向椅背。她却固执着非要坐直身体，奋力对抗汽车的惯性。高速公路上车辆密集，向着都市奔流。人生仿佛已经结束了，又仿佛才刚刚开始。她再不是之前那个伤感潦倒的小北漂了。

公务车飞速行驶，如激流中钻来钻去的鱼，灰蒙蒙的都市正渐渐在眼前浮现。小玉在心中默念着：

再见，北京！

再见，可赋！

总有一天，我会再回来的！

2011 年 12 月 31 日清晨，第一稿，旧金山

2012 年 6 月 22 日午后，第二稿，台北

2012 年 11 月 30 日深夜，第三稿，北京

2018 年 9 月 5 日深夜，第四稿，北京

图书在版编目（CIP）数据

秘密调查师Ⅳ　丢失的谎言 / 永城著. -- 北京：作家出版社，2019.4 (2019.9重印)
（悬疑世界文库）
ISBN 978-7-5212-0151-2

Ⅰ. ①秘… Ⅱ. ①永… Ⅲ. ①长篇小说 - 中国 - 当代 Ⅳ. ①I247.5

中国版本图书馆CIP数据核字（2018）第174503号

秘密调查师Ⅳ　丢失的谎言

作　　者：永　城
统筹策划、责任编辑：汉　睿
装帧设计：天行云翼 · 宋晓亮
出版发行：作家出版社有限公司
社　　址：北京农展馆南里10号　　邮　　编：100125
电话传真：86-10-65067186（发行中心及邮购部）
　　　　　86-10-65004079（总编室）
E-mail:zuojia@zuojia.net.cn
http://www.zuojiachubanshe.com

永城作品版权由北京嘉印文化传播有限责任公司全权代理
业务合作：info@joy-ink.com
www.joy-ink.com

印　　刷：三河市兴博印务有限公司
成品尺寸：152×230
字　　数：230千
印　　张：16
版　　次：2019年4月第1版
印　　次：2019年9月第2次印刷
ISBN 978-7-5212-0151-2
定　　价：43.00元